Cache-cache mortel

KIERSTEN
WHITE

CACHE-CACHE MORTEL

Traduit de l'anglais
par Pierre-Paul Durastanti

DE SAXUS

Ceci est une œuvre de fiction.
Toute ressemblance avec des personnages, lieux, organisations
ou évènements existant ou ayant existé ne serait que purement fortuite.

AVERTISSEMENT DE CONTENU

AGRESSION PHYSIQUE, CULTE, DEUIL, HOMOPHOBIE, MEURTRE, MORT, MORT D'UN PROCHE, RACISME, SANG, SEXISME, SUICIDE, VIOLENCE, VIOLENCE CONJUGALE

Cache-cache mortel
par Kiersten White

Hide

First published in the US by Del Rey, an imprint of Random House,
a division of Penguin Random House LLC, New York, in 2022.

Jaquette (édition reliée) et couverture (édition brochée) inspirées de la jaquette originale de Scott Biel
Photos et illustrations de jaquette (édition reliée) et couverture (édition brochée) :
silhouette d'aigle volant © Frankie Gamble/Shutterstock.com ; silhouette de vautour volant © David Fadul/Shutterstock.com ; lierre © Nature Design/Shutterstock.com ; grande roue © DanieleGay/Shutterstock.com ; arbre © tony mills/Shutterstock.com ; racines © Dodokat/Shutterstock.com

Carte : copyright © 2022 by Penguin Random House
Design de la carte : © David G. Stevenson
Illustration de la carte : © Elwira Pawlikowska

Conception graphique couvertures, jaquette et pages de garde françaises :
Volodymyr Feshchuk – Eilean Books

Ouvrage publié sous la direction de Élodie Rémond

Composition et mise en pages
PCA

Le papier intérieur de cet ouvrage est composé de fibres naturelles, renouvelables, recyclables et fabriquées à partir de bois issu de forêts plantées expressément pour la fabrication de pâte à papier.

ISBN : 978-2-37876-332-9 (broché)
ISBN : 978-2-37876-333-6 (relié)
ISBN : 978-2-37876-334-3 (e-book)

Dépôt légal : septembre 2023

1re édition
10 9 8 7 6 5 4 3 2 1

Achevé d'imprimer en République tchèque par FINIDR en août 2023

Aux jeunes générations qu'on charge de nous sauver tous :
vous ne devriez pas avoir à le faire. Je suis vraiment désolée.

SOMMAIRE

ASTERION
AMAZE
PA
TOILETTES
GRATTE-LE-CIEL
ET C'EST PARTI !!!
PLANCHE DU PIRATE
SPIRALE INFERNALE
PALAIS CALLAS (FERMÉ POUR TRAVAUX)
TOILETTES
TOP VERTIGE
CAN-OHÉ
SOUTERRAIN
TRANSHUMANT
TUNNEL DES AMOUREUX
ICI ON MANGE
ADIEU PETITE PATTY STRATTON

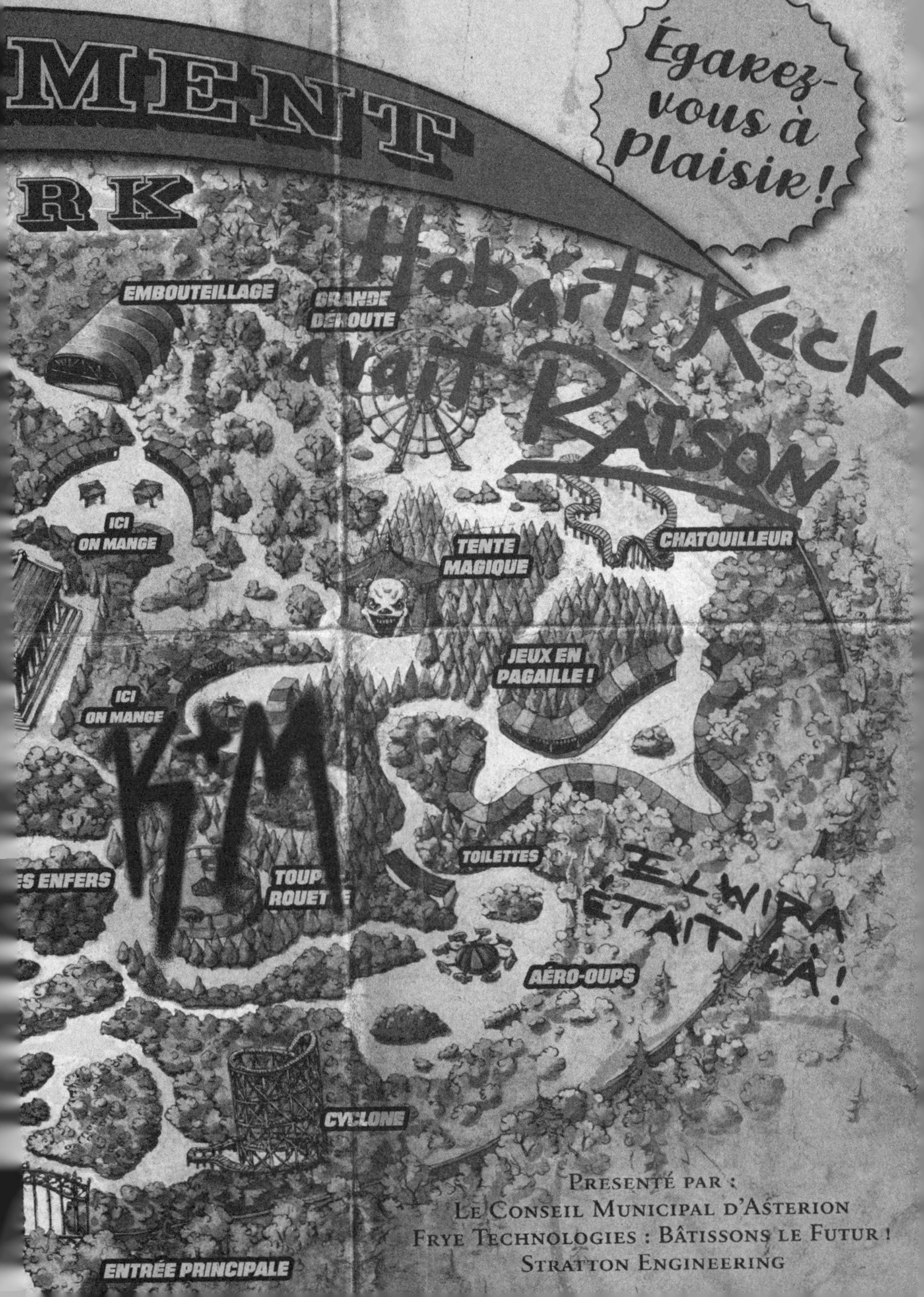

MENT
RK
Égarez-vous à Plaisir !
Hobart Keck avait RAISON
EMBOUTEILLAGE
GRANDE DÉROUTE
ICI ON MANGE
TENTE MAGIQUE
CHATOUILLEUR
JEUX EN PAGAILLE !
ICI ON MANGE
K*M
ES ENFERS
TOUPIE ROUETTE
TOILETTES
ELWIRA ÉTAIT LÀ !
AÉRO-OUPS
CYCLONE
ENTRÉE PRINCIPALE
Présenté par :
Le Conseil Municipal d'Asterion
Frye Technologies : Bâtissons le Futur !
Stratton Engineering

L'Amazement Park a ouvert en 1953.

ÉGAREZ-VOUS À PLAISIR ! clamaient les affiches, et c'était ce qu'il se passait : la foule franchissait les grilles le matin et ne ressortait qu'au soir, guidée par les projecteurs. Les plans ne servaient à rien ; les brochures *Vous Êtes Ici* brillaient par leur absence. Le parc d'attractions était conçu pour vous engloutir. Les arbres surplombaient des jardins luxuriants. Bordant les allées et les sentiers, des topiaires distinctives ajoutaient à l'émerveillement. Il y avait encore les montagnes russes, les balançoires, les manèges, les jeux, les palais de l'amour, du plaisir, de la terreur – même si le pavillon central était toujours fermé pour réaménagement.

Le parc ouvrait de mi-mai à début septembre. RÉSERVÉ AUX BLANCS, disaient les pancartes les premières années – avant que ça devienne sous-entendu quand on n'a plus pu l'officialiser. Et, une semaine tous les sept ans, l'entrée était gratuite. Les portes s'ouvraient aux saisonniers d'ailleurs et aux cousins lointains des citadins aisés. Alors, tous ces gens trop pauvres en temps normal pour s'offrir de pareils loisirs entraient, les yeux écarquillés. Plus de tickets ni de mesure d'affluence : rien qu'un parc bien rempli et tout joyeux.

En 1974, pendant la semaine gratuite, un puissant homme d'affaires du nord de l'État a décidé de venir. On ne l'avait pas invité, mais il envisageait d'investir : le propriétaire du parc était le cousin d'un cousin. Mais il voulait d'abord voir les attractions de ses yeux. Il a amené sa femme et ses deux enfants, pour faire du déplacement un congé.

On n'a jamais revu leur fillette de 5 ans.

Malgré l'arrestation pour meurtre d'un des saisonniers, cette mauvaise publicité a laissé une tache indélébile et l'Amazement Park a fermé ses portes.

La rumeur a fini par s'éteindre. La végétation a poussé, la nature repris ses droits sur les bâtiments, les attractions, les montagnes russes. Ce qui ne s'effondrait pas rouillait, ce qui ne rouillait pas penchait, ce qui ne penchait pas ployait sous le poids du lierre et de la négligence.

Quelque part près du centre – la maison toujours fermée qu'à cause de l'étrange disposition du parc peu de badauds seulement voyaient –, une chaussure restait prise dans les plus basses branches d'une topiaire. Abandonné, le monstre végétal a grandi petit à petit jusqu'à l'amener au niveau des yeux.

En cuir terni et craquelé par les intempéries et les années, elle faisait la taille idéale pour le pied d'une fillette de 5 ans.

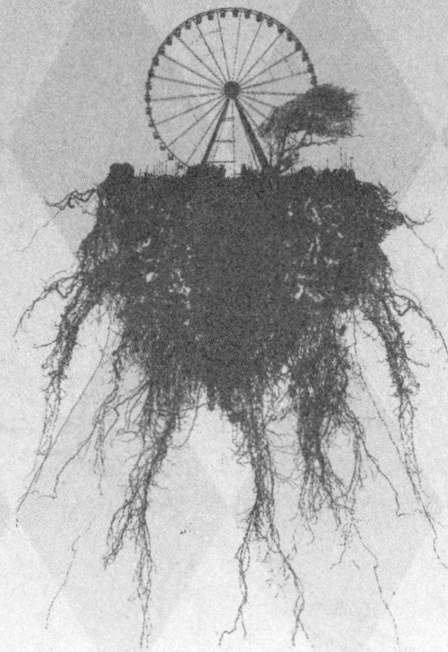

Il faut de l'argent pour gagner de l'argent, disait son père. Un jour, il a aussi dit *Sors de làà̀à*, raclant son couteau sur le mur pour accompagner les râles d'agonie de la sœur de Mackenzie. Que celle-ci a peut-être imaginés. Va savoir.

Elle ne le savait pas ; et de toute façon, elle ne voulait pas en parler.

Là, assise devant la directrice, elle ne dit rien non plus. C'est une rencontre imposée, une « obligation du refuge », même si elle y réside depuis des mois et qu'il s'agit d'une première.

« Allez, Mackenzie. Aidez-moi à vous aider. » Le sourire, peint comme les pommettes et les sourcils, est aussi soigné que le maquillage. La femme demeure impassible face au silence de sa visiteuse. Impressionnant. Elle fait peut-être des exos dans l'obscurité de sa chambre, à hausser les coins des lèvres encore et encore en évitant de plisser les yeux ?

La directrice joint les mains, les ongles peints en rouge sombre. « Je vais être franche. Tout va changer ici. Je crois qu'on ne peut aider que ceux qui ont la volonté de s'aider.

Ces refuges stagnent – aucun espoir, aucun progrès. Comment peut-on vivre dans une société qui ne progresse plus ? »

Elle parle avec animation, mais ni ses sentiments ni son sourire ne se reflètent dans son regard inexpressif. Comme s'ils se dissimulaient. Mack éprouve une étrange affinité à l'égard de cette femme, en plus d'une méfiance instinctive. Mais elle n'est pas d'accord. Le but d'un refuge n'est pas le progrès, c'est le *refuge*.

« J'ai étudié votre dossier. » L'autre désigne une chemise en kraft vierge sur le bureau. Mack la croit vide. L'espère vide. « Vous êtes là par malchance. Je comprends. Pas de garde-fou social pour vous retenir. Quelques mois sans salaire, sans pouvoir payer le loyer, et c'est difficile de s'en sortir. Vous devez mener votre vie. Contribuer au genre humain. Tout ce qu'il vous faut, c'est un peu de veine.

— Les conteneurs de vêtements ont davantage besoin de tampons hygiéniques que de veine. » Mack parle bas, d'une voix fêlée par le mutisme.

S'exprimer était une erreur. Une lueur de triomphe dans les yeux, son interlocutrice s'anime. Brandit une enveloppe. « Justement, un peu de veine est arrivé au courrier. À vous de voir qu'en faire. Pour l'heure, c'est une opportunité. Et je crois que vous seriez la personne idéale. »

Mack n'a jamais été la personne idéale pour quoi que ce soit de toute sa vie. Le mot *idéale* lui paraît étranger, raide, gênant. Mais il y a peut-être du travail à la clé. Un peu d'argent pour devenir présentable et elle aura une véritable opportunité. Tant qu'on ne fouille pas trop. Tant qu'on n'y regarde pas de trop près. Elle pourrait s'en sortir.

Elle prend la feuille que la femme fait glisser sur son plan de travail. Épaisse. Chère. Soudain, elle constate l'état de ses mains – ongles rongés, paumes rougies, cuticules déchiquetées. Est-ce qu'elle va tacher le papier si elle le repose ? C'est difficile d'être embarrassée au point où elle en est, mais l'idée se loge sous son épiderme tel un ver.

Elle a si peur de laisser une empreinte – qui lui vaudra un mauvais point à son entretien d'embauche imaginaire – qu'il lui faut quelques secondes pour comprendre ce qu'elle lit.

« C'est une blague ? »

Le sourire de l'autre reste intact. « Ça peut donner cette impression, oui, mais je vous assure que c'est du sérieux.

— Qui vous en a parlé ? »

Enfin les joues de la femme se relâchent et ses sourcils se froncent. « Comment ça ? Parlé de quoi ? Qui m'a dit que c'était du sérieux ? »

Parlé de moi. Qui vous a raconté ce qu'il m'est arrivé ? Toutefois la perplexité de son interlocutrice n'est pas feinte, si ? Est-ce qu'elle pourrait maquiller ses émotions comme sa figure ? Mack lâche la lettre. Pas d'empreintes digitales. Les mots ont toutefois laissé des taches sur son esprit.

« Pourquoi me filer ce truc ? » Elle sait qu'elle semble paumée, terrifiée, et elle n'y peut rien. « Pourquoi *moi* ? »

L'autre s'esclaffe, d'un rire bref, dédaigneux. « Bon, ça paraît absurde. Le Tournoi gratuit de Cache-Cash ! Un jeu pour enfants, bon sang ! Mais c'est une occasion de gagner cinquante mille dollars, Mackenzie. Vous pourriez monter un peu en grade. Vous êtes jeune. Intelligente. Vous n'êtes ni une voleuse ni une droguée. Vous ne devriez pas être là. »

Personne ne devrait. Or ils y sont tous.

La femme se penche, l'air résolu. « C'est une société qui organise ça, Ox Extreme Sports. Je peux vous faire retenir. Il n'y a aucune garantie que vous gagniez, mais… je crois que vous avez une chance. Et vous avez l'air de quelqu'un qui sait se cacher. »

Sa chaise racle le parquet en reculant ; elles sursautent toutes les deux. Mais Mack ne peut plus rester dans la pièce, ne peut plus réfléchir tant qu'on la scrute. Qu'on la *voit*. L'autre ne connaît pas son histoire, pourtant elle la connaît, d'une manière ou d'une autre.

« Je peux y réfléchir. » Le ton n'a rien d'interrogatif.

« Bien sûr. Mais il me faut la réponse d'ici demain. Si vous refusez la place, quelqu'un la prendra. C'est beaucoup d'argent, Mackenzie ! Pour un bête jeu ! » La femme rit de plus belle. « J'irais bien, mais je ne tiens pas vingt minutes sans devoir pisser. » Elle attend que Mack rie aussi.

Elle attend encore quand sa visiteuse se glisse dehors sans un murmure.

On a conçu le refuge pour leur rappeler que rien n'est à eux. Il n'y a pas de casiers. Ni d'alcôves. Ni de placards. Dans ce volume nu en forme de grande boîte dont le plafond culmine si haut qu'un oiseau niche parmi les poutres, il y a des lits de camp aux draps raides et aux couvertures rêches. On n'a pas le droit d'utiliser le même deux nuits d'affilée. Il ne doit y avoir aucun bien sous le sommier. Comme il faut tout emporter avant neuf heures du matin sous peine de le voir confisqué puis jeté, les occupants ne peuvent même pas laisser leurs maigres possessions sur le lit qui ne leur appartient pas.

Quand toutes les places sont prises, Mack se retrouve à peu près cachée. Elle est petite. Elle ne fait pas de bruit. Là, toutefois, elle a l'impression qu'on lui braque un projecteur dessus. Tout le monde a déjà filé pour la journée. Certains vont rejoindre le boulot quelconque qu'ils auront déniché, ou rester sur le trottoir jusqu'à ce qu'on les autorise à rentrer à seize heures. Pour les autres, difficile de savoir. Elle ne demande pas. Elle n'en parle pas. Elle aussi rejoint un endroit qu'elle tient à garder secret.

Dissimulé derrière sa demi-cloison, un vieux chauffe-eau étouffé par l'odeur de la poussière brûlée grésille et proteste.

Mack a des marques brillantes de brûlures permanentes sur ses paumes à force de l'escalader avant de se loger entre les deux parois et de faire l'ascension en se tortillant.

Elle a baptisé l'oiseau sous le plafond Bert. Il s'édifie un nid à l'aide de bouts de détritus et même de cheveux. Mais pourquoi le construire ? Comment trouver de la compagnie, avoir des œufs ? Il risque de mener une vie solitaire à l'abri, protégé, dans le noir là-haut, non ? Mack reste à plat ventre toute la journée, séparée de Bert par deux poutres. Elle se contente d'exister. Patiente et vide, comme le nid. Et à seize heures, elle descend rejoindre les gens épuisés prenant un lit de camp qui ne sera jamais à eux.

Là-haut, près de l'oiseau, elle pourra réfléchir, en sûreté, planquée. Mais elle a jusqu'à demain. Elle peut attendre pour se décider.

Elle s'arrête en pleine ascension.

Tous les lits sont défaits. Y compris celui qu'elle a utilisé cette nuit. Où elle a laissé son paquetage faute de pouvoir l'apporter à son rendez-vous obligatoire. Pour des motifs de *sécurité*.

Il a disparu. Toutes ses affaires se résument désormais à ce qu'elle porte. Elle ne peut même plus les laver autrement que toute nue face au lavabo. Quelles toilettes publiques la laisseront faire ? On la remarquera. On la verra.

Elle le sait, réclamer son sac aux femmes qui gèrent le refuge ne servirait à rien. Elles ne le lui rendront pas et on la considérera comme quelqu'un de problématique. Son séjour ici touche à sa fin. Elle ne peut pas tomber plus bas. Encore moins de sécurité, elle sait ce que c'est. Ce que ça coûte.

Le Tournoi gratuit de Cache-Cash. Comme si ça existait, un truc gratuit.

Dans le bureau, le sourire de la blonde n'a pas varié d'un iota, comme si elle attendait. Comme si elle savait.

« D'accord, chuchote Mack. Je vais le faire. » *Sors de lààà,* chantonne-t-il dans sa tête.

Elle ne va pas sortir. Et elle va gagner.

Et après tout, ce n'est pas comme si sa vie en dépendait, cette fois.

Quatorze concurrents. Sept jours. La liste est établie. On a pris les dispositions pour les livraisons à l'intérieur du parc – la nourriture, le carburant du générateur, les lits de camp, les couvertures, tout le nécessaire. On a aussi rassemblé les fournitures indispensables à l'extérieur du parc. Les brouilleurs de téléphone portable, les films et les livres pour l'attente interminable, les nettoyeurs haute pression en vue de la fin inévitable.

On distribue la liste, ainsi que des photos. Tout le monde est censé la mémoriser. Presque personne ne le fait. Puis on punaise les portraits, l'un après l'autre, au mur du restau de Ray. Nul n'est censé parier sur le résultat – le règlement l'interdit –, mais ça n'empêche pas d'établir un classement, faire des prédictions, choisir un favori. On peut répartir les concurrents en deux groupes.

Il y en a qu'on qualifiera de prometteurs :

Une mannequin fitness sur les réseaux
Un graffeur
Une Youtubeuse spécialisée dans les canulars
Un développeur/gardien de maison
Une conceptrice de bijoux/promeneuse de chiens
Un instructeur de CrossFit acharné
Une actrice aux graves allergies alimentaires

Il y en a qu'on qualifiera de décrocheurs :

Un auteur bardé d'insécurités
Un gamin aussi proscrit que paumé
Le pompiste le plus sympa de Pocatello, Idaho
Une ancienne combattante
Un commercial en panneaux solaires
Une éternelle stagiaire
Et Mack qui n'est personne si elle obtient ce qu'elle veut

Après dix-sept heures à bord de trois bus successifs puis d'un monospace, on la débarque enfin au milieu de nulle part. Elle se demande souvent ce qui est le plus anonyme : la grande ville où il y a tant de monde à remarquer que nul ne remarque qui que ce soit, ou bien la campagne déserte. Descendant du monospace dans un tourbillon de poussière, en l'absence du moindre comité d'accueil, elle penche pour la première option. Elle voit à des kilomètres dans les deux sens le long de la route. Donc on peut la voir, aussi.

Si elle ne gagne pas, va-t-on lui donner un ticket de retour ou va-t-elle rester coincée ici ? D'ailleurs, elle ne sait pas où c'est, *ici*. Elle ignore même dans quel État elle se trouve. Il y a de la verdure, abondante, de grands arbres, des insectes bourdonnants. C'est apparemment de la plaine, mais les bois bouchent le panorama.

Elle s'assoit sur le bas-côté, serrant contre elle le sac de toile Ox Extreme Sports qu'on lui a donné. Il contient sept polos et quatre pantalons, d'un noir passé. Neufs, mais déjà usés, en quelque sorte. Ils ont quelque chose de familier.

À cela s'ajoute un kit de toilette, une vraie bénédiction. Il y avait aussi des barres de céréales et une bouteille d'eau – qui n'ont duré que quelques-unes des dix-sept heures mises à arriver ici. La faim reste la faim. Inutile de faire durer ce dont elle dispose, alors qu'elle peut s'offrir pour une fois le luxe d'un ventre plein.

Au bout d'une heure, son malaise a augmenté, au point de l'oppresser. Personne ne vient. Les arbres se dressent dans son dos, menaçants. La route s'étend au loin, déserte.

Le jeu a déjà commencé ? Elle a déjà perdu ?

Ça pourrait être encore pire. Elle est à des kilomètres et des kilomètres de son terrain connu, mais elle a des habits. Du dentifrice, une brosse à dents, du déo, un peigne. Un sac robuste. Techniquement, elle est mieux lotie qu'auparavant.

Des protestations d'amortisseurs déglingués la saluent de loin, bien avant qu'un nouveau monospace s'arrête à sa hauteur. Elle en a pris son parti : soit ce véhicule passe la ramasser – *trouvée !* –, soit il l'emmène jusqu'au site du jeu proprement dit.

Il déverse trois personnes et continue sans autre forme de procès le long de la route infinie. Deux femmes, un homme. Un garçon, en fait, dans son idée. Il doit avoir à peu près son âge, et il est bien plus grand, mais certains détails – la raie dans les cheveux, le visage arrondi, la chemise blanche à manches longues enfoncée dans le pantalon bleu marine mal ajusté – suggèrent qu'on l'a habillé.

Une des femmes est conçue avec une attention aux détails digne d'un artiste. Elle se compose autant de maquillage et de produits coiffants que de chair, et sa perfection visuelle éblouit. Mack a presque du mal à la regarder. L'autre porte un débardeur noir sur un pantalon cargo informe. En passant de la chaussée au bas-côté, elle boitille.

Ses cheveux ras mettant en valeur ses grands yeux noirs, elle considère sans honte Mack que sa superbe compagne ne considère pas du tout, concentrée d'un air renfrogné sur son téléphone qu'elle brandit comme si ça pouvait améliorer la réception. Au prix de coups d'œil dans toutes les directions, le garçon évite d'observer les trois femmes auxquelles il se retrouve confronté. La sueur au front, des taches d'humidité au niveau des aisselles, il paraît sur le point de détaler.

Voir quelqu'un de plus terrifié qu'elle réconforte Mack.

« Tuez-moi, bordel, on n'a aucun signal, dit enfin la belle créature qui tient toujours son téléphone comme une sorte de talisman. La lumière est trop dure de toute façon. » Pour la première fois, elle prête attention à Mack qui s'est écartée de la route jusqu'à frôler la lisière des arbres. « Ils t'ont dit un truc quelconque ? »

Elle secoue la tête. Quand le monospace l'a prise à l'arrêt de bus, le conducteur s'est contenté de lui lancer : « Cache-Cash ? » Il a même demandé de quoi il s'agissait, mais elle a marmonné sa réponse, puis fait semblant de dormir.

« Ava, dit la GI Jane.

— Quoi ? demande la beauté fatale.

— Ava. »

La belle lève les bras au ciel. « Quoi ? »

La tondue hausse un sourcil, sa patience à bout. « On n'a pas parlé dans la voiture, alors je me présente. *Je m'appelle Ava.* Et toi ? »

Enfin la belle se détend et lâche un rire. « Merde, désolée, je suis trop garce quand j'ai faim. Moi aussi, je m'appelle Ava. Voilà pourquoi je ne percutais pas.

— Que la meilleure Ava gagne, Ava Deux. » Le sourire de l'Ava tondue lui fait des fossettes assez profondes pour s'y perdre.

« J'y compte bien. » La belle Ava parle sur un ton plus joueur que hargneux. Elle recule dans le bois en prenant des selfies. L'autre se tourne vers Mack, l'air interrogateur.

Elle donne son nom comme une phrase complète, avec l'espoir qu'on s'en contente. « Mack. »

Ava la tondue s'assoit par terre, étend une jambe avec aisance et positionne l'autre avec ses mains. « Enchantée. J'espère bien te battre. Ça n'a rien de personnel. »

Mack ne répond pas. C'est un concours. Normal que tout le monde veuille gagner.

D'un coup de menton, l'autre désigne le gamin. Debout sur le bas-côté opposé après avoir traversé la route, il prend soin de regarder ailleurs. Sa posture, les épaules baissées, indique moins l'anticipation que la défaite. Par avance.

« C'est LeGrand. Le chauffeur l'a pris en même temps que moi, avant Ava Deux. Quand j'ai ôté mon blouson, il a tourné la tête si vite que j'ai cru le voir se briser la nuque. Les femmes le terrifient, le pauvre. Ça lui donnera peut-être un avantage. Il tient tellement à éviter de nous voir qu'il ne sortira jamais de sa cachette.

— Il doit être gay. » La belle s'assoit par terre près de la tondue. La première est mince, osseuse ; la seconde robuste, massive. Mack admire et envie la ligne de ses épaules, son aplomb. Par son aspect, elle déstabilise d'une autre manière qu'Ava Deux, mais l'une et l'autre attirent l'attention.

Pour sa part, elle a les cheveux coupés court, au point de pouvoir passer pour un garçon ou une fille. Elle porte des tee-shirts trop grands et des pantalons informes, les mains dans les poches pour projeter ses épaules et cacher ses seins. Ava et Ava ne cachent rien.

Mack pense les battre toutes les deux.

« Gay ? Non. » Ava la tondue cueille un brin d'herbe, le porte à sa bouche et souffle dessus sans parvenir à en tirer le moindre son. « S'il a si peur de la nudité féminine, c'est que ça le branche. » Elle se penche en arrière, glisse un regard vers Mack. « C'est quoi ton histoire ? » La façon dont elle hausse l'un de ses larges sourcils a quelque chose de ludique comme de critique.

Personne ici n'est l'ami de Mack. Personne n'est son ami nulle part, ni ne le sera jamais. Elle pourrait jouer la gentille et espérer qu'une réponse étouffée satisfasse GI Jane, mais, faute d'y croire, elle choisit l'autre tactique.

« Lâche-moi. »

La belle Ava se renfrogne, vexée par procuration. Ava la tondue change de mine, sans toutefois paraître menacée ou fâchée. « Entendu. » Elle se retourne vers la route.

Mack se recule encore dans l'ombre. Malgré sa rebuffade, les deux Ava finissent par l'y rejoindre. Le soleil accablant les hébète, comme le bourdonnement des insectes alentour. Au bout d'une heure ou deux arrive un monospace cahotant. La belle Ava court à sa rencontre, mais il n'y a rien de neuf. Loué, il dépose du monde. Au fil de la journée, il en viendra trois autres jusqu'à ce qu'il y ait au total quatorze personnes à attendre. Toutes paraissent du même âge, aux alentours de 25 ans, à quelques années près.

Mack se sent désormais plus à l'aise. Dans le groupe dont divers membres tâchent d'établir leur domination et d'attirer l'attention en parlant et en riant fort, elle passerait presque inaperçue. Sauf d'Ava la tondue qui ne cesse de la scruter et qui, chaque fois qu'elle est prise sur le fait, lui adresse un clin d'œil.

Une fois le dernier véhicule reparti, tout le monde regarde vers le bout de la route, dans l'attente.

Cinq heures plus tard, l'humeur a bien changé. Tous sont en sueur. On ne peut que s'asseoir par terre. Aucun téléphone n'a de signal. Nul n'a plus à manger ni à boire – même si le type aux muscles sculptés avec art augmente d'heure en heure son offre en espèces pour de la nourriture. L'une des femmes, une brune à laquelle sa dentition d'une blancheur aveuglante donne l'apparence d'une pub pour du dentifrice, pleure. Plusieurs participants jurent de laisser en ligne des critiques assassines. Deux hommes suggèrent de suivre la route jusqu'à la prochaine localité, mais la peur de louper le jeu les retient. Chacun est sur les nerfs. Sauf LeGrand qui reste à l'écart, l'air paumé au possible, Ava la tondue qui fait la sieste les bras en oreiller, et Mack qui sait qu'il lui reste deux journées entières avant d'avoir faim au point de perdre pied. Le fantôme d'un sourire hante son visage.

Elle peut gagner.

Alors que la douce meurtrissure du crépuscule s'étend, un bus arrive. Les excuses s'accompagnent de sandwiches et de bouteilles d'eau. L'hôtesse, une femme plus que mûre dotée d'un tailleur-pantalon multicolore et d'une chevelure défiant la pesanteur, les salue avec un tel enthousiasme qu'on a du mal à lui en vouloir pour le souci de planification. Une faute de frappe sur l'horaire, des emails partis dans les spams, une absence de signal, toute une série d'excuses que les calories et l'hydratation aident à faire passer… Toutefois, plusieurs candidates ne lui pardonneront jamais l'indignité d'avoir dû pisser dans les bois.

Tout s'expliquera, promet-elle. Mais un long trajet attend, donc il faut monter dans le bus, vite vite vite, il y a tant à dire, à préparer, une semaine si excitante qui s'annonce !

On engloutit l'eau, on dévore la bouffe, on échange des plaisanteries. Le cabinet de toilette du bus sert à profusion, très apprécié. Chacun prend place ; les candidats se classent déjà. LeGrand s'isole. La belle Ava ne voit plus Mack parce qu'elle se focalise sur les gens de son niveau. Ava la tondue suit Mack vers le milieu du véhicule et s'assoit à côté d'elle sans lui demander la permission. C'est un problème. Mack se veut invisible, sous-estimée, inaperçue. Il s'agit bien d'un concours de cache-cache, après tout.

La nuit tombe. Le bus démarre. Quatorze têtes fiévreuses mais réhydratées dodelinent presque en cadence.

On ne leur donnera pas d'instructions. Tout le monde dort déjà.

Pendant leur sommeil, passons-les en revue.

Les plaques d'identité que porte Ava la tondue se sont échappées de son débardeur. L'une des paires est à son nom. Pas l'autre. Sa tête vient reposer sur l'épaule de Mack dont la joue vient reposer contre le duvet du crâne de GI Jane, le contact humain le plus intime qu'elles connaissent toutes les deux depuis de longues années. Elles y trouvent un sommeil réparateur.

La belle Ava, future mannequin Instagram, a trouvé le beau Jaden, futur propriétaire de salle de CrossFit. Elle n'a pas de sponsors et il n'a pas de salle, mais ils ont tous les espoirs et toutes les promesses pour eux. La tête de la belle Ava repose contre la vitre. Elle serait mortifiée de savoir qu'elle ronfle en public, mais il n'y a personne de réveillé, à part le chauffeur et leur hôtesse. Lui fixe la route avec une détermination agressive et manie le volant tel un bouclier. Elle suit la travée, effleurant les fronts du bout des doigts, comme pour bénir les dormeurs.

LeGrand n'y a pas droit. Réfugié au fond du bus, il est perdu, seul, même entouré de gens. Ce n'est pas son monde et il ignore comment y exister. Rien, *rien* n'a de sens. En rêve, il creuse la terre pour trouver des légumes, les doigts douloureux ; il sait qu'il devrait les trouver, qu'il devrait les chercher, mais il continue à creuser la terre dans le noir. Il ne cherche pas de légumes, il creuse une tombe. Ça fait mal, physiquement, moralement, et il a peur de deviner à qui elle est destinée.

Ian a un carnet sur les genoux. Son stylo, l'objet le plus cher en sa possession, a roulé par terre. Il ne s'en apercevra qu'après avoir quitté le véhicule, donc il l'a d'ores et déjà perdu. Comment pourra-t-il écrire sans ? Il n'écrit rien avec, non plus, mais il sera convaincu que c'est l'absence du stylo qui le handicape. Il vient pour l'inspiration. Et pour l'argent. Un peu d'argent, un peu de sécurité, et il pourrait bien écrire le grand roman américain.

Brandon a l'air content même dans son sommeil. Il y a quelque chose de sain, de serviable dans sa façon de dormir tout droit, comme prêt à courir aider quelqu'un qui en aurait besoin. Quoi qu'il arrive par la suite, il a déjà pris du bon temps et il sera ravi du résultat. Franchement, il ne sait pas ce qu'il ferait de l'argent s'il gagnait. Il se voit mal battre tous les autres. Vouloir l'emporter lui paraît mesquin, voire méchant : s'il gagnait, treize perdraient. Ce jeu, c'est une aventure. Des vacances. Il n'a pas pris un jour de congé depuis ses 14 ans, quand la station-service l'a engagé. Mais Mamie ne l'attend plus. Sa mort l'a laissé à la dérive. Une aventure, c'est tout ce qu'il veut.

Son voisin de siège dort avachi, la tête ballant durant des heures. Il lui reste de la peinture sur les mains d'avoir tagué la dernière station de bus. Il compte laisser sa marque sur les autres concurrents. Il espère créer un truc qui le suivra à son retour dans le monde extérieur. Il sera le prochain Banksy. *Non.* Il sera le premier Atrius. (Son vrai nom, c'est Kyle. Il le déteste comme tout ce que Kyle était et pourrait être, mais il a mal épelé Atreus. Voilà ses chances qu'on le trouve sur Google anéanties par une mutuelle. Erreur d'étiquetage pour quelqu'un de bien décidé à exister en dehors des étiquettes.)

Christian s'est endormi en souriant, mais, au fond, il est désespéré. Personne ici ne lui paraît un bon contact. Trouver des opportunités commerciales semble aussi probable que remporter le concours. Il croisera peut-être quelqu'un d'Ox Extreme Sports. On a toujours besoin d'un bon représentant. S'il doit encore taper à une porte et sourire en parlant de panneaux solaires...

Sydney la Youtubeuse et Logan le développeur ont tissé dans la forêt un lien comme Christian en voudrait un. Ils vont créer une appli basée sur la chaîne naissante de Syd. Un concours de canulars. Le plan énorme. Même dans leur sommeil, ils rayonnent, certains de leur avenir radieux. Des dîners avec Elon Musk, des conférences humanitaires avec Bill Gates, des partenariats avec Frye Technologies, et toute une tripotée de vilains canulars pour en arriver là.

Rebecca a calculé la somme exacte pour l'augmentation de A à C. Ça devrait suffire. L'agent a dit qu'elle avait du potentiel mais qu'il fallait un peu de volume là-haut pour l'intéresser. Vraie carrière à l'écran ou promotion canapé, elle ignore où se situe l'intérêt. La taille C lui permettra de réaliser ses rêves ; les cinquante mille dollars la lui paieront. Elle dort avec son sac à main rempli d'auto-injecteurs EpiPen serré contre sa poitrine comme une couverture de sûreté.

Rosiee veut vendre ses bijoux, bordel. Rien qu'une fois. Juste pour prouver qu'elle n'est pas la perdante que sa mère prédisait. Mais l'orfèvrerie exige des métaux précieux qui coûtent du fric. Elle se cache de son ex depuis quatre ans. Une semaine ? Du gâteau. Elle a tant de boucles à l'oreille que ça cliquette contre la vitre où sa tête est venue reposer. Le regard de l'hôtesse s'attarde sur le serpent lové autour de son poignet. Magnifique. Elle a vraiment du talent.

À l'avant du véhicule, il y a Isabelle, l'éternelle stagiaire, qui ne se rappelle même pas combien de stages elle a faits. Elle veut rencontrer des cadres de chez Ox Extreme Sports. Il lui faut un salaire. Mince, il lui faut une bonne couverture dentaire. Cinquante mille dollars ne rembourseront jamais les prêts étudiants qui l'ont fichue dans la mouise. Tout ça pour un diplôme au coût exorbitant qui ne lui a même pas permis de décrocher un boulot payant. Elle grince des dents pendant son sommeil.

Le bus qui cahote dans son interminable tunnel nocturne isole du monde extérieur ses quatorze rêveurs désespérés.

Quatorze paires de petits yeux brouillés s'ouvrent. Leurs propriétaires s'imaginent que c'est l'arrêt du bus qui les a réveillés.

Erreur. Il est à l'arrêt depuis des heures. Pendant leur sommeil, six ou sept personnes sont montées à bord vérifier les noms, les photos, et cocher une liste. La femme en tenue multicolore a de nouveau longé la travée dans les deux sens en apposant ses doigts sur les fronts dans une attitude de bénédiction avant de rejoindre les autres dehors. Elle tient au cérémonial, au formalisme, tandis que tous inclinent la tête pour une minute de silence. Les uns grattent le sol du bout du pied, impatients de partir, les autres lèvent les yeux au ciel, et les derniers ferment les leurs avec une gratitude fervente. Puis ils en terminent et s'en vont régler les détails ultimes, prendre leur poste ou s'enfermer chez eux jusqu'à la prochaine réunion avant que ce soit fini pour de bon.

Privés d'indices du passage des visiteurs, les passagers s'étirent. Aussitôt, onze téléphones sortent des poches et des sacs. « Pas de réseau ? » demande Isabella, paniquée. Et si elle a une offre d'emploi ? Et si l'un de ses innombrables CV a attiré l'attention ? Et si quelqu'un veut se connecter sur LinkedIn ? Personne n'a jamais espéré recevoir un mail de ce marigot de désespoir davantage qu'Isabella.

« Tu es chez quel opérateur ? » Jaden entoure de ses bras le dossier afin de mettre ses biceps en valeur. Autrefois une pose, c'est devenu un instinct. À force d'entraînement, il a obtenu l'esprit et le corps parfaits qu'il souhaitait.

« Verizon.

— Moi, T-Mobile. Rien.

— AT&T », dit la belle Ava, les sourcils froncés. « Rien non plus. L'appli d'Ox Extreme Sports qu'on a dû installer ne fonctionne même pas. Je comptais faire un live sur Insta.

— Et l'accord de confidentialité ? rétorque Isabella.

— Évidemment que je n'allais rien dire de spécifique. » La belle se renfrogne.

« Ça, c'était l'accord de confidentialité le plus barré que j'aie jamais vu ! » dit Jaden. La plupart rient et acquiescent, même si, en réalité, aucun d'eux n'a jamais participé à une activité assez importante pour nécessiter la confidentialité… mais ils ne risquent pas de l'avouer.

« J'ai quatre barres », annonce Sydney. Face aux regards avides, voire désespérés, elle lance : « Poisson d'avril ! » Sitôt les mots prononcés, elle ne sait plus où se mettre. Il lui faut une meilleure accroche pour sa chaîne YouTube. Et là, tous la détestent alors qu'ils s'avachissent dans leurs sièges. Même Logan s'écarte. Au temps pour le partenariat autour de leur appli géniale. Dans la lumière crue du matin, il paraît beaucoup moins probable.

« Personne n'a de réseau ? Vraiment ? » Rebecca descend l'allée, titubant un peu, le sac d'auto-injecteurs tenu avec soin. Chacun lève un appareil inutile. Elle s'arrête près de Mack et

Ava. Aucune ne montre de portable. GI Jane a les yeux écarquillés, et son teint olivâtre a pâli.

« Et vous deux ? »

Mack secoue la tête, ce que Rebecca traduit par l'absence de réseau, au lieu de l'absence de téléphone.

« Tu as du signal, toi ? demande Rebecca à Ava.

— Lâche-moi, bordel », marmonne l'autre sans lever les yeux. Voir cette fille si calme, si enjouée, changer du tout au tout déstabilise Mack. Poursuivant son trajet, Rebecca va réveiller LeGrand qui ne fait que semblant de dormir. Lui non plus n'a pas de portable. Cette seule idée inquiète ses voisins. Chacun crispe le poing sur son téléphone réduit à un coûteux appareil photo, point.

Ava passe ses mains sur son crâne tondu. Mack se rend compte que l'autre est devenue *Ava* au lieu d'Ava la tondue. L'Ava centrale dans sa vision du monde. Quand Mack s'est réveillée – avant Ava –, la tête de sa compagne de voyage reposait confortablement sur son épaule. Le doux chatouillis de son crâne rasé lui évoquait celui d'un chiot. Avec surprise et quelque désarroi, elle a éprouvé une tristesse déçue lorsqu'Ava, réveillée en sursaut, a rompu ce contact.

« Tu as dormi ? » La question d'Ava charrie davantage d'intensité qu'elle ne le devrait.

Mack opine. Elle dort n'importe où. Quand il a fini par se tuer, elle dormait. Elle n'a rien entendu. La police était là depuis de longues heures quand elle s'est réveillée et qu'elle a émergé de sa cachette. Le sommeil lui a toujours servi de refuge, de réconfort. Les cauchemars sont réservés à l'état de veille.

« Je ne dors jamais en public. » Ava regarde alentour, nerveuse. « Ni dans l'avion ni dans le bus. Pas là où il y a des inconnus, où je ne me sens pas en sûreté. » Hier, elle a feint de faire la sieste pour écouter les conversations et ainsi jauger la concurrence.

Mack se sentait en sûreté quand elle s'est réveillée avec la tête d'Ava sur son épaule. À juste titre, non ? « La journée a été longue, murmure-t-elle.

— J'ai passé quatre jours sans dormir en voyage. » Ava serre et desserre les mâchoires. Elle regarde vers l'avant du bus où le chauffeur et leur hôtesse brillent par leur absence. Puis elle regarde dans son sac avant de tâtonner par terre. « Où est ta bouteille d'eau d'hier soir ? »

Mack fouille son sac. Le récipient a disparu. Elle secoue la tête ; l'inquiétude d'Ava commence à la gagner.

« Hé ! s'exclame Ava en se levant. Tout le monde s'est endormi hier soir ? Il y a quelqu'un qui est resté éveillé ? » On secoue la tête. « Qui sait où on se trouve, par hasard ?

— Moi ! » Leur hôtesse remonte à bord, le sourire aussi éblouissant que le soleil matinal.

Ava se rassoit, l'air sombre. « Quatorze personnes, et pas une qui est restée éveillée.

— Tu te sentais peut-être en sécurité ? » souffle Mack. Elle a froid à l'épaule, là où Ava appuyait sa tête.

« Tu te sens en sécurité, toi ? »

Mack regarde dehors. C'était le cas pendant les quelques secondes entre le sommeil et la veille. Pour la première fois depuis longtemps. Mais cette sensation, dissipée, n'était pas partagée, ce qui est d'autant plus triste.

« Bienvenue à Asterion, une merveille de technologie ! glousse leur hôtesse. Une zone blanche naturelle ! Il y a ici un minerai spécifique qu'on extrayait autrefois. Il interfère tellement avec les signaux que les opérateurs de téléphonie ont jeté l'éponge. Je crains que vous ne soyez privés d'accès pour toute la durée de la compétition.

— Pas de wifi ? lance Rebecca, l'actrice qui, dans les faits, sert de leader.

— On a des téléphones publics à l'ancienne. Vous pouvez vous en servir ce matin pendant qu'on se prépare à pénétrer sur la zone de jeu. Vingt-cinq cents, mais la longue distance coûte plus cher, donc il vous faudra sans doute passer vos appels en PCV.

— Qui a de la monnaie de nos jours ? » Rosiee exprime le consensus en faisant tourner l'un de ses bracelets d'argent massif.

« Pourquoi nous faire installer un programme qu'on ne peut même pas utiliser ? » grommelle la belle Ava.

À l'évocation de l'appli, Logan se requinque. Il porte le nom de Frye Technologies, le géant de la Silicon Valley qui l'a publiée. C'est pour ça qu'il veut créer des programmes. Il se sent d'ores et déjà lié à l'entreprise, promis à partager son succès.

La femme a un geste dédaigneux. « Oh ! L'appli. Je n'y pensais plus. Elle servira après le jeu. Évitez de l'effacer. Elle va réunir des données, des retours, tout le tintouin. Pas mon domaine. Et je suis navrée de l'absence de réseau – je sais que vous tenez à vos téléphones, les jeunes ! –, mais c'est une spécificité d'Asterion qui nous a attirés. Gardez en tête l'accord de confidentialité. Ox Extreme Sports y tient. Le tournoi est encore en phase de développement, donc il leur faut contrôler ce qui sort. Ils envisagent de le vendre comme émission de téléréalité. »

La moitié des occupants du bus se dressent tels des chiens sur une piste. Les autres baissent la tête comme ces mêmes chiens après des années de mauvais traitements.

« Rien n'est encore décidé, évidemment. On se réserve les droits. Bon, j'imagine que vous avez faim. Le *Star Diner* vous attend. Là-bas, je vous donnerai le programme de la journée. »

Mack se tasse dans son siège. Elle n'a pas d'argent.

« Je peux te le payer. » Ava semble la voir mieux qu'elle ne le voudrait.

LeGrand se racle la gorge. Il a une voix d'une profondeur incongrue pour son visage de bébé, et la façon dont il parle indique sans ambiguïté qu'il le sait et qu'il en a honte. « On m'a dit... heu... que tous les repas étaient fournis ?

— Oh, bien sûr, mon petit. » Le rouge à lèvres de l'hôtesse a migré vers ses dents de devant, ce qui lui donne un sourire ensanglanté. « On vous offre le petit-déj' ! Et tous vos repas de la partie se prendront sur zone. Maintenant que vous êtes là, ce qui vous importe, c'est qu'on ne vous trouve pas. »

Il se flétrit de soulagement. Mack se réjouit aussi. Elle ne veut ni démarrer l'estomac vide, ni devoir quoi que ce soit à quiconque. Surtout à Ava.

« Sors de lààà ! » chantonne un homme d'une voix de fausset.

Son estomac se serre. Elle ne mangera peut-être rien, au bout du compte.

Un ordinateur. Un petit studio dans une ville décrépite. Personne à qui parler, ni rien à faire du restant de sa vie sauf s'en sortir. Elle peut gagner. Elle doit gagner.

Ils descendent du bus en file indienne, chacun recevant de l'hôtesse un paquet plastifié emballé avec soin. « Comment vous appelez-vous ? » lui demande Rebecca qui prend au sérieux son rôle de leader. Elle possède ce charisme qui la distingue. Tout le monde y regarde à deux fois pour tâcher de voir si elle est vraiment plus jolie qu'elle le paraît. Elle *se comporte* comme telle. C'est sans doute la clé.

La belle Ava se rapproche d'elle, s'écarte, et se rapproche à nouveau. Elle tourne la tête, cherchant le regard de Mack, et lève les yeux au ciel comme si elles faisaient une même observation sarcastique.

Laquelle ? Mack n'en a pas la moindre idée.

La question de Rebecca fait rire leur hôtesse. « Linda ! Je comptais me présenter hier soir, mais vous vous êtes tous endormis si vite que je n'ai pas voulu vous réveiller. »

Ava émet un bruit de gorge dubitatif. Mack prend soin de s'éloigner vers l'arrière du groupe, où se trouve LeGrand. Il considère son paquet d'un air inquiet. Elle ouvre le sien.

Du jargon juridique. Elle le survole. Limites de responsabilité. Réitération de l'accord de confidentialité. Autorisation de filmer. Concession du droit d'image. Accords pour les interviews, les photos et la promotion par la suite si la société décide d'en organiser.

Mack signera tout ce qu'il faudra, puis prendra l'oseille et se tirera. Pour ce truc-là, on utilisera forcément son histoire personnelle. Mais avec cinquante mille dollars, elle pourra disparaître. Elle saute les dix pages de conditions légales pour en arriver à l'itinéraire et au programme. Le *Star Diner* y apparaît ce matin-là, avec des instructions. Qui figurent toutes dans la liasse. Ah, *mince*. Là-bas, ils vont devoir écouter Linda leur lire le document en entier.

Le souffle froid d'une clim les engloutit à leur entrée dans le restau. Même loin de sa station-service, Brandon, fidèle à son habitude d'aider son prochain, tient la porte pour tous, souriant et saluant chacun d'un hochement de tête, même si la plupart n'y font pas attention. Rosiee, la femme lestée de bijoux, le remercie d'un regard jovial qui élargit son sourire. Quand Mack se faufile, il se rembrunit un peu, tâchant de l'évaluer, mais LeGrand ferme la marche sur ses talons et il laisse alors le battant se rabattre, les enfermant dans la salle où règnent une atmosphère glaciale et une odeur tenace de bacon. Plus tard ce soir-là, quand Mack se changera, elle la sentira toujours, imprégnant son soutien-gorge.

Elle choisit une table vers le milieu et fourre son sac sous sa chaise. Personne d'autre n'a apporté ses affaires, à part la publicité ambulante pour dentifrice qui serre contre elle son sac à main comme s'il s'agissait d'un gilet de sauvetage. Par contre, il y a des chances pour que personne d'autre n'ait tous ses biens dans un sac de toile.

Un homme aux robustes avant-bras floutés par la pilosité gris sombre qui a déserté son crâne sort de la cuisine en s'essuyant les mains sur un tablier graisseux. « Ho ! Visez un peu cette équipe. Je devine : vous voulez du sans gluten. Je vous propose un toast à l'avocat sans cruauté. L'avocat a été élevé en plein air dans une communauté hippie où on lui chantait des berceuses tous les soirs et n'a jamais côtoyé la moindre miette de gluten. » Il rit de sa blague.

Rebecca, polie, lève la main. « En fait, j'ai des allergies alimentaires, et... »

Un geste dédaigneux. « Imaginaires. Cette génération, je te jure ! Vous savez combien de mômes étaient allergiques aux arachides, de mon temps ? Aucun. Là, tout le monde est sensible à ci ou ça. Arrête de flipper et apprends à manger en adulte ! » Il débite son petit discours avec l'aisance que procure une longue pratique.

Rebecca garde son sourire éclatant et la main levée. « Je risque littéralement de mourir en cas d'absorption de fruits à coque ou de crustacés, voire de produits ayant été en contact avec eux.

— Et pourtant tu es là ! Toujours pas morte !

— Gary, dit Linda d'une voix chantante, nous sommes au courant des allergies de Rebecca. On lui a préparé un petit-déjeuner séparé. Tu te rappelles ? Demande à Ray. »

Sa bouche à la plénitude et à la rougeur incongrues émet un soupir. « Bon. D'accord. Quelqu'un d'autre a besoin d'attentions spéciales pour ses intestins spéciaux ? Hein ? Je sais que c'est trop dur de quitter la cave de maman pour le monde réel.

— *Gary.* »

Il lève les mains, tout sourire. « Je *plaisante*. Je plaisante. Ces jeunes comprennent la plaisanterie, non ?

— Pour info, j'habite le garage de mes parents, pas leur cave », blague Jaden.

Gary s'esclaffe et lui tape sur l'épaule. « Je l'aime bien, lui. Et vous avez tâté ces muscles ? Ouah ! » Il lui pétrit l'épaule, puis hoche la tête. « Je sais sur qui parier.

— Vous avez le droit de parier ? demande la belle Ava.

— Non », dit Linda d'un ton sec. Elle prend une profonde inspiration et son sourire réapparaît. « Non, mais certains en ville vont s'intéresser à la compétition. C'est l'évènement le plus important ici depuis des années. Bon, vous prenez leurs commandes, que nous puissions nous mettre au travail ?

— On a bâti une chaîne internationale à partir de zéro, le phénomène global des arts de la table, mais ouais, je fais la serveuse. » L'air renfrogné, Gary se met toutefois au travail.

« Hé, c'est qui, Ray Callas ? » lance gaiement Brandon qui lève les yeux de l'article encadré sur le restau de village à la conquête du monde. Un autre type d'âge mûr s'arrête au sortir de la cuisine.

« Moi, dit-il.

— Mon père s'appelle Callas. Sacrée coïncidence ! On est peut-être apparentés. » Brandon, radieux, paraît enthousiaste de la possibilité d'un lien.

Ray secoue la tête. « Non. » Sans autre commentaire, il aide Gary à distribuer des verres d'eau et des menus usés.

Mack commande des pancakes, des œufs, du bacon, des saucisses, des toasts, des fruits et du jus d'orange. Gary lève un sourcil broussailleux. « Bel appétit. » Il se penche. « T'es un gars ou une fille ? Comment je suis censé le savoir avec ça ? » Il indique la coupe neutre et les vêtements amples.

« On ne vous doit peut-être pas notre genre. » Ava se laisse choir sur la chaise voisine.

« Seigneur, sauvez-moi des lesbiennes aux idées arrêtées. Tu t'es jamais dit qu'il te suffirait de trouver l'homme qu'il fallait ? » Le sourire de Gary est carnassier, agressif. « Tu sais, de mon temps, on évitait de décider qu'on refusait le genre, le mariage ou la procréation. On acceptait la façon dont Dieu nous avait faits sans imposer nos vues à tous les gens qui nous entouraient. On trouvait du boulot, on bossait et on quittait le domicile parental avant nos 40 ans.

— Belle histoire, mec, dit Ava. Raconte-moi que tu faisais à pied trente kilomètres aller-retour en montée dans les deux sens et sous la neige, en précisant bien que l'école ne t'a pas valu une dette à six chiffres et que ta première maison t'a coûté moins cher qu'une bagnole, et je t'explique comment ta génération a baisé la mienne. »

Le sourire de l'autre se refroidit, durcit, et son débit perd l'aisance de ses régurgitations facebookiennes. « Toi, tu seras vite éliminée. Ça se voit. Respecte tes aînés. Je suis ancien combattant.

— Moi aussi. » Ava s'adosse et bâille. « Je prends pareil, avec un milkshake au chocolat à la place du jus d'orange. »

Gary empoigne leurs menus et poursuit son chemin quand Linda se racle la gorge. Elle s'arrête pour poser une main sur l'épaule de chacune. « Ne faites pas attention à lui. Il a bon fond. Nous sommes ravis que vous soyez là.

— Gary me rappelle mon papi, dit Ava sitôt que la femme s'éloigne. Je détestais mon papi. »

À la surprise de Mack, la belle Ava s'assoit là. Énervée, elle regarde sans cesse vers la table, complète, de Rebecca. LeGrand, installé tout seul au comptoir, considère la liasse, la mine renfrognée. Depuis tout à l'heure, il scrute la même page. Le grand flandrin offre d'aider Ray en cuisine, mais il essuie une rebuffade. Rejoignant lui aussi leur tablée, il se pose bien droit sur sa chaise avec un sourire gourmand.

« Salut ! Moi, c'est Brandon. Vous avez hâte ? » Mack sait donc comment il s'appelle, maintenant. Brandon, Ava, la belle Ava,

LeGrand – ça suffira, se dit-elle. Aucun d'eux ne lui importe, de toute manière.

« De déjeuner ? » demande Ava.

Il rit. « Non. Enfin, si, j'ai hâte de déjeuner. Je bosse de nuit. Je n'ai plus déjeuné au restau depuis des années ! Mais je parle du jeu. Ça va être marrant, pas vrai ? »

La belle Ava se confectionne et maintient un beau sourire. Assise dans une posture idéale, elle parcourt du regard la salle, balayant les murs, puis les angles du plafond.

« Qu'est-ce que tu cherches ? » demande Mack, incapable de se retenir. La façon dont l'autre étudie tout l'angoisse, comme s'il y avait un truc qu'elle devait surveiller.

« Des caméras. Ils voudraient filmer ici aussi, non ? »

Mack tressaille et l'imite, mais elle ne voit rien qui puisse ressembler à une caméra.

« On n'a pas tout signé dans leur liasse », relève Ava.

La belle Ava se détend ; sa posture se relâche. Elle examine Brandon d'un œil critique. Il a des traits agréables. Ni beau ni laid. Un visage décharné, des dents de travers, de petits yeux aimables. Rien de menaçant. Elle décide de répondre à sa question, nul ne l'ayant fait. Juste sur un ton amical, sans flirter. Il ne ferait pas un bon allié. « Oui, je pense que ça va être super fun ! »

Comme Ava, Mack reste muette. Paraître enthousiaste lui ferait l'effet d'un mensonge. Mais comme elle s'en veut un peu face à l'anticipation qu'exprime le visage de Brandon, elle hoche la tête.

« Je pense que ça va être naze. » Ava tend la main pour rectifier la position de sa jambe.

Il s'esclaffe comme s'il s'agissait d'une blague. Elle ne le reprend pas.

Pendant le service, Linda lit bien tout, ne leur épargnant que les documents légaux du début. Ceux-là, de toute façon, personne ne les lit jamais.

Dès qu'elle entame l'itinéraire, LeGrand referme sa liasse avec un soupir de soulagement et, se penchant, écoute avec attention. Pas Mack. Elle a déjà relevé toutes les infos utiles. Le reste ? Des détails.

Quatorze concurrents.

Sept jours.

Une fenêtre d'une demi-heure pour se cacher au début de la journée – à l'aube.

La partie continue jusqu'au crépuscule.

Au crépuscule, tout le monde quitte sa cachette et regagne le camp de base pour dîner et dormir.

« Il y a des cabanes ? On est logés comment ? » Isabella sous-loue un appart à une amie d'ami, et elle a deux colocs, donc ce sera forcément mieux que le placard amélioré qu'on lui laisse. Elle doit *traverser une salle de bains* pour gagner sa chambre, donc si l'un de ses colocs est sous la douche ou sur les WC, elle est confinée à l'intérieur ou à l'extérieur de sa pièce jusqu'à ce que l'autre en termine.

« Oh. » Linda plisse les lèvres. « C'est plutôt du camping. Il y a des toilettes et des douches, bien sûr. Et un pavillon avec des lits de camp et de la literie. Bien plus simple que vous amener et vous ramener tous les jours. Ça vous offre davantage de temps libre.

— Des lits de camp ? » Isabella avait tort. Ce n'est pas mieux. Comment est-ce qu'elle va rester présentable ? Il lui *faut* tirer un travail de ce concours. « On dort dehors ?

— Je crains que ça fasse partie du jeu.

— Et pour manger durant la journée ? » demande Rebecca. Elle envie les gens qui ne doivent se poser aucune question sur la moindre nourriture qu'ils absorbent.

« Vous aurez des provisions. À emporter au parc.

— Au parc ? » Ava se redresse. C'est le premier détail qu'on leur fournit sur le site où ils vont se cacher.

Linda se couvre la bouche d'une main. « Oups ! Je n'en dis pas plus ! Mais vous aurez du choix chaque matin.

— Et quand on devra pisser ? poursuit Rebecca. Il y aura des pauses ? »

L'autre s'éclaircit la voix. « Comme je le disais, il y aura des fournitures. Y compris des bocaux.

— Ça craint d'être une meuf ! » Jaden et Logan se font un check en rigolant.

« On n'aura vraiment pas de pauses pipi ? » Rosiee triture avec nervosité son bracelet en argent. Elle a déjà eu des infections urinaires et préférerait éviter ce qui risque d'en déclencher une autre.

« Navrée, mais le jeu dure du lever au coucher du soleil. Si on vous trouve pour une raison quelconque – urgence médicale, urgence sanitaire, ravitaillement, quoi que ce soit –, c'est fini. Pas d'exception. »

Mack réprime un sourire tandis que la majorité de la salle s'agite et échange des murmures. La blonde apprêtée du refuge avait raison : en pratique, Mack se prépare depuis des années à cette situation. Elle a toujours joué de malchance – ou bien c'est la malchanceuse la plus chanceuse du monde, selon le point de vue –, mais ça vient peut-être, *peut-être*, de changer.

« Mackenzie Black ? » Le type musclé relève la tête et balaie du regard le restaurant. Mack, l'assiette presque vide, ne répond pas. « Pourquoi je connais ce nom ? »

Elle aurait dû lire la dernière page de la liasse. Tous leurs noms y figurent. Merde. Elle n'a pas besoin d'une pareille complication.

La pub pour dentifrice se lève. Linda, dehors, peaufine les derniers détails avec deux bonshommes près d'un camion de ravitaillement. Gary, par chance, est encore en cuisine. « On devrait se présenter ! Je n'ai pas pu parler à tout le monde lorsqu'on attendait hier. Je m'appelle Rebecca Andrews. Je suis actrice. J'aime les longues promenades sur la plage et les concours absurdes. J'admets être déçue qu'il n'y ait pas davantage de diversité dans notre groupe pour refléter la... diversité de notre beau pays. » Cherchant le mot juste, elle n'a pu éviter la répétition. De toute évidence, son manque d'éloquence la déçoit.

Ava et Rosiee, seules personnes présentes à ne pas être ou à ne pas pouvoir passer pour blanches, échangent un regard navré, mais ni l'une ni l'autre ne veulent s'impliquer. Mack les comprend. Ce n'est pas comme si Rebecca allait renoncer à sa participation pour laisser sa chance à quelqu'un de la « diversité ».

Un type se lève ensuite, vêtu d'un pantalon kaki et d'un polo arborant un logo de société brodé. On le verrait tenir un porte-bloc. « Christian Berry, représentant en panneaux solaires, donc si vous avez une maison, je peux vous brancher. » Il considère la salle avec espoir, mais personne ne réagit.

Ça continue dans l'ordre. Certains essaient d'ajouter une astuce, comme la pub pour dentifrice. D'autres se limitent à leur nom et prénom. Un jeune voûté qui porte un bonnet et un sweat à capuche malgré la chaleur donne un seul nom.

« Atrius, comme l'organisme d'assurance maladie ? lance porte-bloc.

— Non, comme le... » Il soupire. « Ouais, j'ai pris le nom d'un assureur santé. Un commentaire social. Comme je n'ai pas droit à une couverture, j'en suis devenu une. »

Ava s'esclaffe. Atrius lui jette un regard reconnaissant.

Un bonhomme au teint cireux et aux yeux caves – Mack le revoit passant l'après-midi penché sur un carnet sans rien écrire – fronce les sourcils et croise les bras. « Je vois mal l'intérêt. On n'est pas potes. Chacun est là pour battre tous les autres. Je me fiche de connaître vos noms, vos métiers et vos espoirs.

— Allez, Ian, pas de ça. » Brandon sourit. « Ça peut être rigolo, non ?

— Ian a raison. » Ava hausse les épaules. « Je vous souhaite bonne chance à tous, mais j'espère aussi que vous allez perdre. Moi c'est Ava, sinon.

— *L'autre* Ava, relève la belle Ava. *Moi*, je m'appelle Ava et... »

Le type musclé se redresse sur sa chaise et croise les bras. « Je m'appelle Jaden Harrell...

— Comme cet enfoiré de Brent Harrell ? coupe Ava.

— C'est qui, ça ? » Il se renfrogne, les biceps contractés.

« Le juge à la Cour suprême ? Qui agressait des femmes à la fac et qui décide pour le pays entier maintenant ? »

Il hausse les épaules. De toute évidence, il lui en veut de l'avoir interrompu et de savoir quelque chose qu'il ignore. Il se crispe, tel un coq qui fait bouffer ses plumes pour paraître plus grand face à une menace. « On s'en fout, bordel. Bref, ouais, moi c'est Jaden. Mais qui c'est, Mackenzie Black ?

— Mack ? » La belle Ava la regarde. « C'est toi, non ? »

Son plateau fini, elle se lève et sort du restau. La chaleur l'étreint comme une vieille amie. Linda lui adresse un salut de la main, sans se porter à sa rencontre – elle coche une liste de son dossier.

Le poids familier du sac de Mack qui lui tire sur l'épaule la rassure.

Des arbres d'une luxuriance estivale évoquant leur forme idéale pour une petite localité bordent une rue à la chaussée d'un beau noir. Les trottoirs dessinent des ruisseaux autour des îlots qu'occupent les arbres. Chaque façade est propre, entretenue avec soin – volets colorés, peintures enjouées, vitrines décorées. On se croirait dans un film. Mack songe que si elle empruntait une ruelle latérale, il n'y aurait aucun bâtiment derrière les devantures des commerces, mais des poutres de soutènement, des batteries de projecteurs et un buffet pour l'équipe de tournage et les acteurs.

« C'est une communauté dynamique », dit le chauffeur de car. D'âge mûr, il paraît plus vieux. Appuyé contre un arbre tout proche, il mange un sandwich qu'il semble regretter. « Une belle ville. Et sûre. Ni crime, ni chômage. De nombreuses entreprises qui créent de l'emploi dans le pays entier. Le monde entier, même.

— Je peux retourner dans le bus ? »

Il hoche la tête. Les yeux baissés sur son sandwich, il ne la regarde toujours pas. « Ça vaut le coup de se battre pour des endroits pareils. Ils sont particuliers. Rares. Pour leurs traditions, vous voyez ? »

Non. Elle monte dans le véhicule.

« On est dans quel État, au fait ? » demande Jaden tout en descendant.

Linda se tapote le nez. « Si vous l'ignorez, je ne vais pas vous le dire ! Il faut garder l'emplacement secret. On voudra peut-être le réutiliser, ce qui sera impossible si les futurs concurrents peuvent trouver des indices sur Google avant la partie. Ça figure dans l'accord de confidentialité.

— Ouais, entendu. » Il s'étire délibérément. Mack n'a jamais croisé quelqu'un qui veuille autant qu'on le regarde. Même la belle Ava et la pub pour dentifrice en font moins. Tout le monde descend derrière lui. Ils ont passé deux intersections pour stopper devant un bâtiment élégant – un peu déplacé, son blanc pur et sa façade de colonnes doriques contrastant avec l'aspect très « petite ville américaine » de la grand-rue. Une allée de gravier y conduit, bordée de topiaires et de fontaines désertes. Comme dans la grand-rue. À son avis, ils sont seuls dans la localité. Pourtant, elle aurait juré avoir vu des visages qui les regardaient passer derrière les vitrines de plusieurs commerces.

« C'est quoi, cet endroit ? » L'écrivain fronce les sourcils.

« Un spa ! » Linda, radieuse, ouvre les bras. Des femmes applaudissent ; des hommes aussi, moins nombreux. Mack redoute ce qui va suivre. Ada pousse un soupir agacé.

LeGrand recule d'un pas vers le bus. « J'attends ici », dit-il, mais la portière est fermée.

« Allons ! C'est offert. La semaine qui s'annonce va être difficile. Laissez-nous vous gâter d'abord.

— Quand est-ce qu'on rencontre les gens d'Ox Extreme Sports ? » demande la stagiaire. (Mack se demande ce qu'il faut avoir dans la tête pour se présenter comme « stagiaire en ce moment mais prête au prochain défi ! » au milieu d'un restau en compagnie de chômeurs et d'exploités.) Elle porte un blazer sur un pantalon à rayures. « Ils sont là-dedans ?

— Non, ma chère. Venez. On vous attend, et il ne faut pas perdre de temps !

— Pourquoi aller au spa, alors ? » marmonne Ava.

Mack voudrait rester avec LeGrand, mais Linda se tourne pour le prendre par le coude et l'entraîne à l'intérieur. De toute évidence, comme avec son rendez-vous au refuge, elle n'y coupera pas.

Le sol de marbre noir est si lustré qu'ils se voient dedans. Les murs et les meubles sont d'un blanc immaculé. Le genre de blanc qui hurle *Ne me touche pas* aux gens comme Mack. Le genre de blanc qui murmure *Tu me mérites* aux gens comme Rebecca.

Face à la grande porte d'entrée, dans un cadre doré, il y a un portrait à l'huile plus grand que nature. Un jeune homme revêtu d'un uniforme qui doit dater d'une des deux guerres mondiales – elle ignore laquelle – les scrute. Si les bords de la peinture sont obscurs, le personnage est entouré d'un halo.

Il a le regard déterminé, le menton levé avec noblesse. D'une main, il serre un livret relié de cuir contre son cœur.

« Qui est-ce ? » La belle Ava marque une pause devant le tableau.

Linda garde le sourire, mais plisse les yeux tandis qu'elle contemple le portrait. « Le fondateur de la ville. Si on veut. Bizarre de dire qu'un individu a fondé une ville alors qu'il s'agissait d'un effort collectif. Il ne l'a quand même pas fait tout seul ! Bon, les garçons, vous allez à droite, et les filles, vous me suivez. »

On se sépare. Les hommes dans une aile, les femmes dans l'autre. Un bassin s'étend sur toute la longueur du bâtiment. Des fenêtres haut placées laissent entrer une clarté qui paraît vivante dans les volutes de vapeur. Les plus jolies répugnent à se dévêtir. Ava se dénude sans hésiter. Sa jambe droite est un membre abîmé peint par Jackson Pollock, tout en dégâts abstraits, déformé par les cicatrices. Elle se laisse glisser dans la piscine avec un soupir.

« D'accord, j'ai changé d'avis, ça n'a rien d'une perte de temps. » Elle sourit large, puis s'immerge. L'eau ruisselle sur sa tête lorsqu'elle ressort.

Les autres finissent par suivre, même si c'est en restant le plus longtemps possible sous leurs serviettes. Dans l'eau, la belle Ava garde la sienne nouée. Du coin de l'œil, elle cherche les caméras. N'en trouve aucune. N'est pas rassurée pour autant.

Rebecca nage sans hâte, avec grâce.

La belle Ava est déçue, et déçue de l'être. Elle est féministe. Elle refuse d'entrer en concurrence avec d'autres femmes, même dans sa tête. Mais elle voit déjà comment la saison va s'articuler si le jeu passe à la télé. Rebecca aura le premier rôle. La belle Ava sera « l'autre fille sexy », jetable. Elle pourra peut-être entamer une histoire avec un des mecs. Ça devrait la booster, narrativement. Brandon est la cible la plus facile, mais manque de télégénie. Jaden est le meilleur choix. Elle se présente comme mannequin de fitness et il est instructeur de CrossFit. Bonne combinaison. Elle préférerait passer du temps avec Mack qui a quelque chose d'apaisant. Ou avec cet ange de Brandon. Elle l'aimerait beaucoup si elle se le permettait. Mais c'est Jaden qu'elle va poursuivre de ses assiduités.

Elle ignore si ça deviendra une série. Comme tout le monde. Les documents sont très flous à cet égard. Mais elle fera comme si c'était acquis. Et elle s'assurera d'être l'objet de l'affection au lieu de la vilaine. Ou de *l'autre* Ava.

Elle en veut à Brandon d'être aussi enthousiaste, de voir le jeu comme une aventure et non une opportunité. Elle en a marre d'essayer de faire de tout une opportunité, d'exploiter ses hobbys, ses passe-temps, ses talents, jusqu'à sa gueule et son corps, bordel, dans l'espoir pitoyable de faire du fric. La dernière fois qu'ils ont parlé – il y a, quoi, un an ? –, son père l'a accusée d'être paresseuse, de ne pas bosser. En fait, comme tous ceux de son âge qu'elle connaît, elle bosse *tout le temps*. Sauf que ça ne paie pas. Pour l'instant.

Mack a pris l'angle le plus éloigné. Elle s'immerge, laisse ses cheveux tremper, se laisse tremper tout entière le plus longtemps possible, jusqu'à ce que ses poumons menacent d'éclater et que des taches dansent devant ses yeux. Puis elle attend encore trente secondes avant de basculer la tête en arrière pour sortir ses yeux et ses narines de l'eau. Dans la vapeur dense, il faut savoir qu'elle est là pour voir qu'elle est là.

Isabella s'assoit sur les marches, les bras croisés, prise d'impatience. L'absence des organisateurs rend sa venue inutile. La tension au creux de son estomac, à laquelle l'eau chaude et sa portance ne pourront rien, lui dit que *rien* ici ne lui sera utile. Levée la première, elle ressent l'obligation de sortir de la vapeur, de la chaleur, de la pression continuelle. Une préposée accourt, la revêt d'un peignoir blanc moelleux et l'escorte vers la salle voisine.

Rosiee s'accroche au rebord du bassin. Le menton sur les bras, les jambes ballantes, elle joue avec la pile de bijoux en argent qu'elle a retirés. Elle se fiche d'être dévêtue, mais se sent toute nue sans ces accessoires. Elle a façonné tous ceux qu'elle porte selon les moments de sa vie. Cet anneau le jour où elle a envoyé bouler sa mère et décidé de ne plus jamais lui adresser la parole. Ce bracelet réalisé avec ses dernières réserves d'argent la nuit avant de quitter Mitch. Ce délicat collier au pendentif en forme de cœur pointu en mémoire de sa grand-mère à l'esprit vif, la seule personne à avoir cru en elle. Qui est-elle sans cette foi accrochée à son cou ?

Qui sera-t-elle quand ce concours aura pris fin et qu'elle devra affronter de nouveau la réalité ? Elle se laisse couler et plisse les yeux, si bien qu'elle ne voit plus que les reflets de la lumière sur l'argent. Une nouvelle pièce prend forme dans son esprit. Modelée par la victoire. Et par la force.

Sydney aimerait bavarder, mais toutes les autres sont au septième ciel. Elle devrait imaginer un gros canular. Autant d'inconnus, tous à poil ? Mais l'eau est trop chaude, la vapeur lui donne le vertige, et même si elle avait une idée géniale, Linda leur a pris leurs téléphones à la porte.

Les canulars, c'est stupide. Elle le sait.

Elle aura 27 ans la semaine prochaine et ne cesse de se demander à quel endroit se situe le seuil où la vingtaine laissera place à la *quasi*-trentaine alors qu'elle n'aura rien à montrer comme réussite personnelle. Elle passe son temps à étudier les ados sur les réseaux pour pouvoir imiter leurs gestes, leurs maniérismes, leur façon de parler. Parfois, elle a peur que le FBI se penche sur son historique en ligne et demande pourquoi elle s'intéresse autant à des mineures. Maintenant qu'elle se retrouve dans une salle en compagnie de femmes de son âge, elle ignore comment les aborder et mener une conversation avec elles sans scénario préétabli.

Mince, elle se déteste. C'est trop calme ici. Elle n'en peut déjà plus, alors elle se lève et sourit. « Trop fun ! » dit-elle d'un ton enjoué avant que la préposée la conduise vers la salle suivante.

LeGrand refuse de se déshabiller ou d'être dans une pièce remplie de gens nus. Il s'assoit dans le vestibule et attend. Sous le portrait, il y a un sofa blanc – auquel aucun enfant n'a jamais touché, à l'évidence, ce qui ravive la douleur que lui inspire l'absence d'Almera. Le monde est vaste, terrible, déroutant, et il ne comprend pas comment il se retrouve ici. Il veut rentrer chez lui, charger Almera dans la brouette et la pousser aussi vite qu'il peut jusqu'à ce qu'elle hurle de rire.

Les autres hommes sont au sauna. C'est inconfortable, mais chacun fait semblant d'apprécier. Sauf Brandon. Lui, il apprécie pour de bon. Il s'adosse, inspire à fond, relâche ses muscles. Il est au sauna ! La semaine dernière, il a fallu qu'il nettoie après quelqu'un qui s'était vidé – par les deux bouts – dans les toilettes de la station-service à trois heures du matin. Aujourd'hui, il est dans un spa classieux. « Vous ne trouvez pas ça génial ? » demande-t-il.

Atrius a les ongles teints en noir pour cacher la peinture qui se met toujours dessous. Il ôte le vernis écaillé d'un air distrait. On se fait suer, ici.

Jaden et Logan parlent sport. Ça soulage d'avoir quelque chose en commun. Personne n'évoque le jeu qui les attend.

Christian, comme Isabelle, espère toujours rencontrer les organisateurs. Linda a lâché quelques indices – il va s'agir d'un évènement annuel – et il veut participer. Il se verrait bien vivre dans cette jolie petite ville. Épouser quelqu'un. Rosiee lui vient à l'esprit, un fantasme de barbecues dans le jardin de derrière et d'enfants anonymement adorables se dessinant autour d'elle.

On lui a dit un jour que les métis faisaient les plus beaux gamins et il n'a pu s'empêcher de l'envisager depuis. Il se demande si ça fait de lui un raciste. Mais il sera un bon père, un bon mari. Il occupera le poste de Linda. Et il n'aura plus à faire de porte-à-porte. Il brûlera rituellement un porte-bloc dans le barbecue.

Ian craque en premier. Il court dehors, aspire des goulées d'air avec gratitude. Tout ça, c'est une expérience, se dit-il. Une étude. Il s'en servira dans ses écrits. La tête lui tourne tandis qu'une femme d'âge mûr le guide avec ménagement vers la salle suivante.

On leur propose des douches froides. On leur propose des douches chaudes. Des plateaux de nourriture surchargés. Des gommages. Des massages. LeGrand reste sur son sofa. Mack reste dans le bassin jusqu'à ce que tout le monde soit parti. Alors qu'elle se dirige vers les douches dans le sillage parfumé de Rebecca, elle a une idée.

Elle se frotte, sans utiliser le moindre produit. Refuse le massage – après tant d'années sans contact, elle redoute de péter un câble ou de pleurer – aux huiles aromatiques. Son déodorant est neutre. Elle sourit, assise à l'écart en peignoir. Elle compte être invisible de toutes les façons possibles.

Au bout du compte, douze des concurrents reçoivent un massage. Comme ils portent des masques, ils ne voient pas que la femme d'âge moyen qui s'occupe d'eux pleure sans bruit à longueur de temps. Elle regrette que les deux autres aient refusé de recevoir ses soins. C'est tout ce qu'elle peut leur offrir, son dernier cadeau en reconnaissance de ce qu'ils s'apprêtent à faire.

« Putain de *merde*. » La fille des canulars résume bien ce qu'ils éprouvent tous lorsque le bus se gare devant un grand portail en fer forgé. Les derniers rayons de soleil qui pointent presque à l'horizontale entre les arbres imprègnent la scène d'une intensité verdoyante.

Au-dessus du portail, une enseigne passée et écaillée leur souhaite la BIENVENUE À L'AMAZEMENT PARK. Des cercles rouillés qui contenaient autrefois des ampoules entourent chaque mot ; au-dessous descendent des traînées rouge sombre qui évoquent des larmes de sang. Il détonne, toutefois. Si le vieux panneau laissé à pourrir arbore les couleurs tapageuses d'un parc d'attractions, le portail paraît plus ancien mais parfaitement entretenu. Il y a des symboles tracés en volutes, un schéma. Mack en saisirait presque le sens – mais non. Ses yeux s'en détournent, refusant de se focaliser sur ce qu'il y a là. Comme de leur propre volonté.

Bon, elle est crevée.

Tout le monde se presse contre les vitres pour tâcher de percer du regard le mur d'arbres qui les entoure. Presque perdue dans la verdure, il y a une clôture de trois mètres de haut en câbles métalliques, avec du fil barbelé au sommet. Le message : *Entrée interdite*. Mais ça ne dérange pas Mack qui pousse un soupir de soulagement. Le jeu ne se passe pas en intérieur. Il y aura des bâtiments, sans doute, mais elle ne devra pas se cacher *en intérieur*. Sa crainte – pas sa pire crainte, car depuis ce qu'il est arrivé à sa famille, elle n'en a plus –, c'était qu'ils se retrouvent dans une maison. Ça ? Aucun rapport. Elle va s'en sortir. Elle va se débrouiller.

Bien obligée.

Tournant le dos au parc, Linda évite de regarder par les fenêtres. « On va droit à votre camp de base. Rappelez-vous de n'y être que du coucher au lever du soleil. Pas d'espaces libres, pas de temps morts. Une fois le soleil levé, le jeu est en cours.

— On peut se balader dans le parc ce soir ? L'explorer ? demande Ava.

— Reportez-vous à la décharge de responsabilité étendue que vous avez tous signée. Le parc est à l'abandon depuis des décennies. Certaines structures présentent un danger. Il y a des trous dans les passerelles, des sols de béton inégaux. Plein d'endroits où trébucher et tomber faute d'une lumière suffisante. Ça ne respecte en rien l'obligation d'accessibilité aux personnes handicapées. » Elle a un sourire trop suave. Ava se raidit. Mack tressaille d'inconfort face à cette fausse sollicitude. Elle soupçonne Ava d'être la personne la plus apte physiquement de tous les individus réunis ici, mais se tasse sur elle-même au lieu de s'exprimer.

Linda tape dans ses mains avec emphase. « Et personne n'a d'avantage. Tout le monde commence au même instant. Vous veillerez à ce qu'aucun de vous ne se faufile dehors en pleine nuit. » Un clin d'œil. « Quelle aventure !

— Alors allons-y ! » lance Jaden.

Le chauffeur garde les mains crispées sur le volant. « Il fait encore jour.

— Nan, mec, c'est…

— Je *refuse* d'ouvrir le portail tant que le soleil n'est pas couché.

— Pas grave. » Brandon tâche ainsi de diminuer l'étrange tension qui vient de s'installer après la réponse martelée de l'autre. « Vous pouvez nous parler du parc ? »

Mack s'adosse et fait la sourde oreille au joli tableau que trace Linda d'un parc familial ouvert une vingtaine d'années au milieu du siècle dernier. On ne leur fournira aucun détail utile, comme annoncé. Et on les tiendra à l'écart tant qu'ils pourront y voir assez clair pour en retirer un avantage.

Ava se glisse dans le siège voisin et désigne un truc par la vitre. « C'est quelqu'un, non ? » Ce que Mack prenait pour un rocher est en réalité une statue. On reconnaît à peine une tête, une silhouette humaine. Et, à sa base, une main blanche parfaitement démembrée qui pointe dans la direction d'où ils arrivent. Mack hoche la tête.

« Bon, rien de glauque. » Ava se réadosse. « Une semaine dans un vieux parc à thème en ruine, sans doute dangereux. Ce ne sont même pas mes pires vacances d'été.

— Les miennes non plus, murmure Mack.

— Tu as vu l'autre Ava qui fait ami-ami avec Jaden ? Tu crois que les gens vont former des alliances ? »

Un regard en coin lui révèle la belle Ava assise plus près que nécessaire de M. Muscle. Mack hausse les épaules. « Il n'y a qu'un gagnant. À quoi servirait un partenariat ? »

L'autre acquiesce, pensive. « Exact. Donc, si jamais j'ai besoin d'aide là-dedans… »

Elle hausse de nouveau les épaules.

« Entendu. Mais… » Ava, la main sur le cœur, prend un air sérieux très exagéré. « Si toi, tu as besoin d'aide, je t'assure que j'aurai *vraiment* de la peine pour toi quand tu dégageras. »

Mack s'esclaffe. Ava, satisfaite, regarde dehors, les yeux mi-clos, lorsque le soleil estival se couche enfin et que le chauffeur descend ouvrir le portail. Les gonds grincent, seul bruit dans le soir lourd. Le reste du parc semble érodé, mais la clôture est bien entretenue, même si elle ne s'accorde pas avec les vantaux nettement plus anciens.

« Qu'on se débrouille seuls dans le jeu, d'accord, souffle Ava. Mais écoute, je sais que je suis paranoïaque ; je crois toujours qu'ils nous ont tous drogués. Et si ce machin-*là* se reproduit, je te couvre. Tu en feras autant pour moi ? »

Elle hoche la tête. C'est une promesse facile à faire. Elle ne se voit pas devoir la rompre.

Le chauffeur remonte se mettre au volant et le bus pénètre lentement dans le parc. La chaussée craquelée est cahoteuse. Il doit manœuvrer pour éviter des débris invisibles dans la nuit qui tombe vite. La route ne semble pas faire partie du plan originel – on a démoli des murs de bordure, dont les décombres jonchent les parages, afin de l'élargir. Il prend plusieurs virages, un peu au hasard, on dirait. Entre son train de sénateur et les détours, on a du mal à calculer la distance parcourue lorsqu'ils atteignent enfin leur destination.

« C'est ici que vous descendez, dit Linda. Je reste avec vous jusqu'au départ demain matin. Je ne reviendrai qu'au coucher du soleil.

— Qui nous emmènera ? demande la stagiaire.

— Pas moi, pour sûr ! rigole-t-elle. Vous voyez une femme de mon âge crapahuter en escarpins à petits talons ? Ça fait partie du jeu. Vous verrez bien.

— Pas moi, se vante le bonhomme assis près de la fille aux canulars. Je ne compte pas voir ça. »

L'écrivain lève les yeux au ciel. « Tant mieux pour vous.

— Jamais il ne tiendra deux jours. » Le brouhaha des gens prenant leurs affaires et quittant le bus couvre la remarque d'Ava.

« Lequel ? lui demande Mack, comme si elle connaissait leurs noms.

— Les deux. Tous, en fait. Je ne mets aucun des types dans mes favoris.

— Et LeGrand ? »

Ava se retourne pour l'évaluer ; il hante encore le fond du véhicule. « LeGrand ? Sérieux ? Je l'imagine debout sur un sentier, l'air paumé. »

Mack met son sac en bandoulière. « Il semble pouvoir se cacher.

— Tu en sais quelque chose, hein ? » Un sourire narquois. « Tu es mon *outsider*. Même à côté de moi, tu n'es pas vraiment là, je trouve.

— Sortez de lààà ! » claironne Jaden dehors.

Mack sursaute, hausse son épaule afin de se boucher une oreille. Un bruit de pas. Le raclement d'une lame de couteau sur du bois. Les halètements et les gargouillis de sa sœur. Elle n'aurait jamais dû promettre à Ava de la couvrir dans le pire des cas. Elle sait déjà qu'elle ne le fera pas.

Même sans murs, le camp vaut mieux que le refuge. Les lits sont proprets, les couvertures douces, et la table chargée de nourriture et d'eau signifie que Mack pourra s'offrir tout ce qu'elle veut quand elle veut – et l'emporter ensuite. Mais à en juger par les récriminations et l'incrédulité de beaucoup d'autres concurrents, c'est loin de ce qu'ils s'attendaient à trouver après le spa.

« C'est génial. » Brandon laisse choir son sac sur le lit voisin. « Je n'ai jamais campé ! Seulement pêché. Quand mon père venait en visite, il m'emmenait sur la Snake River. Je rentrais, genre, constellé de piqûres de moustique, mais j'adorais ça. »

Mack ne sait pas ce qu'elle est censée répondre, donc elle se tait.

Brandon ne paraît pas lui en tenir rigueur. « Ça ne te gêne pas que je me mette à côté de toi ? »

Elle secoue la tête. Il s'allonge, les mains sous la nuque, et contemple le plafond métallique. Brandon importe peu. Il ne la dérange pas, et une fois qu'il aura été éliminé, elle ne pensera plus à lui.

Linda indique le pavillon qui les entoure. C'est le seul bâtiment du parc qui paraisse plus ou moins neuf. Un sol de ciment sous un toit en tôle, et une structure comprenant des cabinets de toilette et des douches. Les plafonniers créent des flaques de lumière orange qui décolorent tout le monde et ne dépassent pas les rebords de la dalle de béton. Près des tables de provisions, il y a un mini-frigo et des appareils dont Mack ne voit pas l'usage. « Votre base pour les sept prochains jours, dit Linda. La météo ne prévoit pas de pluie et il devrait faire doux la nuit.

— On ne peut pas dormir hors du site et se faire amener en bus ? » interroge la fille aux canulars. Mack se demande si elle ne devrait pas plutôt la considérer comme la *femme* aux canulars, mais… son caractère adulte lui paraît douteux.

« Non, les organisateurs estiment que ce serait trop perturbateur. Le jeu est censé être en immersion totale.

— Où est-ce qu'on est censés recharger nos phones ? » L'homme en compagnie de la fille aux canulars brandit le sien, une brique noire.

« Logan », se remémore Brandon tout bas.

Quelqu'un, au moins, essaie de connaître les noms.

Linda secoue la tête et tapote la grosse machine rouge et noir qui lui arrive aux genoux. « Le générateur sert au frigo et à l'éclairage. Il n'y a pas d'adaptateurs qui vous permettront de brancher un téléphone.

— Comment on fait pour prendre photos et vidéos ? » La fille aux canulars étreint son appareil déchargé.

« Nous nous réservons les droits de toutes les images et de toutes les vidéos du jeu. Même si vous pouviez utiliser vos téléphones, ce serait une violation de votre contrat que de conserver ou de distribuer un contenu quelconque. »

Cela met fin aux questions officielles. Les conversations, joyeuses ou étouffées selon les interlocuteurs, s'élèvent dans la chaleur de la nuit tandis que les lits trouvent preneur l'un après l'autre. LeGrand traîne le sien le plus loin possible de la femme la plus proche, puis se recroqueville dessus, le dos tourné au groupe.

Ava considère les bouteilles d'eau d'un œil dubitatif. Mack s'approche, en prend une et la boit à grandes gorgées, puis elle en prend une autre qu'elle vide à son tour. Elle va se déshydrater volontairement pendant la journée, donc elle a besoin de se gorger d'eau ce soir. Il lui faudra se réveiller pour pisser, mais c'est un compromis acceptable.

Ava la regarde, perplexe, empoigner des barres protéinées et les fourrer dans son sac, puis se charger de tout ce qu'elle peut attraper. Ce soir, elle va aussi se gorger de nourriture, pour se contenter de grignoter demain. Elle a l'habitude de ne rien manger entre le petit-déjeuner et le dîner.

« Hé ! dit la fille aux canulars quand elle voit tout ce que Mack rapporte sur son lit.

— On vous réapprovisionnera quotidiennement, dit Linda. Il vous suffit de prévoir pour la journée de demain. »

Mack met quatre jours de barres protéinées dans son sac. Elle en reprendra pour quatre jours demain, le jour suivant, et ainsi de suite jusqu'à être éliminée ou gagner. Puis elle retourne à la table voir les articles divers. De l'écran solaire – elle l'ouvre, le renifle et le rejette, car parfumé. Le répulsif à insectes subit le même sort pour le même motif. Elle prend deux bocaux vides, des lingettes imprégnées et un paquet de mouchoirs en papier.

Ava, comprenant soudain, écarquille les yeux. « Vu. » Elle entreprend de la copier. Mack aurait préféré pouvoir se préparer en privé, mais il ne faut pas compter sur la moindre intimité jusqu'au début de la partie.

« Et si on a nos règles ? » lance Ava. Linda tressaille et regarde les hommes comme si l'idée même la gênait.

« Ce serait… fâcheux. » Elle le dit d'un ton bien trop sérieux, le regard triste. Mack se demande si l'autre – dont la ménopause doit remonter à des décennies maintenant – a oublié ce qu'est la menstruation. Ça craint, mais on ne peut pas l'éviter. Linda s'éclaircit la voix. « Il y a les fournitures requises à la salle de bains.

— Je n'aurai pas les miennes avant deux bonnes semaines au moins », dit Jaden d'une voix de fausset.

Ava lui tape sur l'épaule, voire le cogne. « Mec, j'ai passé des caillots plus vigoureux que toi. »

Mack rigole. Oh, pourvu qu'Ava quitte vite le jeu ! Elle l'apprécie beaucoup trop.

Jaden, écarlate, gonfle par réflexe son torse sculpté. Il se trompe de public. Mack se retourne vers la table et achève son ravitaillement. Ava prend des bouteilles d'eau et la suit jusqu'à son lit, mais Brandon occupe déjà la couche voisine. Mack est ravie que GI Jane doive se trouver un autre endroit où dormir. Ce sera plus facile après son départ. Elle finit son repas et se roule en boule sous sa couverture.

« Qui va rester debout pour s'assurer que personne ne part ? demande la stagiaire.

— Moi, ce soir. » Linda lui caresse les cheveux d'un geste maternel. Elles ont peut-être noué des liens à la faveur d'un amour partagé des tailleurs-pantalons. « C'est la seule nuit que je passerai avec vous, mais vous pouvez dormir sur vos deux oreilles. Je veille. »

Mack s'en fiche. Elle ferme les yeux. Elle doit être prête, et elle ne peut se préparer que physiquement. Demain, elle sera seule, cachée, avec ses pensées pour unique compagnie. Et rien de ce qu'elle fera ne l'y préparera.

JOUR UN

Mack revérifie son sac. Elle laisse la moitié de ses habits sur son lit de camp – ce qui la désole –, mais elle a besoin de place pour ses provisions.

Jaden et un autre type s'étirent. La belle Ava les rejoint. Puis la moitié du camp s'étire à son tour, comme si c'était la ligne de départ d'une course.

La théorie se tient. Quiconque les cherche pourrait partir du camp. Mais la stratégie est trop évidente. Pour Mack, les environs du camp ne sont pas moins sûrs qu'ailleurs. Elle voit mieux les parages, et l'exercice entier paraît absurde. Comment retrouver qui que ce soit dans ce foutoir ? Des arbres les surplombent ; les sentiers alentour disparaissent dans des sous-bois pris de folie ; toutes les passerelles sont bordées soit de broussailles infranchissables, soit de parois assez hautes pour bloquer la vision. Il fait encore sombre, mais même si on était en plein jour, on ne verrait pas à trois mètres de la clairière du camp. À ce qu'elle a constaté en arrivant hier, le reste du parc est dans le même état.

« Tu vas courir ? » demande Brandon, le visage rougi par l'excitation.

Elle secoue la tête.

« Cool. Moi oui. Bonne chance ! » Il tend la main avec un sourire candide. Peut-être qu'il lui manquera, en fait.

Elle lui serre la main. « À toi aussi. » Elle lui souhaite bonne chance, oui. Elle espère seulement qu'elle en aura davantage.

Linda, toujours en tailleur-pantalon multicolore, est assise sur un quad. L'image incongrue a de quoi faire sourire, mais elle a les larmes aux yeux en observant le groupe. Puis elle fronce les sourcils comme si un sujet de réflexion lui venait. « Un développement à connaître. » Tout le monde se fige, dans l'attente de l'information. « Si vous trouvez un livre – petit, relié cuir –, me le rapporter vous vaudra un bonus.

— C'est quoi le bonus ? » rétorque Ava.

Dans le même temps, Jaden lance : « Il est où ? »

Une lueur agacée passe dans les yeux de Linda qui garde cependant son ton enjoué. « Si je vous disais où, le trouver n'aurait rien d'un défi. » Elle tape dans ses mains, un geste qu'elle répète chaque fois qu'elle change de sujet. « C'est l'heure ! Bonne chance ! Et… partez ! » Faisant vrombir le quad, elle décolle.

Elle n'a pas dit ce qu'était le bonus. Mack est sûre que ça ne figure pas dans les documents. Ça paraît un drôle d'ajout à cette étape. Elle décide de l'oublier. Chercher sans bonne raison un truc alors qu'on la cherche, elle ? Le jeu n'en vaut pas la chandelle.

Alors qu'elle écoute le bruit de moteur du quad se perdre au loin, elle se demande si les chasseurs – la dénomination qui semble se dégager chez les autres concurrents – auront également des quads. Dans ce cas, elle pourra suivre leurs déplacements à l'oreille.

Elle se détourne du gaz d'échappement qui s'attarde dans l'air tel un nuage de parfum. Tout le monde a disparu, sauf Ava, à l'extrémité opposée du camp de base, qui la salue de la tête, puis s'engage sous les arbres. Mack l'imite en sens inverse.

Sors de làààà.

La piqûre glacée de l'angoisse sur sa nuque lui tire un frisson.

Dans la lueur de l'aube, tout a l'air calme et doux, mais l'abondance de la végétation, hérissée d'épines, la dissuade de s'enfoncer dans une haie pour s'y dissimuler. Elle laisse les vagues vestiges d'un sentier envahi de mauvaises herbes l'entraîner.

L'heure tourne, elle le sent à chacun des battements de son cœur, mais elle ne se presse pas. Des formes s'élèvent au sein de la pénombre. Ce qu'elle prenait pour un grand arbre dans le lointain se révèle une statue engloutie par du lierre. Les topiaires ont adopté un aspect cauchemardesque, prenant des formes connues et les distordant jusqu'à donner au familier un caractère monstrueux.

Elle se détourne de la tête enflée, tourmentée, qui hurle d'une terreur feuillue à l'adresse du ciel. Les branches sont denses et menues. Même si elle pouvait y grimper, elle ne pourrait pas se cacher. Et ces arbres ont quelque chose qui la gêne, la hante. Ils semblent souffrir d'une maladie qu'elle peine à définir. Elle ne veut rien avoir à faire avec eux.

Le sentier serpente de manière presque agressive. Il ne fonctionne pas comme il le devrait. Au lieu de guider vers une destination, il paraît décidé à égarer. Les lignes droites brillent par leur absence. Il n'y a que des courbes empêchant de voir à plus de quelques mètres en avant. Quant aux murs bordant les embranchements, ils font un choix étrange pour un parc à thème, bloquant les itinéraires simples vers les diverses destinations. Mack change de direction au hasard à plusieurs reprises.

Au loin – difficile de juger des distances en l'absence de repères et avec une telle densité végétale –, quelqu'un pousse un juron.

Devant elle s'ouvre une brèche entre les arbres. Comme elle n'a rien croisé de prometteur, elle se dirige vers cette clairière. De petites constructions affaissées le long d'une allée centrale mieux dégagée l'accueillent. Dans la baraque la plus proche, un homme assis à un piano en décomposition lui tourne le dos.

Il ne bouge pas.

Elle non plus.

Quand les crampes démarrent, elle relâche sa respiration, avance à pas de loup et découvre, au lieu d'un visage, un masque blanc ébréché. Une statue. Du temps de sa gloire, la statue d'un clown assis à un piano réjouissait peut-être les visiteurs ? Quand même, drôle de délire !

L'idée de se dissimuler assise dans le giron de la statue lui traverse l'esprit, mais il faudra subir son étreinte aveugle pendant toute la journée. Ses mains, jadis gantées, ont pourri jusqu'à se couvrir de moisissures et de taches sombres. On jurerait des griffes, ou des os.

Elle se détourne. Ce devrait être la section des jeux. La fête foraine ? C'est le nom qu'on donnait à cette partie dans un parc d'attractions ? Elle n'en sait trop rien. Les baraques se pressent les unes contre les autres. À côté des écroulées, celles qui restent debout bombent le torse comme les brutes d'une cour de récré. Les intactes conservent leur comptoir, leurs étagères, leur intérieur obscur. S'y dissimuler tiendrait la route.

À la place, elle lève les yeux.

Dans le stand voisin, une couvée de canards en plastique aux couleurs jadis vives pend dans un filet du plafond crevé. *Maddie*. Le souvenir la frappe telle une balle de fusil, manquant de la faire trébucher sous son impact.

Maddie (âgée de 3 ans ? 4 ? Mack ne se rappelle plus et repousse la souffrance et la culpabilité que lui cause l'inexactitude) possédait une pelote jaune dont elle avait fait un nœud de la grosseur de son petit poing qu'elle présentait comme un canard appelé Poopsie et qu'elle traînait partout – jusque dans la baignoire dont la ficelle, désintégrée, avait bouché l'évacuation. Elles avaient regardé, Mack en silence et Maddie en pleurant, leur mère extraire sans un mot, avec frénésie, les bouts de fil l'un après l'autre, suant à profusion alors que l'heure où leur père rentrerait approchait.

Poopsie. Elle n'y a plus repensé depuis qu'elle a dû filer à sa sœur son lapin en peluche pour lui éviter de s'endormir en pleurant un canard imaginaire. Mais voilà qu'elle joue à cache-cache, putain, et qu'elle tombe sur un gourbi plein de canards en plastoc.

Mack ne croit pas aux signes – et de toute façon, Maddie n'aurait aucune raison de lui en envoyer un utile. Au contraire. Mais faute de temps, elle grimpe sur le comptoir et agrippe le bord du toit, puis se hisse tant bien que mal. Comme elle le soupçonnait, il est concave, déformé par les éléments. Le bois est spongieux. Il grince, un signal somme toute moins dangereux qu'alarmant. S'il cède, elle s'empalera peut-être sur un truc, mais elle ne se cassera rien. Elle pose donc son sac avant de s'allonger dans la dépression au centre du toit enfoncé. De là, elle ne voit que les corniches surélevées qui l'entourent et le ciel pâle de l'aube. Corollaire, personne ne la voit du sol.

Maddie lui a appris à trouver des cachettes inattendues. Visez un peu où ça les a menées.

Mack se secoue – au sens figuré, car le toit crisse quand elle fait le moindre geste –, extrait une barre protéinée de sa réserve et la déballe d'avance. Pas d'eau. S'il le faut, elle se pissera dessus. Elle a de quoi se changer avant de regagner le camp. À condition de le retrouver. Les arbres et les tours et détours du sentier l'ont égarée. Elle n'a pris aucun repère. Elle aurait dû faire plus attention.

Le ciel bleuit. La partie a commencé.

Elle ferme les yeux, et elle attend.

Le soleil rampe dans le ciel, à la façon d'un soleil. Parfois un insecte s'égare sur les jambes de Mack, à la façon d'un insecte. Mack ne réagit pas, à la façon de Mack.

L'attente n'est qu'ennui et chaleur. Avec des gestes d'une terrible lenteur, elle sort de son sac une chemise de rechange qu'elle drape sur son visage pour l'abriter du soleil. Elle a la bouche sèche. Son dos lui fait mal sur la surface inégale.

Ça ira.

Si elle prend soin d'éviter de dormir, elle échoue dans les limbes d'un état méditatif. Au sein de l'une de ses familles d'accueil, une fille pratiquait la méditation et l'a enseignée à Mack. À toute heure du jour et de la nuit, ils retrouvaient leur pupille assise, les yeux fermés, immobile. « Je fais comme si j'étais morte, disait-elle. Ça me plaît. » Ça ne leur a pas plu. Ils l'ont rendue peu après.

La chaleur accablante s'accroît. Elle se félicite de porter des manches longues et un pantalon pour protéger sa peau, même si la chemise sur sa figure l'étouffe. Son souffle léger l'empêche presque de l'entendre, mais…

Un bruit de pas. Humains ? Non, le rythme se démarque. Puis, plus ténu sous les battements désormais précipités de son cœur, c'est une sorte de reniflement. Il y a des animaux dans le parc ?

Le soupir qui suit n'évoque guère un animal, pourtant. Les pas lourds, étouffés, s'éloignent.

Si c'était un animal, il marchait debout. Et si c'était un chasseur, elle le sent mal. Elle s'attendait à des quads. Des cris. Pas à une recherche presque silencieuse. Il lui semble qu'on la… traque.

Mais non. Elle peut partir à sa guise. Il suffit de se lever et de passer le portail. Tout le monde s'en fiche. Elle se cache non parce qu'il le faut, mais parce que c'est son seul talent qui l'ait jamais aidée.

« Va chier, papa », chuchote Mack. Et elle attend.

Le manège semble droit sorti d'un film d'horreur. À petit budget, un de ces nanars bas de gamme condamnés à languir dans les tréfonds de Netflix ou le panier à deux dollars chez *Walmart*. Les chevaux écaillés et délabrés sont plus affligeants que terrifiants. Un panonceau jadis chic, accroché par un angle, tournoie lentement au vent. ET C'EST PARTI !!! clame-t-il, tout déteint, si bien que les caractères rehaussés ne sont plus que bois sur bois. Plus personne ne tourne en rond ici. Sauf Rosiee qui ne souhaite rien tant que détaler.

Mais le temps lui manque. Chercher le bouquin ? Elle ne risque pas de trouver un objet spécifique dans ce paysage de cauchemar. Nerveuse, elle fait tourner ses bracelets d'argent ; l'aube ne va plus tarder. Elle ne devrait peut-être pas se cacher dans un repère aussi évident, mais rien dans le parc d'attractions n'a l'air évident. Normal qu'il ait fermé. S'imaginer ici avec des mômes ! On devait passer la journée à chercher son chemin dans cette jungle. Ou c'était peut-être mieux organisé.

Elle monte sur le manège. La plateforme rouillée tombe en pièces. L'une des barres torsadées portant un cheval de bois s'est cassée. En se tortillant pour éviter un morceau de bois tombé, elle se griffe le bras sur le métal. Le sang coule. « Merde ! » lance-t-elle, recouvrant la plaie avec sa main.

Manger, pisser, se soigner, elle devrait sortir dans chaque cas. Ça ira. Le sang goutte entre ses doigts. Un jour suffit-il à l'infection pour s'installer ? Sans doute. Elle poursuit sa route, avec prudence afin d'éviter d'autres blessures. Deux panneaux clôturant la partie centrale du carrousel se sont disjoints. Protégeant son bras, elle se faufile par l'intervalle. Auparavant, elle avait des courbes – bordel, elle adorait ses rondeurs, le poids de ses seins, le confort mou de son ventre –, mais le stress et la pauvreté lui ont fait perdre trop de poids. Elle se glisse enfin entre les gros rouages métalliques qui faisaient tourner le manège. Il y a juste la place de s'asseoir et elle ne voit pas dehors. De tout petits orifices admettent des rais de lumière venus d'en haut. Une cachette convenable.

Elle se verse de l'eau sur le bras. Il saigne sans excès. Pas besoin de points de suture ni rien. Elle aimerait bien avoir un bout de tissu pour se confectionner un pansement. Penser à s'envelopper dans quelque chose éveille alors un souvenir.

Parfois, quand ça tournait mal – non, quand ça empirait, car tout allait toujours mal – avec Mitch, elle s'asseyait au fond du placard et elle s'imaginait petite. Pas maigre, petite, comme une gamine. Puis elle s'enroulait dans le châle de sa grand-mère et elle cessait d'être elle-même durant quelques instants précieux.

Après qu'elle est partie, il lui a envoyé des clichés de ce châle – puis, comme elle ne répondait pas, une vidéo où il le brûlait, avec toutes ses photos.

Serrant le pendentif à son cou, elle le macule de sang par accident. Désormais, elle se fabrique ses propres souvenirs, en argent, en métal. Solides et beaux, ils n'appartiennent qu'à elle.

Christian rigole quand il aperçoit les montagnes russes au centre d'un espace relativement dégagé. Il ne réalise aucune installation solaire de toit, mais il a fait assez de visites d'entretien pour ne craindre ni les échelles ni le vertige.

Ces montagnes russes ne sont qu'un squelette de bois, et même pas les plus grandes du parc d'attractions, mais ça, il l'ignore. Quelques sections se sont effondrées. Il choisit la portion la plus stable d'aspect et escalade le treillage. Au bout de quelques minutes de suées et d'échardes, il arrive au sommet.

Il a mal prévu son coup.

Là-haut, il n'y a qu'une voie toute déglinguée. Même s'il s'allonge, on le repérera d'en bas. Malgré sa position, il ne voit pas de meilleures options. Les arbres qui dressent leurs branches avides lui dissimulent presque tout. Il discerne au loin des zones où des bâtiments pourraient se trouver, une grande roue et deux autres attractions émergeant du couvert, mais il n'atteindra rien à temps.

Au bas d'une pente vertigineuse, il reste un wagonnet sur la voie. Après une longue inspiration, Christian entreprend de le rejoindre. Il attend d'être à mi-chemin pour s'aviser qu'il pourrait y laisser la peau. Mais il doit progresser dans le concours pour impressionner la société. Se casser le cou, ça ne le fera pas. Surtout auprès de Rosiee. Se promettant en sourdine un boulot peinard, choisissant déjà le mobilier pour la plus belle maison en ville (sans panneaux solaires, et tant pis pour ses factures d'énergie) qu'il partagera avec Rosiee, leurs deux mômes et un chien, il atteint le chariot et grimpe dedans.

Et s'esclaffe, surpris. Sur le flanc du véhicule, estampé dans le métal, il y a marqué STRATTON ENGINEERING. Le nom de jeune fille de sa mère. Sacrée coïncidence ! Il n'a jamais connu sa famille à elle – ils l'ont reniée quand elle s'est enfuie avec son père. Ça n'a pas tourné à la romance. Il l'a vue moulue, amaigrie, vieillie avant l'âge. Sans doute, elle a regretté son choix – regretté d'avoir un fils – regretté d'avoir renoncé à ses origines. Elle est morte d'un cancer du sein il y a trois ans de ça. Il a lu que le stress peut se loger dans le corps, suppurer, se multiplier, un cancer spirituel qui contribue au cancer physique. Donc, dans un sens, le choix de sa mère de renoncer à l'argent et au confort pour le naze et le loser que s'est révélé son père a fini par la tuer, non ?

Tomber ici sur ce nom, *Stratton,* on dirait bien un signe. Comme si le sort lui offrait, à lui, une occasion de regagner le monde qu'elle a quitté. Celui qu'il va créer pour lui, pour sa femme et pour ses enfants. Il sourit et s'installe dans le wagonnet, en compagnie de sa Rosiee imaginaire pendant que la vraie saigne et transpire et se fait du mouron au beau milieu d'un moteur de manège.

Logan a toujours eu peur des clowns. Quelques années en arrière, il y a eu le coup double des films *Ça* et des visions occasionnelles de clowns en forêt, et le cauchemar récurrent qu'il croyait avoir laissé dans son enfance a resurgi. Jamais il n'avouera cette phobie à quiconque – il a déjà du mal à se l'avouer –, mais qu'a-t-elle d'absurde ? C'est une peur plus rationnelle que celle des requins, mettons. Un requin ne peut pas vous choper tant que vous évitez la mer, garanti. Les clowns ? Apparemment, ils traînent en forêt, désormais.

Il pense à ça en contemplant la gigantesque tête de clown. À quoi elle pouvait servir, il n'en a aucune idée. Son nez est tombé, et un seul de ses yeux a gardé sa peinture. La bouche béante est une porte, entourée de lèvres rouges craquelées et de dents brunies. Il ne voit pas où elle pouvait mener, car le bâtiment derrière a disparu. (Il n'y en a jamais eu. C'était l'entrée d'une tente où se jouait un spectacle de magie que les parents obligeaient leurs enfants à subir pour pouvoir s'asseoir à l'ombre quelques minutes bénies et se reposer les pieds avant d'essayer de découvrir où se situait l'attraction suivante. Logan serait soulagé de savoir que le clown était une publicité mensongère.)

« Cool, Raoul », chuchote Logan. Quel meilleur lieu pour dompter sa peur que le ventre de la bête, ou plutôt la bouche du clown ? Il l'escalade, et découvre entre les dents et la langue une cavité en forme de corps qui lui correspond.

Alors ? Les clowns ne peuvent pas lui faire de mal. Celui-ci va même l'aider. Ce sera une bonne anecdote à raconter aux autres quand Frye Technologies l'emploiera. Ou mieux, quand Frye Technologies lui *appartiendra*. Il n'aura même pas besoin d'en modifier le nom. Imaginer son avenir – en laissant de côté quelle appli, au juste, lancera la bonne série d'évènements –, c'est comme boire un verre de lait chaud, fade, apaisant, soporifique.

Logan que des mauvais rêves de clowns harcelaient jadis s'endort dans un clown. À lui aussi, il faut un nouveau nez ou au moins une rhinoplastie. Amplifiés par cette bouche caverneuse, ses ronflements déchirent l'air.

À deux heures de l'après-midi, Isabella en a assez.

On crève de chaud. Elle a envie de pisser. Elle n'a pas entendu le moindre bruit de toute la journée. On croirait un canular. Comme si l'autre, là, Sydney, l'avait organisé. Oh, *mince* ! Et si c'était le cas ? Et si, quand elle leur avait parlé de sa chaîne YouTube, c'était de l'ironie à destination de son public ?

Impossible. Une Youtubeuse ne pourrait jamais se payer un truc pareil. À moins que ce n'en soit pas une. Son cœur bat la chamade, son souffle se précipite. Elle ferme les yeux, recouvre sa maîtrise de soi. Non. Ox Extreme Sports existe forcément.

Mais elle a beaucoup d'observations à leur communiquer. Elle les présentera intelligemment. Clairement. Mélangées à des compliments et à un plan d'action sur la meilleure façon d'améliorer et de marketer leur enseigne par le biais de ce jeu stupide. Qu'elle ne veut pas gagner, d'ailleurs. Elle veut un putain de boulot. Elle veut que ces salauds capables de claquer cinquante mille dollars dans un jeu pour mômes lui proposent un salaire et des avantages.

Isabella s'extrait de la topiaire dans laquelle elle s'était introduite. Le tissu de sa veste cède et elle sent l'accroc au fond de ses os. Elle ne peut pas se permettre d'en acheter une neuve. C'est sa meilleure tenue pour les entretiens.

Humiliée, irritée, elle refuse de tomber plus bas. *Refuse* de pisser dans les buissons. Ses talons hauts ne font presque aucun bruit tandis qu'elle retourne vers le camp en répétant dans sa tête le laïus qui lui vaudra un boulot chez ces nazes et en calculant la durée du sourire qui atténuera sa dernière phrase. *On devrait peut-être évaluer la pertinence d'offrir cinquante mille dollars pour un concours qui n'a reçu ni publicité ni diffusion.*

Après une demi-heure passée à marcher et à composer ses arguments, elle estime que son discours apparaîtra peaufiné *et* improvisé dès qu'elle se retrouvera devant quelqu'un de la société organisatrice. Mais elle a commis une erreur. Il n'y a aucun repère. Les arbres sont si hauts et si denses que, ajoutés aux murs des sentiers, ils bouchent la vue dans tous les sens. Et elle marche depuis trop longtemps.

Elle tourne au coin d'une haute haie qu'elle espère border un lieu intéressant, et elle la suit. Un embranchement paraît moins envahi de végétation, et elle le suit. Le temps qu'elle tourne pour la quatrième fois, afin de corriger son parcours, elle a des ampoules et se retient juste de pleurer de fatigue et de frustration. C'est le jeu le plus débile jamais inventé.

Ôtant sa veste et ses chaussures, elle s'assoit au milieu du sentier. La vessie pleine au point d'en avoir mal aux ovaires, elle ne risque pas de convaincre qui que ce soit de l'engager dans un état pareil. Bordel, là tout de suite, elle préférerait un cabinet de toilette à un travail.

Puis elle entend des pas étouffés. Qui approchent.

« Dieu merci. » Elle s'essuie les joues et se lève. « Vous m'avez trouvée. » Isabella se retourne alors pour accueillir son sauveur.

Le coucher du soleil n'a jamais paru aussi crucial. Mack, fascinée, regarde le bleu virer au violet puis à l'indigo. Elle n'a pas vu la tombée du soir depuis longtemps – ça ne valait pas le coup de renoncer à un lit au refuge. Ce soir, toutefois, elle se pose la question.

Même si Linda a parlé du crépuscule, elle attend d'avoir compté dix étoiles pour bouger. Son corps proteste presque aussi bruyamment que le toit sous elle. Ça grince, ça crisse. Elle s'écarte du centre à quatre pattes, avec prudence, puis se laisse tomber au sol. Il y a un nœud douloureux dans son dos qu'elle n'arrivera jamais à atteindre et elle a une telle envie de pisser qu'elle s'attend à souffrir. Mais elle a passé la journée sans se faire dessus, une victoire notable.

Il va lui falloir une éternité pour retrouver le camp, donc elle s'accroupit derrière le bâtiment au piano pour arroser les plantes. Quand elle lève la tête, un soulagement presque aussi formidable qu'une vessie vide lui tombe dessus. Un projecteur darde un pinceau lumineux dans le ciel, offrant le repère qui lui manquait.

Même avec ce fanal, elle met près d'une heure à regagner le camp. Les sentiers ne suivent aucune ligne droite. Ils font des tours et des détours, revenant sans cesse en arrière. Elle tâche de prendre ses marques en engloutissant de l'eau et en dévorant des barres protéinées. Sa cachette lui plaît. Elle tentera de la retrouver demain. Et elle s'efforcera de ne plus penser à Maddie, à Poopsie, ni à quoi que ce soit d'autre que le cache-cache.

À sa grande surprise, même en marchant lentement, elle ne revient que quatrième. Du projecteur, Linda la salue. Jaden, M. Muscle, et la belle Ava se tiennent tout près l'un de l'autre au buffet, plongés dans une grande discussion. Ils se séparent brusquement quand Mack approche.

« Je me fais chier et je veux mon téléphone ! C'est le pire jour de ma vie et il en reste six à tirer ! » La belle Ava lève les yeux au ciel pour démentir la jovialité de son ton.

Mack boit deux bouteilles d'eau, prend une pomme et se dirige vers les douches. Si boire était déjà chouette, se tenir sous le jet tiède est divin. Elle reste là à se rincer et à effacer les tensions de la journée.

Six jours à tirer ? Ce n'est rien du tout.

Quand elle ressort enfin, dix concurrents sont de retour – tous couverts de sueur, de coups de soleil et de piqûres de moustique, tous grincheux. Sauf Brandon, bien sûr.

« C'était super ! » Il rapporte un plateau jusqu'à son lit de camp. « Je ne crois pas être resté immobile aussi longtemps de toute ma vie. J'ai trouvé ces vieilles montagnes russes en forme de cercle… ou de cylindre ? C'est ça, un cercle en 3D ? Non, c'est une sphère. Bref, la voie tourne en rond tout en descendant. Le Cyclone, ça s'appelle. Pas mal ! Bon, ça paraît trop évident comme cachette, mais je me voyais mal laisser passer l'occasion. J'ai escaladé la structure – j'étais sûr qu'elle allait s'effondrer – et je me suis installé près du sommet. Purée, j'aurais aimé pouvoir dévaler la pente dans un wagon à la fin de la journée. Ce serait trop génial si tout marchait encore, non ? »

Mack lui dirait bien de garder pour lui ces infos, mais il est content, insouciant ; pourquoi se donner cette peine ?

La voyant zyeuter un cookie, il le passe sans qu'elle le lui ait demandé. « Vous avez cherché le bouquin ? Je vois mal comment on pourrait le trouver dans cette jungle. Vous allez tous utiliser la même cachette demain ou changer ? »

Ava s'affale au bout du lit de Mack. En sueur, sale, elle est superbe, aussi rafraîchissante à voir que l'eau l'était à boire. « À mon avis, peu importe, stratégiquement. Ce parc doit faire deux bons kilomètres de long. J'ai suivi la clôture extérieure pour revenir ici. C'est le seul endroit dégagé. En toute franchise, ça m'épaterait qu'ils trouvent qui que ce soit. Pas comme s'il y avait un nombre limité de possibilités à vérifier et qu'on pouvait se contenter de les cocher l'une après l'autre. »

Brandon lui tend son dernier cookie. « Je choisirai quand même un nouveau coin demain. Pour le délire ! »

Elle sourit. « Ouais, quatorze heures à rester silencieux et immobile. Trop le délire. Mais ça me fait plaisir que vous deux, vous ne soyez pas encore éliminés. »

Mack combat le soulagement et le bonheur éprouvés face au retour d'Ava. Elle devrait être déçue de voir réapparaître une concurrente sérieuse. Se détournant de l'autre femme, elle passe en revue les participants restants.

L'écrivain, l'air épuisé, serre fort un bouquin. Tous ceux qui reviennent l'observent le temps de comprendre que c'est son carnet et pas le livre bonus évoqué par Linda.

LeGrand a déjà regagné son coin.

La femme aux yeux tristes – Ruby ? Rosiee ? Mack devrait peut-être apprendre les noms à présent que les gens vont commencer à dégager – joue avec ses bijoux en argent. Elle a un bandage au bras.

Jaden et la belle Ava ont repris leur conciliabule.

La pub pour dentifrice parle à une Linda joyeuse. « On peut avoir plus d'info sur le livre ? »

L'autre rit. « Non, non. Faites attention, c'est tout.

— Et sur le bonus ? lance Ava.

— Vous verrez bien quand vous le récupérerez !

— De la merde, quoi », murmure GI Jane, dédaigneuse. Mack a la même impression, comme sans doute la plupart des autres. Quel intérêt de chercher un bonus si on ignore en quoi il consiste ?

La fille aux canulars, tellement cramée qu'elle ressemble à un homard, arrive en grimaçant. « Quelqu'un a vu Logan ? » Elle plaque une bouteille d'eau sur sa figure. Le type au porte-bloc revient de la salle de bains pour s'ajouter aux joueurs. Mack ne voit vraiment pas qui était Logan, mais elle parie sur le mec passe-partout avec la casquette de base-ball à l'envers qui s'asseyait toujours avec la fille aux canulars. Ou l'autre au dos voûté et aux ongles noirs, mais Mack n'imagine pas cette fille se souciant de lui. La seule autre personne manquante, c'est la stagiaire partie en tailleur-pantalon et en talons hauts. Rien d'étonnant.

« Ni Logan, ni Isabella, ni Atrius. » Ava, pensive, fronce les sourcils. « Hé, Linda ! Qui est éliminé ? »

L'autre répond sans hésitation. « Logan et Isabella.

— C'est laquelle, Isabella ? » Brandon grimace, gêné d'avoir oublié de qui il s'agit.

« Blaser, dit Ava. Fagotée pour un entretien d'embauche au lieu d'un cache-cache dans une jungle de rouille qui fout les jetons.

— Je devais créer une appli avec Logan. » La fille aux canulars semble au bord des larmes. « Quand est-ce qu'ils passent dire au revoir ?

— Ils sont partis, Sydney, dit Linda.

— Minute, sans déc' ? » La belle Ava n'en revient pas. « Pas d'au revoir ? Pas de cérémonie, pas d'interview ?

— On les a trouvés. Ils sont éliminés. Deux par jour, c'est le jeu. »

Mack se renfrogne. On avait omis ce détail jusqu'alors. Il paraît crucial. Si on n'élimine que deux personnes par jour, pourquoi continuer à se cacher une fois celles-là trouvées ?

Ava donne l'impression de se poser la même question. Elle ouvre la bouche, mais Linda choisit ce moment pour lui couper la parole en tapant une fois de plus dans ses mains. « Bon, si vous avez besoin de quoi que ce soit, laissez un mot sur la table. Une sonnerie vous avertira une demi-heure à l'avance demain matin. Je vous revois donc tous... » Elle marque une pause et tâche de sourire. Mack se demande si l'élimination d'Isabella l'attriste – leur goût commun des tailleurs-pantalons avait peut-être créé des liens. « Je revois donc la plupart d'entre vous demain soir. Dormez bien. »

Sur un rugissement de quad, elle disparaît dans la nuit.

« Merde, c'est brutal, dit Jaden.

— C'est peut-être comme sur *Bachelor*, on n'a droit à l'au revoir que si on a un peu progressé et habitué le public, dit la pub pour dentifrice.

— Quel public ? » marmonne la belle Ava qui scrute le toit de plus belle, comme si une caméra lui avait échappé.

La fille aux canulars – Sydney, selon Linda – s'affale sur sa couche. Sur le lit de camp voisin et un autre au milieu, les affaires laissées ce matin ont été évacuées. « Je n'ai même pas pris son numéro.

— Linda te le donnera la prochaine fois, je parie. » La pub pour dentifrice s'assoit à côté d'elle et la prend par les épaules.

Sydney tressaille à ce contact. « Demain, j'embarque tout l'écran solaire. »

Tout le monde se sépare pour aller au lit. Bien qu'elle ait passé la journée allongée, Mack est épuisée. Elle essaie d'atteindre le nœud dans son dos, en vain.

« Laisse-moi faire. » Ava s'immobilise, mains tendues. « Si tu permets. » Au sortir de la douche, elle sent l'eau sur de la peau propre. Mack voudrait refuser, devrait refuser, mais sa tête la trahit en acquiesçant. L'autre se met au travail. Plus question d'envisager un refus.

« Bon sang, Mack, je n'ai jamais connu quelqu'un d'aussi tendu et j'ai fait partie d'équipes de déminage. » Ava rit tout bas. Ses mains ne sont pas douces. Fortes, inquisitrices, elles trouvent les endroits les plus sensibles.

« Salut. » La belle Ava les rejoint. Aussitôt, Mack lui en veut d'être là. Elle aimerait qu'elle s'en aille. Mais Ava continue de la masser. La belle Ava baisse la voix. « Vous avez vu des caméras ?

— Quoi ? » Mack rouvre les yeux avec peine.

La belle Ava se penche. « Des caméras. Vous en avez vu ? Ils ont dit que ça pourrait devenir une émission, mais on n'a été ni filmés ni interviewés et je n'ai pas vu une seule caméra.

— Peut-être qu'elles sont planquées, suggère Ava. Ou sur les chasseurs. Des GoPro, ce genre-là.

— J'y ai pensé. Mais quel rôle on jouerait là-dedans ? Concevoir une émission de cette façon n'aurait aucun sens. On se focalise sur les concurrents, pas sur ceux qui essaient de les trouver. Ou sur les deux, mais on montre les joueurs, obligé. »

Ava cesse son massage. Tous deux regardent Mack pour réclamer son opinion.

« Une répétition, propose celle-ci. Histoire de s'assurer que le mécanisme du jeu fonctionne. » Elle espère mettre fin à la discussion pour qu'Ava la touche de nouveau.

« Admettons. » La belle Ava fronce les sourcils. « Ça coûte cher, une répétition, si on ne s'en sert pas pour préparer les prises de vues ou formuler un récit.

— À notre connaissance, corrige Mack.

— Ouais. Bon. Cherchez bien les caméras, demain, vu ?

— On te dira. À moins que tu sois éliminée », dit Ava d'un ton enjoué.

L'autre la foudroie du regard. « Je ne le serai pas. »

Brandon revient de la salle de bains. La belle Ava se lève. Mack, décoincée, détendue et certaine qu'Ava n'en fera pas davantage, n'a plus qu'une envie : dormir.

« Ho, quelqu'un se rend compte qu'Atrius n'est toujours pas là ? » Le type au porte-bloc scrute la nuit. Il a mis un polo bleu vif avec un logo de société sur le cœur. « C'est de la triche. Il doit chercher le bouquin ou les meilleurs spots. »

Quelques concurrents grognent d'approbation.

« Comme s'il y voyait quoi que ce soit là-dehors, riposte Ava. Et les bonnes cachettes courent les rues.

— Dis ça à Logan. » Sydney va éteindre le projecteur.

« Hé ! lance la pub pour dentifrice. Comment est-ce qu'il va nous retrouver ?

— Je m'en fiche. Il traîne dehors pour avoir un avantage ? Qu'il y passe la nuit. » Elle regagne son lit de camp à grands pas.

Ava se lève et s'étire.

« Merci », dit Mack, comme si elle plaçait une offrande sur l'autel d'un dieu inconnu. Elle se demande quoi ajouter, comment accueillir un acte de bonté. « Tu veux que je te fasse pareil ? » Elle n'a jamais massé personne, mais devoir quelque chose lui pose problème, tout comme regretter déjà les mains d'Ava sur sa peau. Elle ne peut pas devoir un truc à quelqu'un qu'elle a tendance à apprécier.

« Nan, t'as l'air crevée. Repose-toi. Une nouvelle journée d'immobilité absolue t'attend. » Le sourire d'Ava semble forcé. Elle paraît très fatiguée.

« Tu as dormi ?

— Je ne me sentais pas en sécurité. » Ava gagne son lit.

Mack se réveille au milieu de la nuit. À pas de loup, elle va aux toilettes. Au retour, des voix étouffées attirent son attention. Deux silhouettes sont assises à la lisière du camp. Elle les prend d'abord pour la belle Ava et Jaden. Puis elle s'avise que l'homme pleure en silence.

« Ne t'en fais pas, murmure Ava – la sienne. Je reste avec toi jusqu'à demain matin. »

Mack n'arrive pas à voir qui est l'homme, mais sa posture recroquevillée trouve un écho en elle.

« Tu ne devrais pas », dit-il. LeGrand.

« Je n'ai rien de mieux à faire. »

Elle éprouve un pincement au cœur. LeGrand souffre. Elle voudrait veiller avec lui. Avec Ava.

Elle retourne à son lit de camp.

JOUR DEUX

Mack devance la sonnerie, laisse sous sa couche sa tenue de la veille pliée et chope une couverture supplémentaire sur la table des provisions. Légère, sombre. Parfait.

« Hé, on a droit aux accessoires ? » demande Jaden.

Le type au porte-bloc se redresse sur son séant et se frotte les yeux, l'air vaseux. « Ce serait de l'abus, je pense.

— Rien dans les règles ne s'y oppose. » La femme aux bijoux se tourne et son joli collier au pendentif en forme de cœur s'échappe de son débardeur. Elle remet lentement ses bagues et bracelets comme si elle revêtait une armure, puis vérifie son pansement. Taché sans excès de sang séché. « Et une couverture ? Sacré avantage. »

Mack s'en veut de ne pas se rappeler son nom.

« On n'en sait rien, dit Jaden.

— Prends-en une, alors », lâche Ava d'un ton sec, les yeux rouges soulignés de gros cernes. Elle n'a pas dormi du tout. « Ne fais pas suer Mack.

— En parlant de faire suer… » Jaden désigne d'un coup de menton Atrius qui mange à la table, son bonnet enfoncé jusqu'aux sourcils. « T'étais où, cette nuit ? »

L'autre hausse les épaules. « J'explorais.

— C'est de la triche ! »

Atrius sourit. « Pardon, je me suis paumé. Quelqu'un a éteint le projecteur.

— Ouais, va chier. » Sydney se brosse les cheveux avec férocité. « Si tu gagnes, je dépose une réclamation. »

Le sourire d'Atrius réchauffe le cœur de Mack. Vraiment, il s'en fiche. La couverture rangée dans son sac, elle rejoint la table où elle grignote, choisissant ses provisions pour la journée. De fines gouttelettes de peinture sèche recouvrent les mains et les bras du gars.

Il remarque son regard. « Je laisse mon empreinte sur la compétition.

— Et s'ils ne réutilisent pas ce site ?

— Je le fais pour le plaisir. » Une réponse préparée. Ça la déçoit. Il cherche un public autant que Sydney ou la belle Ava – d'une autre manière, c'est tout.

« D'accord, dit-elle.

— C'est un labyrinthe », lâche-t-il avant de jongler avec une bombe de peinture aérosol et de la fourrer dans la poche arrière de son pantalon descendu.

« Ton street art ? » Mack ne lui a pas plus tôt posé cette question qu'elle se mord la langue ; elle veut s'extraire de la conversation.

Il fronce les sourcils dans un silence pensif. « L'art est un labyrinthe. Le labyrinthe est un art. Hmm. » Il repart dans le parc d'attractions.

« L'alarme n'a pas encore sonné ! » lui crie Sydney qui empoigne la bombe d'écran solaire et, tout en marmonnant, disparaît à son tour dans l'obscurité d'avant l'aube.

Rosiee, les yeux fermés, paraît se répéter des indications. Mack la soupçonne de vouloir rejoindre l'emplacement où elle se cachait hier. Logique. Elle a d'ailleurs la même idée. Mais, à peu près certaine de retrouver le sien, elle n'est pas pressée. Elle passe aux toilettes, puis revérifie son sac.

LeGrand s'avance vers Ava. Ni l'un ni l'autre ne disent mot, mais elle hoche la tête. Et, à la surprise de Mack, il rend le salut. Il paraît désorienté, hésitant, voire effrayé tandis qu'il souffle « Bonne chance » avant de disparaître aux toilettes.

Ava semble à moitié morte. Elle ne tiendra jamais dans cet état. Avant de pouvoir s'en empêcher, Mack la rejoint. « Tu te sens à l'abri avec moi ?

— Hein ? » Elle hausse les sourcils. Noirs comme ses cils, ils soulignent ses yeux sombres.

« Tu pourrais dormir si j'assurais tes arrières ? »

Le visage enchaîne les émotions subtiles. Le sourire est las et prudent, mais plus brillant que l'aube qui s'approche à toute allure. « Oui, je crois que je pourrais.

— Viens. »

Elle l'emmène. C'est idiot, et elle ne devrait pas. Il reste tant de concurrents, toutefois, donc où est le problème ? Ava n'est pas avare de gentillesse. Contrairement à Mack. Mais, là, elle peut se montrer généreuse. Elle va lui offrir du sommeil pour rééquilibrer les comptes. Voilà tout. Elle ne veut plus rien lui devoir.

Après un mauvais virage dû à la panique, elle retrouve le bon chemin. Toutes deux sortent du couvert dans la section des baraques foraines.

« Merde ! » Ava chope sa comparse et s'interpose face au danger qu'elle perçoit. Mack se dégage, s'avance et tapote la tête en plâtre du pianiste. La protéger au lieu de se mettre à l'abri – intéressant comme réaction. Mack n'est peut-être pas la seule à apporter ici davantage de traumatisme qu'on n'en range dans un sac de toile.

« Charmant », grommelle l'autre qui la suit jusqu'à la baraque pleine de canards en plastique. Bonne chose qu'elle soit là, en fait. Sa présence chasse les souvenirs de ficelle, de baignoire et de petite sœur. Elle lui fait la courte échelle, puis grimpe à son tour. Le creux est assez grand pour elles deux, tout juste.

Tandis que le ciel s'éclaircit, elles s'installent, épaule contre épaule, hanche contre hanche. Mack glisse son sac à dos sous la tête d'Ava.

« Je te préviens, dit-elle. Si tu ronfles, je te réveille. Et si besoin, je me pisse dessus.

— J'en ferai autant. Enfin, c'est toi qui prendras, pas moi. »

Mack se plaque les mains sur la bouche pour étouffer son rire. Elle a ri plus souvent des saillies d'Ava ces deux derniers jours que depuis des mois ou même des années.

« T'as fait ça hier ? demande l'autre. C'est du lourd.

— Non, j'invente. J'ai pissé derrière la cahute du pianiste là-bas.

— Tu vois Rebecca se pisser dessus pour éviter de se faire prendre ?

— La pub pour dentifrice ? Non, et je n'y tiens pas.

— Ouais, pas mon genre, non plus. » Ava pouffe. « La pub pour dentifrice ! Elle ressemble à ça, hein ? »

Le soleil va se lever. « Dors, chuchote Mack. Et chut. »

Ava ajuste sa position afin de poser la tête sur l'épaule de sa compagne. Cette fois, c'est voulu. Mack pousse un long soupir tandis que le soleil émerge et que le deuxième jour – compliqué par ses impulsions contradictoires – commence.

Sept mois de passés. LeGrand ne pense qu'à ça pendant qu'il grimpe. Un témoin serait surpris de la facilité avec laquelle ce gamin ramolli et dégingandé – à 20 ans, LeGrand reste clairement un gamin – gravit un arbre qui paraît impossible à escalader. Mais il a de l'expérience.

Tout en se nichant dans les branchages, il s'interroge : *Almera est morte ? C'est fini maintenant ?* C'était terrible de l'entendre tousser cette fois-ci, et on l'a banni voilà sept mois. Mais ce serait sept ans que ça ne changerait rien. Il ne le saura jamais. Et il ne pourra jamais l'aider. Essayer de l'aider, c'est ce qui l'a amené ici et il ne comprend pas – ne peut pas comprendre – ce qu'il fait et pourquoi. Le monde n'a aucun sens. Tout ce qu'ils lui ont enseigné sur les maux à l'extérieur est faux, mais rien ne sonne juste non plus.

Il ferme les yeux, colle son front contre l'écorce rugueuse du tronc et fait comme s'il était à la maison. Comme s'il acceptait qu'Almera puisse être sauvée de toute façon – peu importait ce qu'elle avait vécu durant sa vie mortelle parce que sa vocation et son élévation étaient assurées. Comme si sa toux n'était pas si terrible que, cette fois, il ne pouvait plus rester assis à lui tenir la main et à regarder ses lèvres bleuir tandis qu'elle haletait. Comme s'il avait fêté son treizième anniversaire le mois dernier en lui soufflant des bulles et en écoutant son rire ravi. Comme s'il grimpait à cet arbre juste le temps de se déconnecter et que sa mère, ses tantes et ses dizaines de frères et sœurs étaient là à laver, à cuisiner et à coudre. Comme si, une fois redescendu, sa sœur allait glapir et rigoler lorsqu'il la prendrait sur son dos pour la porter partout dans l'enceinte pour qu'elle n'ait pas à ramper.

Non. Rien de tout ça n'est vrai, ni ne le sera plus jamais. Il ne peut même pas songer à son rire, la chose la plus vive, la plus joyeuse au monde, sans avoir mal parce qu'il a gardé secrète la composition de son liquide à bulles de peur que le prophète l'interdise. Qu'est-ce qui la fait rire maintenant ? Qui la porte pour qu'elle voie d'autres coins de l'enceinte, outre son lit ? Qui devine ce dont elle a besoin puisqu'elle ne peut le dire à personne ?

Elle doit croire qu'il l'a abandonnée, comme il a abandonné Dieu et les enseignements. Il a fait ça pour elle, elle ne le saura jamais, et rien de tout ça n'avait la moindre importance.

Sept mois ont passé. Une éternité. Après tout, Dieu a créé le monde en sept jours, et LeGrand a détruit le sien en sept heures.

Brandon somnole, niché dans un wagon au milieu d'un tunnel factice, obscur et poussiéreux. Du tissu brillant tombe de cœurs en bois. Un cygne menaçant à l'aile cassée veille sur lui et des chérubins – qui ont réussi à conserver leurs couleurs vives après toutes ces années – le surplombent. Deux possibilités s'offraient à lui ce matin, le Tunnel des Amoureux et le Souterrain des Enfers, mais vu l'énorme diable terrifiant posté au-dessus de l'entrée du second, il a préféré le Tunnel, d'autant que ça correspond bien au thème de leur jeu.

Il se demande ce qu'il préfère : se cacher, ce qui est excitant quoique ennuyeux à la longue, ou traîner avec les autres ensuite. Pourvu qu'ils restent en contact à l'issue du concours ! Peut-être qu'ils pourraient lui rendre visite. Ou l'inverse ! Ava lui plaît beaucoup, même si ses cheveux tondus l'intimident. D'après lui, elle est lesbienne, ce qui est super cool. Il n'a jamais eu d'amie lesbienne. Il ne doit pas y en avoir en Idaho. Et Mack ne dit pas grand-chose, mais il l'apprécie, et il parie qu'elle le lui rend bien. Jaden et Christian lui rappellent trop les gamins de la ville à Boise qui ont un papa et un chalet d'été sur la Snake River, et qui volent des trucs à la station-service alors qu'ils ont l'argent. Bon, l'autre Ava, il a du mal à lui parler, elle est trop belle. Pareil avec Rebecca. Et Rosiee. Il les aime bien, tous autant qu'ils sont. Sauf Jaden et Christian. Mais c'est injuste de sa part, vu qu'il ne les connaît même pas.

Ce soir, il essaiera de leur parler, à eux aussi. La pauvre Sydney et ses coups de soleil – avec un peu de chance, elle ira mieux –, le type maussade, Ian, et le tricheur, Atrius. Selon qui restera. Peut-être qu'il arrivera à convaincre tout le monde de jouer à un jeu maintenant qu'ils ont eu deux jours pour prendre leurs marques. Il adresse un sourire radieux aux chérubins enjoués. Mince, c'est le truc le plus fabuleux qui lui soit arrivé !

Jaden a fait bien attention. Il le fallait pour réussir son coup. Il aurait aimé que ça tombe sur quelqu'un d'autre – la muette craignos avec sa couverture, la gouine idiote qui se croit forte, ou de préférence Atrius. Mais il a trouvé Sydney, donc tant pis pour elle.

Il guette depuis le couvert d'un édicule qui était autrefois des toilettes et qui sert désormais de vivier à des araignées. Sydney gravit une échelle de service et rampe sur un bras articulé jusqu'à un avion miniature suspendu dans les airs. Elle a plus de tripes qu'il ne l'aurait cru. Elle s'asperge copieusement d'écran solaire, puis se niche dans l'appareil où elle disparaît.

Laissant aux chasseurs le temps de pénétrer jusqu'ici, il se met à l'aise.

Après que le soleil a atteint le zénith puis commencé à ramper vers l'horizon occidental, Mack entend de nouveau le bruit.

Elle tire lentement la couverture vers le bas pour dégager sa figure en prenant bien soin de ne pas déranger Ava. Il ne faudrait pas que celle-ci, réveillée en sursaut, fasse grincer le toit.

Non loin, les pas traînants. Un souffle humide, avide. Un pied grattant le sol. Sans certitude, Mack a l'impression que ça vient de là où elle a uriné la veille, derrière la baraque au clown. Avoir pissé ailleurs qu'en contrebas de sa cachette la soulage au point de lui donner la chair de poule.

Les sons – un reniflement, des pas étouffés qui tournent en rond – la pousseraient à hurler de terreur. *On est sur sa piste.*

Elle peut vouloir se persuader du contraire, mais elle sait ce que ça fait d'être traquée comme une proie. *Il est mort, il est mort, il ne peut pas la trouver.* Quelque chose d'autre a repris le flambeau.

Un frôlement contre le flanc du bâtiment le fait frémir de la base jusqu'au toit. Et dans ses os. Elle ouvre la bouche pour gémir, crier, relâcher l'affreuse tension. Il la trouvera et ce sera fini.

La main qui se plaque sur sa bouche l'ancre dans le réel. La couverture remonte, centimètre par centimètre, sur son visage, l'enfermant dans la chaude obscurité en compagnie d'Ava. Ava qui s'est réveillée en silence. Ava qui est avec elle.

Sors de làààà, chantonne-t-il dans sa mémoire. Elle étreint la main d'Ava, trop fort, mais l'autre ne bouge pas. Par terre au-dessous d'elles, un canard en plastique écrasé couine son agonie.

Soudain, véritable sirène, un hurlement de métal rouillé retentit au loin. Un galop soutenu s'éloigne dans sa direction.

Elle lâche un soupir tremblant. Ava change de position, sans hâte, avec prudence. Mack lui pose la tête sur l'épaule. On étouffe sous la couverture, mais elle ne doute pas que l'autre sent les larmes sur son tee-shirt.

« Ce n'est qu'un jeu », souffle Mack. Mais elle le sait : ce n'était pas de perdre qui l'emplissait de terreur existentielle. C'était d'être trouvée.

Puis de mourir.

« Enfoiré ! » hurle Sydney en voyant Jaden s'engouffrer sous le couvert après avoir fait un gros boucan pour attirer les chasseurs vers elle. Si elle finit éliminée, elle emmènera ce connard. Descendant à la va-vite de son avion, elle manque de peu de se rompre le cou avant de se lancer à sa poursuite en se jetant entre les arbres. Sa bombe d'écran solaire tombe de sa poche avec un bruit métallique.

Sa chevelure prise dans une branche la tire en arrière. Elle crie. Le silence s'abat sur le bois. Elle entend un pas lourd. Puis un autre. Quelque chose dans cette démarche lente et délibérée la vide de sa colère, remplacée par la peur. Elle s'accroupit, les yeux fermés, infantilisée. *Si je te vois pas, tu me vois pas.*

Elle se trompe, bien sûr.

Mack et Ava restent sur le toit quelques minutes après que le projecteur a annoncé la fin de la journée. Les mains tremblantes, elles avalent de l'eau et des barres de céréales.

Ava lui donne un coup d'épaule. « Merci. J'ai des crampes, je meurs de faim, je couve une infection des reins, mais je ne suis plus crevée. »

Faute de pouvoir dire la vérité – sans l'ancre offerte par la main d'Ava, elle aurait lâché prise –, Mack fait comme si c'était une journée ordinaire, aussi ordinaire qu'une journée dans un parc d'attractions abandonné peut l'être du moins. « Pas de souci. »

Elles descendent en s'entraidant. Mack file à la cahute du clown pianiste. Elle veut – doit – voir des empreintes. Des empreintes banales, barbantes, de chaussures. Ou d'animal. Le sol paraît foulé aux pieds, mais elle a du mal à se rappeler son état la veille. La faible clarté lunaire montre juste qu'il n'y a pas d'empreintes de chaussures évidentes.

« On devrait se cacher ailleurs demain. » Ava scelle leur partenariat sans autre forme de procès. Voilà qu'elles font équipe. Mack devrait rétorquer, refuser, mais…

« Tu as une idée en tête. »

Ava acquiesce. Elles partent vers le camp. « Une hauteur, ce serait idéal encore. Il y a une piste d'autos tamponneuses. Le treillage au-dessus a l'air assez solide pour nous. Il est recouvert de lierre. Allongées, on sera invisibles du sol. » Une pause. « Et on pourra jeter un œil à travers si on entend un truc.

— Voir ce que c'est, murmure Mack.

— Qui c'est », corrige Ava. Son ton de voix n'est pas aussi confiant que Mack le voudrait. Elles s'arrêtent à l'orée du camp. « Hé, Linda ! » Ava fait signe à la femme qui finit de recouvrir la table de provisions.

« Oui, ma chère ? » Elle a l'air épuisée. Son rouge, insinué dans les fines rides autour de ses lèvres, les floute.

« Il y a des animaux sauvages dans le coin ? »

Linda cille à plusieurs reprises. « La faune locale aura pu franchir la clôture, mais rien de dangereux.

— Des cochons sauvages, peut-être ? »

L'autre lâche un rire surpris. « Je n'en ai jamais vu un. Mais dans un parc de cette taille, allez savoir !

— Combien de chasseurs nous cherchent ? »

Linda secoue la tête, un sourire contaminant ses rides tout comme son rouge à lèvres. « Quelle importance ? Pris, c'est pris. » Elle se hâte d'aller chercher des réserves dans le quad avant qu'elles puissent lui poser davantage de questions sur les chasseurs ou lui demander qui a été éliminé ce jour-là.

« Une sacrée importance », marmonne Ava en regardant Mack qui hausse les épaules. De l'importance ? Oui et non. Un chasseur, cent – ça ne change rien à sa façon de jouer.

Elles ont peut-être entendu un cochon. Un gros. Ou un de ces mystérieux chasseurs. De retour au camp, la terreur de se sentir traquée lui paraît un stress post-traumatique plus qu'une réalité. Pourtant Ava ne la quitte pas. Elles mangent ensemble, assises, sans aller à la douche. Avec l'intention de voir qui réapparaît. Qui reste qualifié.

Jaden et la belle Ava reviennent de concert.

Suivis de Christian, le type au porte-bloc.

Puis c'est l'écrivain, Ian.

LeGrand.

Rebecca, la pub pour dentifrice.

« Brandon, Atrius, Sydney, Rosiee », liste Ava, pointant qui n'est pas encore rentré. Mack se surprend à retenir son souffle en scrutant les ténèbres. Elle devrait s'en ficher. Ce qui compte, c'est qu'elle ne figure pas parmi les éliminés. Mais elle voudrait remercier Rosiee de l'avoir soutenue ce matin. Et le sourire de Brandon dissiperait en partie la peur et la panique qui s'attardent. C'est le plus heureux d'être là. Elle apprécierait de l'avoir à proximité. D'emprunter un peu de sa chaleur.

Quelque part dans la nuit, elle entend le sifflement bas mais identifiable entre tous d'une bombe de peinture. « Il y a encore Atrius. » Ça lui inspire un sentiment mitigé, sauf que l'un des deux individus qu'elle apprécie a dégagé. Voire les deux.

Brandon arrive à grands pas, souriant. « Mince, ça a été dingue, aujourd'hui. Ou rasoir, je ne sais pas trop.

— Sydney et Rosiee », conclut Ava.

Linda, distraite, hoche la tête. Elle ne cesse de modifier la disposition des mets sur la table. « Allez, bonne nuit. » Elle décampe. Mack se demande pourquoi elle ne reste pas ce soir et pourquoi c'est la seule à interagir avec eux. Elle fait une étrange représentante pour une firme d'articles de sport.

Brandon empile du bois dans le foyer à l'extérieur. « Ça ne dérange personne, un feu ? Si on n'a pas droit à des au revoir, on peut au moins se fêter, nous, au moins. J'ai trouvé un sachet de marshmallows ! »

La belle Ava le rejoint. Ils parviennent à allumer le feu après quelques tentatives. Tout le monde fait un cercle alentour – même l'écrivain antisocial et LeGrand s'assoient non loin. Rebecca rigole, exhibant ses dents parfaites, lorsque son marshmallow glisse de sa pique et tombe dans les flammes.

« Colgate ou Signal ? chuchote Ava à Mack qui essaie de réprimer un rire explosif.

— On joue à un jeu ? demande Brandon.

— Deux vérités et un mensonge ! déclare aussitôt la belle Ava.

— Non, pitié. » Ava se lève et se dirige vers la douche. Mack aimerait l'imiter, mais la suivre là-bas paraît un peu trop intime. Mieux vaut attendre qu'elle ait fini.

Jaden se penche de sorte que le feu éclaire ses traits qui virent à l'or. « On raconte des histoires d'horreur. Prem's. Le Massacre de la partie de cache-cache, vous connaissez ? »

Face au feu, Mack a le visage brûlant et le dos glacé. Elle sent la pression de la nuit, l'obscurité qui marque une pause, qui se penche pour écouter, comme tout le monde autour du feu. Ce n'est pas possible. Ça ne peut pas l'être.

« Tu inventes. » La belle Ava fronce les sourcils.

« Non. Mon ex-copine buvait les podcasts de *true crime*.

— C'est quoi un podcast ? murmure LeGrand.

— Tu viens de la planète Mars ? La ferme, que je puisse raconter l'histoire. »

Il a presque tout juste.

Donc, on a un type. Une femme, deux filles, une autre en route. Infoutu de garder un boulot. Aigri genre grave. Saoul. Méchant.

(Il faisait les meilleurs pancakes, légers, moelleux, avec un visage dessiné en perles de chocolat.)

À son dernier licenciement, sa femme trouve que la coupe est pleine. Elle l'avertit : soit il ravale sa fierté et garde un boulot, soit elle se barre et retourne chez ses parents.

(Chez Papi et Mamie, il faisait toujours trop chaud. L'air sec lui chatouillait les narines, ce qui la faisait éternuer. Un jour, elle a saigné du nez si longtemps qu'ils ont failli l'emmener aux urgences.)

Alors le type dit à sa femme qu'il a un nouveau boulot. Il invite toute la famille à le fêter. Les adultes sont au salon. Il dit à ses filles qu'ils vont jouer à cache-cache, et d'aller se cacher jusqu'à ce qu'il les trouve.

(C'était leur jeu favori. Elles n'y avaient pas joué avec lui depuis une éternité. Tout le monde semblait plus heureux. Plus détendu. On avait l'impression… d'être à l'abri. Mack riait trop fort, poursuivait Maddie partout. Lorsqu'il leur a répété d'aller se cacher, il y avait l'avertissement familier dans sa voix, donc elles ont obéi.)

Et dès qu'il a fini le compte à rebours…

(Spéculation. Personne ne peut savoir ce qu'il s'est passé au juste.)

… il a pris un couteau et égorgé son beau-père. Planté sa belle-mère en plein cœur. Puis, après que sa femme a vu ses parents mourir, il l'a poignardée en plein ventre. Les cris ont fait sortir la cadette de sa cachette. Il l'a tuée. Éventrée. Puis il a cherché l'aînée. Sauf qu'il a merdé. Sa femme agonisait juste. Elle a rampé hors de la maison, mais n'a qu'atteint le porche avant de mourir. Donc le père a passé la nuit, toute la nuit, à chercher la fille restante. Enfin, au petit matin, un jogger repère la morte sous le porche et appelle la police. En entendant les sirènes, le type se tranche la gorge et se vide de son sang par terre, à un mètre cinquante de la fille. Les flics étaient sur place depuis deux heures quand elle a fini par sortir pour demander où en était le jeu. La survivante. Un coup de chance.

(Non. Et Maddie n'est pas sortie à cause des cris. Elle est sortie parce qu'il l'a trouvée. Elles savaient toutes les deux qu'il fallait rester à l'écart quand Maman et Papa criaient. Il a trouvé Maddie. Mack l'a vu. Le reste, elle l'a seulement entendu.)

« Pourquoi tu nous racontes ça ? » Rebecca s'entoure de ses bras. « C'est atroce. »

LeGrand oscille sur son séant. L'écrivain boudeur tripote son carnet. Mack garde le silence. Elle aurait dû aller à la douche avec Ava.

Jack se redresse et croise les bras. « Je vous ai raconté ça pour que vous compreniez la dinguerie que c'est d'avoir la seule survivante du Massacre du cache-cache qui participe à un tournoi de cache-cache. Pas vrai, Mackenzie Black ? Je savais bien que j'avais déjà entendu ce nom. »

Dans le brouhaha soudain, Mack se lève et gagne son lit de camp. L'heure du coucher a sonné.

Elle entend la belle Ava, Rebecca et même l'écrivain presser Jaden de questions. Porte-bloc et Brandon murmurent. Les voix s'élèvent tandis qu'Ava sort de la douche. Elle aussi, elle saura. Ils sauront tous.

Au moins, ça va simplifier la compétition.

On s'agenouille près de son lit. Brandon déverse dans son sac une brassée des provisions qu'elle choisit d'habitude. « J'espère que tu vas gagner », murmure-t-il.

Elle n'espère plus rien. Quand elle ferme les yeux, elle se retrouve là-bas. Recroquevillée. À contempler Maddie qui a les yeux levés vers elle, une accusation larmoyante dans son regard mort.

La nuit ne dérange pas Atrius. C'est à ce moment-là qu'il bosse, en général. Mais il se pose une question : il a passé deux jours à déambuler, graffer, taguer, tâchant de cerner le plan de cet endroit, et il n'a vu personne dans le parc avec eux. Il est monté tout en haut de la grande roue aujourd'hui, et la vue lui a montré ce qu'il soupçonnait : c'est bel et bien un labyrinthe. Du coup, le jeu ne consisterait-il pas à trouver plutôt qu'à être trouvé ? Curieusement, Linda a parlé d'un livre. Et si c'était *ça* le but ?

Il va manquer de peinture, mais il marque son itinéraire dans le dédale. Il a vu un édifice – blanc, avec des colonnes, comme le spa – en plein milieu. C'est là qu'il va aller. En premier.

Mais bientôt, la fatigue et la faim ont raison de lui. Il est tout près du but, il le sait. Il trouvera le bâtiment et le livre demain. Sa peinture, comme des miettes, le ramènera ici.

Le regard au sol, il ne voit pas la chaussure d'enfant, mais il remarque les talons hauts jetés sous un buisson. Zarbi.

À son retour au camp, il trouve un feu mourant. Le lit de Jaden accueille deux occupants. Et ce n'est pas le couchage le plus singulier. La nana craignos aux yeux qui lui mangent la figure dort sur sa couche, mais, recroquevillée par terre juste à côté, il y a la militaire.

Le carnet de l'écrivain pleurnichard est tombé par terre. Il le ramasse, histoire de vérifier que ce n'est pas le livre qu'il cherche. Non, ce n'est qu'un carnet. Pire, un carnet vide. Ian fait semblant d'écrire depuis le début.

Ça le barbe, alors il se douche, mange, choisit un lit vide où dormir deux ou trois heures. Au matin, il rejoindra cette maison au centre du parc.

JOUR TROIS

Atrius part avant l'aube.
Il trouve le temple.
Et on le trouve.

À son réveil le lendemain, Mack, étonnée, découvre Ava qui dort au pied de son lit. La lumière ténue d'avant l'aube s'attarde ; il reste tout le temps de trouver un bon endroit. Un nouvel endroit. Elle ne réutilisera pas celui d'hier après les reniflements. Après la traque. Elle essaie d'échafauder une image de la personne dont il pouvait s'agir, mais échoue à l'humaniser et refuse de voir la silhouette monstrueuse qui lui apparaîtrait si elle la regardait en face.

Elle s'abstient. Fermer les yeux, se boucher les oreilles et faire comme si l'horreur n'existait pas, elle y excelle.

Mack est tellement distraite qu'il lui faut quitter le camp et s'engager sur l'un des sentiers quadrillant le parc pour se rendre compte qu'Ava l'accompagne, marchant vite, d'un pas inégal et confiant.

« Viens », dit l'autre, comme si elle ne savait pas depuis hier soir que Mack est souillée, brisée, hantée. « J'ai repéré un spot le premier jour. L'idéal. On sera cachées, mais on verra le sol si on veut. Si on entend quelque chose. »

Elle a dit *quelque chose*, pas *quelqu'un*. Peut-être que son imagination a du mal à combler les trous dans son cas aussi.

Mack voudrait en avoir le cœur net et demander pourquoi Ava reste avec elle, mais le soulagement qu'elle éprouve à la voir là balaie ses interrogations. Elle ne devrait éprouver aucun soulagement. Elle ne devrait rien éprouver du tout. Et elle ne devrait pas avoir à combattre son impulsion qui lui enjoint de prendre Ava par la main tandis qu'elles longent ce sentier.

Elle traîne un peu les pieds, histoire de se désynchroniser.

Mais c'est trop tard pour chercher une meilleure cachette solo. Voilà pourquoi elle ne quitte pas Ava, se justifie-t-elle. Ce jour-là, le dernier. Ensuite elle se retrouvera seule, ce qui sera mieux. Ou du moins plus sûr. Pour laquelle des deux, elle l'ignore.

Ava les guide dans les tours et les détours des broussailles en évitant de vieux manèges et des structures branlantes qui n'ont pas l'air sûrs. Elle désigne une tour trapue cerclée de glissières présentant toutes de gros trous, là où des sections entières sont tombées ; chacune recrachait qui l'empruntait sur un sentier différent. « Je me suis cachée là le premier jour. Ça a été coton à escalader. Ce truc s'appelle une Spirale Infernale, ou un *helter skelter*, comme la chanson des Beatles.

— Ils ont écrit un morceau sur une attraction ? s'étonne Ava. Ce n'est pas la chanson dont la "famille" de Manson a déclaré qu'elle avait inspiré ses meurtres ? » Elle frémit. Elle n'aurait pas dû parler de meurtres. Ça ouvre un chemin vers le passé de Mack, qu'Ava risque de prendre. C'est pour ça qu'elle n'en parle jamais, pour ça qu'Ava est dangereuse en plus d'être une concurrente. Mack s'écarte un peu. Elle va s'éloigner. Facile comme tout.

La prenant par le bras, Ava la ramène. « Curieux, hein ? Même si, en toute franchise, ces glissières sont assassines. » Comme ça, sans effort, elle referme l'ouverture, scellant le passé de Mack tandis qu'elles poursuivent leur route sans un mot.

Enfin, elles atteignent un lac de béton. Comme le reste, il n'est plus que l'ombre de lui-même, sa surface lisse criblée, craquelée. Lentement mais sûrement, les herbes qui dardent vers le soleil reprennent possession de l'ensemble. Il y a un préau bâti au-dessus des autos tamponneuses toutes rouillées. Même s'il s'affaisse en son centre à l'instar du toit de Mack, il a l'air assez solide. Mieux, c'est un treillage métallique entrelacé d'un lierre épais. Ava disait vrai : de là-haut, elles pourront voir en bas sans risquer de se dévoiler.

Si un truc revient farfouiller avec cet horrible reniflement humide, ces bruits de pas étouffés tels qu'elle n'en a jamais entendu, il leur suffira de tourner la tête et de regarder par une brèche dans le feuillage.

Ou pas. Elle peut s'abstenir. S'emplir la tête en imaginant ce qui cause ces bruits, les revivre tous les jours et toutes les nuits du reste de sa vie, sans aucune certitude. Ça, au moins, elle connaît.

Elle fait la courte échelle à Ava qui disparaît en haut de la structure. Son estomac se noue. Sa compagne pourrait la planter là. S'installer bien à l'abri et la forcer à détaler pour trouver une nouvelle cachette.

Si elle était futée, elle le ferait. Mack se détournait déjà, résignée, quand la tête tondue surgit par-dessus le rebord. « Ça m'a l'air stable. » Ava tend la main.

Mack la prend.

Ava a raison. La structure gémit sous leur poids, et elles devront rester immobiles au possible, mais il ne semble pas qu'un effondrement immédiat menace. Elles se nichent tout près du bord, à l'endroit le mieux soutenu. C'est un meilleur spot que celui de Mack ; des arbres massifs le surplombent, protégeant de l'assaut imminent du soleil. Elles n'auront peut-être pas du tout besoin de se mettre sous la couverture.

Soigneusement, méticuleusement, elle place à portée de main tout ce dont elle pourrait avoir besoin. Elle ne s'est pas douchée hier soir après ce qui s'est passé autour du feu, et elle le regrette car elle capte une note d'odeur corporelle et de fumée, mais ici en hauteur, avec une brise soutenue, il lui paraît peu probable qu'un humain puisse la sentir.

Ava s'installe près d'elle, si près que leurs corps ne sont séparés que par une distance symbolique. Alors que le soleil émerge à l'horizon, inaugurant la journée monotone qui les attend, elle souffle : « Si Jaden ne dégage pas aujourd'hui, je lui pète la gueule ce soir. »

Ce n'est pas un commentaire sur Mack ou son passé. Ce n'est pas une question ni une exigence. C'est une offre. Une preuve d'intimité. Ava la soutient.

Mack se détourne un peu.

Le jour n'est pas encore levé quand Rebecca tombe sur le manège. Les animaux fantaisistes jadis peints de couleurs vives et désormais écaillés au point de laisser voir le bois par endroits la perturbent. Elle sait que c'est du bois – elle le sait –, mais face aux assauts de la pourriture et du soleil, son cerveau s'obstine à voir là des ossements torturés, empalés, une horreur repoussante infligée à des êtres vivants.

En fait, ça lui plaît. On jurerait un plateau de tournage. Rebecca sent l'œil de la caméra dans son dos qui laisse les spectateurs tirer ses conclusions sur ce qui attend au centre du manège, tapi dans les ombres. *N'y va pas,* les entend-elle dire ou presque.

Les poils se dressent sur sa nuque et elle se frotte les bras, même si la fraîcheur du petit matin se dissipe déjà. Non. Pas un film d'horreur. Avec ses allergies alimentaires, un film d'horreur la tuerait d'une manière répugnante, traumatique. Comme si elle ne s'était pas vue mourir asphyxiée presque chaque jour toute sa vie. Comme si ses allergies étaient une astuce d'intrigue au lieu d'une source réelle de souffrance et d'angoisse allant de l'inconfortable à l'atroce.

Pas d'horreur. Une comédie romantique. Elle a hérité un parc d'attractions déglingué d'un cousin lointain. Non. D'un père ou d'une mère avec qui elle s'était brouillée, de sorte qu'il y a davantage de complications émotionnelles. Il s'agit de sa première visite et l'état du machin l'effare. Qu'est-ce qu'elle est censée faire d'un vieux parc d'attractions ? Et tant pis si ses meilleurs souvenirs d'enfance se situent là, lors du dernier été passé avec son père. (Sa mère ? Son père. L'éloignement paternel est moins pénible que le maternel, en tout cas pour le public. Elle les trouve aussi douloureux l'un que l'autre. Bon, revenons au film.)

Maintenant, elle va se retourner pour entrer en collision avec un type en chemise à carreaux. Un jeans qui moule un cul parfait. Des bottes solides, la barbe de trois jours, la voix rauque, un regard perçant. Un maître d'œuvre ! Embauché par son père avant son décès ! Mais pourquoi devrait-elle investir davantage dans le parc ? À moins que ça implique de passer du temps avec ces yeux vifs…

Une brise fait grincer le manège, le dernier souffle issu de poumons morts. Un film romantique ? Non, de zombies.

Concentre-toi, Rebecca. Elle monte sur le manège. Les panneaux centraux ont l'air disjoints. Elle devrait pouvoir se faufiler. Par chance, elle n'a pas encore ses bonnets C. Ils la gêneraient, c'est clair.

Alors qu'elle faufile sa jambe par l'intervalle, elle baisse les yeux et aperçoit un reflet d'argent. Elle connaît ce collier – si joli sur Rosiee. Ses bijoux massifs exprimaient l'identité spécifique de leur orfèvre. Elle se baisse pour le ramasser. Le fermoir est cassé.

Elle y regarde de plus près. Il y a une tache noire sur le fermoir. Collante, et moins noire que rouge sombre, en fait. Si son collier s'était accroché quelque part et avait mordu dans sa peau au point de faire couler le sang, Rosiee l'aurait sans doute remarqué.

Peu à peu, Rebecca retire sa jambe. Inspecte l'ouverture.

Il y a un lambeau de tissu. Déchiré sur la jupe de Rosiee. Elle recule, se heurte à l'un des chevaux squelettiques qui, aveugle, lui sourit de toutes ses dents. Là, une botte. À quel point faut-il se débattre pour perdre sa botte ? Ce n'est pas comme si c'était un talon haut ou un chausson. La botte en question présente des rayures, comme si elle avait traîné par terre. En essayant de résister.

Rebecca dégringole de la plateforme du manège, le cœur battant la chamade. Elle regarde dans toutes les directions. Ce n'est pas une comédie romantique.

Ce n'est pas une comédie romantique.

Le soleil s'élève au-dessus des arbres pour illuminer le manège. Il y a des traînées foncées de ce qui pourrait être de la rouille. De l'huile. De l'eau noire. Du sang.

« Merde aux zombies, chuchote-t-elle. Hé ! crie-t-elle en se jetant sur le sentier le plus proche. Au secours ! À l'aide ! Il est arrivé malheur à Rosiee ! Si quelqu'un me voit, je me fous d'être éliminée ! Ça craint ! Ça craint grave ! »

Elle traverse les haies pour couper vers le camp. Lorsque ses cris aigus se taisent, étouffés par la végétation avide, on jurerait que le manège est resté à l'état brut. Si l'on oublie les lueurs argentées qui, sous le soleil, épellent un code qu'il n'y a personne pour déchiffrer.

Mack ressent la tension lorsqu'Ava entend les cris, elle aussi. Quant à dire si la personne est près ou loin, c'est difficile, avec les structures, les arbres et l'aspect chaotique du parc qui décomposent et détournent les sons au hasard.

Sa compagne remue pour regarder par une brèche dans le lierre. Mack l'imite, faute de pouvoir s'en empêcher.

Elles ne voient rien.

« On dirait Rebecca », murmure Ava.

En réaction, Mack siffle. On a piégé quelqu'un hier. Ça devait être ça, le bruit métallique assourdissant. C'est sans doute pareil.

Les cris s'interrompent. Le soupir de soulagement que pousse Mack se bloque sous ses côtes alors qu'un affreux hurlement résonne à travers le parc et s'éteint en cherchant à se loger dans leurs oreilles. Dans n'importe quelles oreilles.

Ava se redresse. La main de Mack jaillit, la retient par le bras.

« Non, souffle-t-elle. Ne tombons pas dans le panneau. »

Ensuite, des pas. Une course maladroite. LeGrand passe. Il file dans la direction des cris. L'idiot.

Il n'est pas idiot. Mack le sait. Elle connaît la différence entre un cri de film d'horreur, conçu pour *imiter* la douleur humaine, et la réalité.

Une larme coule le long de la joue d'Ava avant que celle-ci ferme les yeux et relève la tête afin de ne plus voir en bas. L'autre connaît la différence, elle aussi. « Jaden », souffle-t-elle. Il doit s'agir de se rassurer, ou de rassurer Mack, mais ça paraît voué à l'échec. « Je parie que c'est lui qui piège tout le monde. »

Elles restent là, emprisonnées par le silence laissé dans le sillage d'un hurlement resté sans réponse.

L'ennui accablant sous le soleil qui écrit ses secrets sur leurs corps en lumière tachetée semble tourner en dérision la panique et la terreur que le début de journée leur a offertes. Mack ne voit rien d'autre à faire qu'attendre, s'interroger, se rejouer le hurlement dans sa tête encore et encore jusqu'à ce qu'il se confonde avec les autres hurlements qui composent la bande-son de sa vie.

Jusqu'à réussir à se persuader qu'elle a entendu ce qu'elle voulait entendre. Ce qu'elle ne voulait pas entendre. L'un ou l'autre. Il ne s'agissait pas d'un véritable hurlement. Son histoire lui fait attendre la terreur et entendre la souffrance. Voilà tout.

Ava garde le silence. Quelles que soient les réflexions avec lesquelles sa compagne se débat, Mack en ignore la teneur. Et s'en félicite, se préférant seule sous son crâne. Par des mouvements infinitésimaux, afin d'éviter la trahison que serait un treillage frémissant ou un lierre bruissant, elle se détourne pour coller son œil à une brèche dans le feuillage et observer le parc en contrebas.

Indifférente, elle ne cherche rien, n'espère rien. Mais une griffe vive comme un néon retient son attention. Ici, tout le reste est délavé par le temps, déteint par le soleil, pourri par la rouille, recouvert par la mousse. Ce ruban de peinture vaut une enseigne lumineuse à Las Vegas.

Atrius. Elle suit la ligne et, aux confins de sa vision, elle en distingue une autre, en forme de flèche. Un itinéraire. Vers quoi ? Que fabriquait Atrius ? Il essayait de garder la trace d'où il allait ? D'où il était allé ? De les entraîner dans un piège ? Ou il faisait le con avec sa bombe de peinture en marquant sa présence sur un lieu complètement indifférent à celle-ci ? Que quiconque veuille laisser partout des traces de son passage la dépasse.

Soudain, elle pige. *C'est un labyrinthe.* Quand il a dit ça, elle a cru qu'il faisait son artiste, mais il parlait du parc d'attractions en lui-même. Elle se détourne pour murmurer sa révélation à Ava, mais celle-ci a les yeux clos et, même d'aussi près, paraît à des années-lumière. Mack fait donc ce qu'elle fait de mieux :

Rien.

Enfin, le soleil se couche. Laissant sa compagne descendre la première, Mack se penche en équilibre précaire par-dessus le bord pour lui tenir la main, puis elle la suit. Elles ne parlent pas en regagnant le camp, mais Ava adopte une démarche plus soutenue que la veille. Elle est nerveuse. Elle veut savoir ce qu'il s'est passé.

Mack n'y tient pas, décide-t-elle. Elle ralentit le pas, afin qu'Ava la devance. Mais, à sa grande frustration, l'autre ne cesse de ralentir et de regarder par-dessus son épaule.

« Bouge-toi, lance-t-elle. Je veux pisser dans une chiotte. »

Mack ne pouvant rien opposer, elle se porte à sa hauteur, suivant des yeux les repères au néon qui se détachent encore dans les derniers feux du crépuscule.

Que se passerait-il si elle suivait la piste tracée par Atrius, qu'elle se laissait happer par la nuit, par le labyrinthe ? Les flèches la guideraient-elles toujours plus loin dans le parc jusqu'à ce qu'elle n'en revienne plus ? Ou disparaîtraient-elles pour la laisser seule et sans but ? Perdue ?

Une sinistre possibilité ? Plutôt un sentiment familier.

Elles atteignent leur destination après avoir marché vingt bonnes minutes vers le faisceau lumineux. Ava a un sens de l'orientation sans faille, ce qui est utile pour l'instant, mais présage mal de l'avenir. Elle doit garder ça en tête. L'autre n'est pas son amie, mais sa concurrente. La somme d'argent devient un objectif flou ; même la nature de la compétition s'est estompée, délavée par le soleil. Il lui semble qu'elle a toujours été là, qu'elle sera toujours là. L'idée qu'il y a une fin, un but, n'est qu'un fil de la Vierge emporté par le vent, brillant, éphémère.

Et si rien de tout ça n'existait ? Si elle était encore sur sa poutre à contempler le refuge ?

Si elle était encore dans le garde-manger, à regarder la flaque de ténèbres filtrer peu à peu sous la porte ?

Elle tend la main, effleurant le dos du tee-shirt d'Ava, puis elle pose le bout de ses doigts sur son cœur. Elle entend sa propre respiration, pas les halètements humides d'un petit être à l'agonie.

Prise de migraine, elle ferme les yeux. Malgré l'ombre, elle a peut-être chopé une insolation. Tant pis.

Ava pénètre à grandes enjambées dans le camp, va vers l'écrivain maussade et Brandon, les deux seuls de retour, et ignore le WC malgré ce qu'elle a dit.

La table croule sous la nourriture et l'eau. Quatre ou cinq fois ce qu'il y avait les autres fois. Pourquoi ?

Peu importe. Aux toilettes, elle manque de fondre en larmes de soulagement.

Quand Mack ressort, Ava se tient à l'orée du camp, les bras croisés, les yeux mi-clos. « Ils n'ont rien entendu », dit-elle, comme si Mack avait posé la question. Mack ne l'a pas posée. Mack refuse de la poser.

« Tu crois qu'il y a vraiment un problème ? » Brandon rejoint Ava en fronçant son nez piqué de taches de rousseur. « Elle a pu se blesser. On parle de Rebecca, pas vrai ?

— Ou de l'autre Ava, dit Ava.

— Ce n'est pas moi l'autre Ava, rétorque une voix dans la nuit. C'est toi. » La belle Ava arrive en titubant et se jette sur la table pour engloutir une bouteille si vite que l'eau lui ruisselle sur la gorge. Son rimmel a coulé, lui donnant des cernes. Des filets de sueur ou de larmes ont créé d'étranges zébrures dans son fond de teint. Jaden débarque dans son sillage. En sueur, couvert de poussière, il a du mal à garder son air à la coule.

« Qu'est-ce que tu lui as fait ? » Ava croise les bras. Ça souligne ses biceps notables, qu'elle le veuille ou non.

Mack s'écarte. Elle n'a pas besoin de le savoir. Elle n'a pas envie de le savoir. Elle veut juste dormir.

Jaden sourit.

« Écoute, ducon, si Rebecca ne revient pas ce soir...

— Hein ? lance la belle Ava. Rebecca ? Je croyais qu'on parlait de Sydney.

— Tu l'aides ? » Ava secoue la tête, écœurée.

« Pourquoi est-ce qu'on parlerait de Sydney ? demande Brandon, perplexe.

— Ce sont eux qui l'ont fait éliminer », explique-t-elle.

Jaden hausse les épaules, et un masque suffisant recouvre son visage. « En amour comme à la guerre, *et cetera*. » Sa manière de prononcer *et cetera* révulse Mack qui serre les mâchoires. Ava, elle, serre les poings. « Je pensais que tu comprendrais ça, vu que la guerre, ça te connaît. L'amour, par contre... »

Ava rigole. Jaden, pris par surprise, perd toute sa morgue. Soudain, elle s'avance, si vite qu'en reculant il trébuche et percute la table. « Fous-moi la paix, ou tu vas regretter de m'avoir croisée. »

Il essaie de s'en tirer par un rire, qui se révèle aussi vide que la bouteille d'eau qu'Ava a reposée. « C'est déjà fait. »

Ava se tourne vers Mack, mais celle-ci part déjà vers la douche. Elle n'est ni du côté d'Ava, ni du côté de personne. Elle l'a oublié. Elle ne peut plus se le permettre.

Ava arpente toujours le périmètre. Tout le monde est de retour, sauf Atrius, LeGrand et Rebecca. L'écrivain – Ian, dont Ava a du mal à croire qu'il soit encore dans la course – a son carnet à la main pour manger avec nervosité. Brûlé par le soleil et fâché, Christian est moins bavard ce soir. Jaden et Ava ont battu en retraite dans l'angle du pavillon où ils ont traîné deux lits de camp côte à côte. Ils brassent de l'air avec leurs rires forcés, et ils parlent plus bas que nécessaire pour souligner qu'ils ne veulent pas être entendus. Comme si Ava avait quelque chose à foutre de ce qu'ils racontent.

« Tu crois qu'il y en a eu trois d'éliminés aujourd'hui ? » demande Brandon qui se racle la gorge. Il regarde Mack timidement. « Ça me fait plaisir que tu sois encore là. » Elle ne répond pas. Il éprouve de la culpabilité pour ce qu'il sait d'elle maintenant. Il préférerait l'ignorer, car ça l'attriste et ça l'effraie aussi un peu, deux sentiments qu'il déteste.

Une brindille se casse. Même Mack, bien décidée à se ficher de l'évolution de la situation, se tourne pour regarder comme si un fil de pêche se tendait sous ses yeux, relié à qui va apparaître.

LeGrand arrive d'un pas traînant.

« Tu l'as trouvée ? » demande Ava. Elle n'a même pas le temps de se réjouir que ce soit Atrius qui ait été éliminé au lieu de LeGrand. Il faut qu'elle sache ce qu'il s'est passé.

Il secoue la tête. Les mains tremblantes, il prend une bouteille d'eau. Il ne dit rien, n'a rien à dire. Il ne demande pas comment elle sait qu'il cherchait. Il a cherché sans rien trouver et il sent que ce n'est pas de cette façon que le jeu est censé se dérouler.

Qui est LeGrand ? Pourquoi est-il comme ça ? Mack ne le connaît pas, mais elle sait qu'il accourt quand il entend crier – et elle, non. Que faut-il d'autre pour estimer la valeur de quelqu'un ?

« Pas de Rebecca, pas d'Atrius. » Ava fronce les sourcils. « Et pas de grande dame blanche pour résumer la journée ou nous dire qui a été éliminé. »

Personne ne tient un compte assidu de la bouffe ? Mack a du mal à le croire. Il y en a assez jusqu'à la fin de la partie. L'autre a approvisionné le camp, allumé le projecteur et filé. Elle ne reviendra pas.

« Linda n'a jamais dit qu'elle serait là chaque jour. » Ian, furieux, referme son carnet d'un geste brusque. Pourquoi font-ils tous semblant de se préoccuper de qui a été dégagé ? Si c'est quelqu'un d'autre, parfait, non ? Il leur en veut de prendre le jeu au sérieux. Tout ça, c'est immature, inutile. Aujourd'hui, cependant, il a pissé dans un bocal plutôt que de courir le risque de quitter l'abri du mur en ruine où il avait trouvé à se planquer. Il leur en veut, il s'en veut et il en veut aux organisateurs de ce truc. Il en veut à beaucoup de monde. Il joue avec son joli briquet en argent massif, un cadeau qu'il s'est offert après avoir obtenu son master. Il l'ouvre et le ferme. « Vous avez vraiment besoin qu'elle enfonce une porte ouverte ? Deux éliminés par jour. Deux manquants. Atrius et Rebecca sont éliminés. Je ne comprends pas que ça vous touche à ce point. Hier, ça vous laissait de marbre.

— Non », marmonne Christian. Le spectre de son futur imaginé avec Rosiee se penche sur son épaule. Il se verrait mal trouver une remplaçante ici. Rebecca est partie et n'était pas son genre de toute façon. La belle Ava est de toute évidence avec Jaden – là, il ne peut pas lutter – et il parierait que les deux dernières n'aiment pas les hommes. Même s'il essaie d'avoir l'esprit ouvert en la matière, ça le dérange. Il n'a rien qui cloche. C'est un bon parti. Ce n'est pas sa faute si un défaut de câblage les empêche de le constater.

Il y aura peut-être une fête ensuite. Il se voit vainqueur du jeu. Réuni avec une Rosiee partie assez tôt pour ne pas le jalouser une fois qu'elle comprendra n'avoir jamais eu sa chance. Elle sera ravie pour lui, ravie que le meilleur ait gagné. Et puis…

Trop claqué pour terminer, il se rallonge sur son lit de camp.

« Jaden et Ava Deux piègent les autres, bien entendu », déclare sans préambule Ava debout face à Brandon, Mack et LeGrand. Elle parle d'un ton posé qui n'a rien de feutré. Elle se fiche que les deux autres l'entendent. « Et quoi qu'ils puissent dire, quelqu'un a bien niqué Rebecca aujourd'hui.

— Pardon ? dit la belle Ava, indignée.

— Donc, on les élimine. » Ava hausse les épaules.

« On t'entend, tu sais. » Jaden se lève, tâchant de gonfler son plumage pour paraître le plus menaçant possible. Ava connaît son genre. Elle sait ce qui se passera s'il se retrouve confronté à la véritable terreur. À la véritable souffrance.

« Je sais. Et je m'en cogne grave. Je vais t'éliminer. Vous éliminer tous les deux. Je le sais, tu le sais, repos. »

Jaden lève les yeux au ciel et secoue la tête. Il ne peut pas piffrer cette garce. Elle se croit forte avec sa tête tondue, ses muscles nazes. Les filles ne devraient pas avoir des muscles pareils. Elle n'a qu'une jambe valide, bordel. Elle croit peut-être qu'elle pourrait le battre pour de bon ?

« Cause toujours », dit-il, mais d'un ton un peu trop aigu. Il aimerait pouvoir recommencer. Dire un truc plus dur, plus cool. Bon, peu importe. C'était l'idée de son Ava, mais c'est lui qui a dégagé Sydney. S'il ignore ce qu'il a pu arriver à Rebecca, autant qu'ils le croient responsable. Qu'ils entrent sur la zone de jeu paranoïaques et décidés à le défoncer. Ça les rendra négligents et il gagnera. Il va gagner, il le sent. Il est le seul gagnant ici.

« Je suis de ton côté, Ava », dit Brandon en indiquant la bonne. Il n'apprécie pas la tension, mais il l'apprécie, elle. Il n'a jamais aimé Jaden. C'est le genre à demander aux autres de le remettre en question, à les mettre au défi de l'affronter quand il déconne, en sachant que la plupart d'entre eux n'en feront rien.

Avec cette solide alliée, Brandon pourra s'opposer à lui. C'est sympa d'appartenir à une équipe. Si ça se trouve, c'est pour ça que d'autres aiment tant le sport.

LeGrand hoche la tête sans un mot. Il a passé l'après-midi à découvert, à chercher Rebecca, et il n'a rien vu ni entendu.

Ni chasseur ni Rebecca. Il a un mauvais pressentiment. Mais il en a un depuis qu'on l'a mis à la porte de chez lui. Le monde entier est un mauvais pressentiment.

Il sait qu'Ava est une pécheresse, souillée, dans l'erreur, mais il sait aussi qu'elle l'aurait aidé chez lui. Qu'elle aurait fait le même choix que lui. Si Ava est perdue, il l'est aussi, et, au moins, toute perdue qu'elle soit, elle reste quand on pleure la nuit.

« Éliminez-vous les uns les autres, pour ce que j'en ai à foutre, marmonne Ian en plaçant un oreiller sur sa tête. Mais faites vite. »

Christian lève les mains. « Je suis la Suède.

— La Suisse », dit l'autre Ava sans se rendre compte que même le malheureux représentant en panneaux solaires la considère aussi comme *l'autre* Ava. Elle serait furieuse de l'apprendre.

« Quoi ? demande-t-il.

— C'est la Suisse qui est neutre, pas la Suède.

— Merci, maîtresse. » Il essaie de la jouer dragueur – il a peut-être de vagues chances avec elle –, mais non, elle se détourne en mordillant un de ses ongles manucurés. Elle a l'air dépité.

Elle l'est. Jaden paraissait le meilleur choix. Mais quand elle voit l'autre Ava, forte, furax, flanquée des seuls bons mecs qu'il y a ici, elle s'interroge. Non, elle ne s'interroge pas. Elle sait. Elle est sortie avec dix Jaden, ce sont tous les mêmes et ça finit toujours de la même façon. Il la trahira, un jour vers la fin du concours, quand il ne pourra plus éliminer personne.

Elle le sait. Elle le sent venir. Mais le planter maintenant n'y changerait rien. Alors elle rit. « Ce n'est qu'un jeu, les gens, vous vous rappelez ?

— Mack, tu es de notre côté, hein ? » demande Brandon avec espoir.

Allongée sur le flanc, lovée autour de son propre néant, elle tombe dans le sommeil comme si elle avait sauté d'une corniche d'immeuble.

La belle Ava n'avait pas tout à fait raison le premier jour, mais on peut l'excuser de n'avoir pas vu ce qu'elle n'était clairement pas censée voir.

Il y *a* des caméras. Une dans le bâtiment au centre du parc, même si personne ne regarde jamais ce stream à moins d'y être forcé. Une en haut de chaque tour, mais dès demain la clôture sera sous tension, les tours seront occupées, ce qui rend les caméras redondantes. Une dernière, braquée sur le camp, capte la dispute en vision nocturne – vert granuleux. Linda a eu raison d'estimer qu'il ne lui fallait pas revenir aujourd'hui. Ils se rendront compte bien assez tôt de ce qu'il se passe. Certains d'entre eux le sentent peut-être déjà, mais ils s'accrochent encore à l'espoir d'ignorer ce qui cloche.

Fermer les yeux deviendra impossible. Face à la laideur, au désordre et à la détresse, Linda préfère observer de loin.

Pinçant ses fines lèvres ridées, elle se remaquille pour la réunion. Plus que quelques jours. Elle baisse le volume de l'écran, et la dispute vire au bruit blanc. Elle peut éprouver de la gratitude envers eux et jouer les témoins en honneur de ce qu'ils font sans avoir à les écouter. Elle ne regarde que ce stream-là. Ayant amené les concurrents – elle les qualifie toujours ainsi, d'un terme plus facile à énoncer, à digérer, à tolérer –, elle les regardera disparaître, mais le macabre lui déplaît. Les autres caméras ne sont pas pour elle.

Côté visage, elle a fait de son mieux. Elle est vieille, et déteste tenir ces réunions la nuit, même si elle comprend. La nuit, c'est calme. Sûr. La tension de la journée – sachant ce qu'il y a là, ce qu'il se passe – les compliquerait trop.

Elle monte dans sa voiture qu'elle pilote dans la nuit comme un bateau jusqu'au spa. Elle arrive la première. Bien sûr. Elle déverrouille la porte et gagne la salle de réunion en passant devant le portrait de Tommy Callas à l'air suffisant et le coffre-fort vide qu'il dissimule.

Prenant le siège près du bout de table, elle considère avec dédain les chaises vides. C'est *sa* famille qui a fait le portail. *Sa* mère qui a créé l'Amazement Park. Et *elle* qui a su faire fonctionner le site après la faillite. Gérer ce jeu idiot. Mais allons-y, gardons des places pour les héritiers Callas.

Comme invoqués par son ressentiment, Ray et son cousin Gary débarquent. Ray pose sa carafe de café au milieu de la table. Linda plisse le nez face à l'odeur amère. Qui boit du café en pleine nuit ? Le moins, ce serait d'apporter un truc bon. Mais le moins, c'est déjà plus que ce qu'ils font.

Ils s'installent en bout de table. « Chuck arrive », grogne Ray.

Linda échafaude un sourire en réponse. « Bien », dit-elle d'un ton sec. Allons-y, encore. Un Callas de plus. Elle jette un coup d'œil sur la chaise voisine réservée à l'autre Nicely, qui restera inoccupée. Sa fille ne répond plus à ses coups de fil depuis des mois.

Le reste des participants rejoint peu à peu la réunion. La sentimentale Karen Stratton, seule membre de la famille à se proposer pour travailler au spa, pose des iPad devant les chaises vides des représentants Frye, Pulsipher et Young. Se surprenant à grincer des dents, Linda se remémore ce que le dentiste lui a dit sur le fait d'user les vestiges d'émail qu'il lui reste et affiche un grand sourire.

« On y va ? demande-t-elle alors que Chuck usurpe le siège Nicely voisin, une vision de l'avenir.

— Pourquoi ils ont le droit de participer à distance ? » Il indique les tablettes d'un coup de menton.

« Je n'ai pas pu me libérer, déclare Leon Frye depuis son écran avec un grand sourire. Mais mon équipe me dit que l'appli fonctionne à merveille.

— Ouais, génial, tu as une équipe qui a créé une appli et une base de données généalogique, marmonne Chuck d'un air sombre. Nous, pendant ce temps, on doit rester ici et se cogner le boulot. » Avec la quarantaine, sa mâchoire ciselée s'empâte et ses cheveux l'abandonnent comme ses espoirs de mener la grande vie loin d'Asterion l'ont abandonné quand il a été intronisé dans le cercle intérieur.

« Dans la perspective d'hériter d'une fructueuse chaîne internationale de bistros », ajoute Linda d'une voix enjouée. Elle prend toujours soin de parler de bistros au lieu de restaurants malgré les remarques incessantes de Ray et Gary à ce sujet. « Et puis, Asterion, c'est chez toi. Chez nous.

— Ouais. » Chuck s'adosse et croise les bras. Elle reste estomaquée qu'ils l'estiment capable de la remplacer dans son rôle. Guère préparé à les diriger, il passe ses étés sur son yacht, ses hivers à Aspen, tout pour faire comme s'il n'était pas lié à ce parc et fuir ses responsabilités. « Ce que je dis, c'est que certaines familles bossent plus que d'autres. »

Les mains de Linda se crispent, prêtes à l'étrangler, donc elle les pose sur ses cuisses avant qu'on les remarque. Il a conduit un *bus*. Un bus ! Elle, elle a trouvé les concurrents, coordonné les invitations, géré la logistique et même pris le risque de retourner dans le parc en pleine saison !

Rulon Pulsipher regarde par-dessus ses lunettes, l'angle de sa webcam donnant l'impression qu'il les prend de haut alors que l'iPad est posé sur la table. « Tu tiens vraiment à ce qu'on calcule les contributions respectives ? » Il parle sur un ton lourd de vilains sous-entendus. Tous savent qu'il a la liberté dont il dispose du fait de ses actions (répugnantes, en général) visant à garantir à Asterion un pool de concurrents potentiels.

« J'ai une question. » Karen lève la main. Linda masque son mépris. Ils ne sont plus en maternelle. Elle doit grandir. Cela dit, Karen n'a jamais rien accompli. Elle entretient son jardin, redécore sa maison tous les trois ou quatre ans et vit sur les bénéfices de son *unique* tâche effectuée il y a vingt ans. « Pourquoi tu as dit aux joueurs de chercher un livre ? »

Linda reçoit la question comme une rafale glacée qui la cloue sur place. « Pardon ? » demande-t-elle pour gagner du temps. La panique emplit son cerveau de la neige en noir et blanc d'une fin de journée de programmes télévisuels.

« Le matin du premier jour, tu leur as dit de chercher un livre bonus. C'était quoi l'idée ? »

Elle lâche un rire qu'elle espère las et dédaigneux, et non forcé. « J'ai du mal à croire que tu regardes le stream. » Karen ne disant rien, Linda reprend la parole. « J'essaie toujours d'ajouter un petit quelque chose pour les dérouter. Afin qu'ils restent concentrés sur le jeu. Cela les implique davantage. Leur permet de garder espoir plus longtemps. La dernière fois, je leur ai parlé de trois pièces d'or conférant une “immunité” cachées dans le parc. » Elle croise ses doigts noueux : si Karen a regardé le stream il y a sept ans, elle saura que Linda ment. Cette fois-là, elle leur a aussi dit de chercher un livre.

« Hum. » L'autre hoche la tête, mais elle n'a pas l'air convaincue. Évidemment que la garce allait aborder le sujet, puisque c'est la faute de sa mère. En revanche, elle ne peut pas savoir que le livre de Tommy manque à l'appel. Elle en aurait parlé.

Changer de sujet, vite. « La rotation des gardes est calée ? » demande-t-elle, bien que ce soit elle qui a établi le programme.

Chuck grommelle de nouveau, d'assentiment, cette fois. Les hommes se mettent à parler de renouveler la collection de fusils, discussion qui dévie sur les armes, les munitions, les recherches dans le domaine, et sur le rapprochement de Frye avec un nouveau membre du Congrès siégeant au sein d'un comité de défense quelconque.

Linda sert le café à tout le monde, soulagée que tout soit revenu à la normale. D'ordinaire, elle serait furax qu'ils détournent sa réunion pour aborder d'autres sujets que leurs devoirs solennels et le déroulement des opérations dans le parc, mais, aujourd'hui, elle s'en félicite. Une fois la saison terminée – il reste quatre jours –, elle devra trouver le moyen de remplacer le livre.

Ou pas. La fille de Karen est encore trop jeune pour subir le rite d'initiation consistant à lire la traduction soignée de Tommy, la méthode qui a présidé à la naissance de tout cet ensemble. Linda sera sans doute morte d'ici qu'elle ait l'âge requis. Ils n'auront qu'à se débrouiller sans elle, tiens.

Elle éclabousse délibérément de café la chaise de Chuck, ce qui l'oblige à se déplacer. Il ne mérite en rien un siège Nicely. Callas ou non, Asterion n'est pas sa ville. Piloter la saison à la perfection n'est pas sa charge, ni son fardeau, ni son privilège, mais ceux de *Linda*.

JOUR QUATRE

C'est l'araignée qui décide Mack.

Ava, Brandon et LeGrand, près de la table surchargée, élaborent un plan pour la journée. À l'autre bout du camp, la belle Ava et Jaden mènent une âpre discussion murmurée. Ian et Christian, traînant près de leurs lits de camp, semblent se demander s'ils se sentent assez exclus pour surmonter leur ambivalence mutuelle.

Presque invisible dans les lumières orange, une araignée solitaire descend du plafond pour se mettre sur le chemin de Mack. Ses pattes caressant son fil, elle demeure en suspens entre elle et les autres.

Maddie, détestant les araignées, criait comme un putois chaque fois qu'elle en croisait. Mack n'aimait pas les tuer – les voir se recroqueviller, pattes en l'air, leur beauté sinistre réduite à un petit amas –, donc elle devait prendre soin de les capturer, de les porter dehors et de les relâcher. À force, dès qu'elle entendait sa sœur glapir, elle allait chercher un bocal et une feuille de papier.

Mais la fois où Maddie a crié pour quelque chose qui importait vraiment, Mack a réagi comme hier. Elle est restée cachée, et sa sœur a été réduite à un petit amas tout emmêlé.

Elle considère l'araignée, relève la tête pour regarder vers Ava, puis se faufile dans le bois. Toute seule. Ça vaut mieux maintenant que l'autre sait qu'on ne peut pas compter sur elle. Se fier à elle. Cette nuit encore, Ava a couché près de son lit comme si ça garantissait sa sécurité. Après l'épisode sur le treillage – sa compagne demeurée impassible au lieu de s'efforcer d'aider –, comment a-t-elle pu dormir ?

Peu importe. Mack n'est pas croyante, vraiment pas, mais elle va gagner. Ça paraît inévitable. Le sentiment n'a rien de triomphal, toutefois. Il lui pèse, monstrueux.

Familier.

Au moins, cette fois, elle va pécher par abandon passif et non par trahison active.

« T'en penses quoi, mec ? Tu veux une alliance, un truc comme ça ? » Christian observe les autres avec méfiance. Les sexy débattent sur le fait d'aller dans le parc en premier ou en deuxième, les bizarres font des provisions en silence.

Ian n'appartient à aucun de ces groupes ; il n'y tient pas. Il n'y tient vraiment pas. Il se le répète en retournant son sac pour la cinquantième fois. Il ne trouve pas son stylo. Écrire sans son stylo ? Alors qu'il a de l'inspiration à revendre, il ne peut même pas – la sueur lui poisse la nuque, les piqûres d'insectes le cuisent, sans parler du coup de soleil carabiné là où il a oublié d'enduire son bras d'écran solaire hier, et non, il ne se sent pas inspiré, mais vidé, épuisé, rageur, et où est son *putain* de stylo ?

Il déborde d'inspiration et ne peut même pas écrire parce qu'il n'a pas son stylo. C'est ça qui le retient. Ça doit être ça qui le retient – sans une formule magique d'écriture, une combinaison mystique des objets, de l'humeur, du cadre et de la musique, il n'a aucun moyen de trouver la bonne façon de faire. Ce qui signifie que l'écriture n'est que… l'écriture. Et c'est dur. Très dur. Il n'a rien fini depuis son diplôme. Et s'il continue comme ça ?

« Alors ? insiste Christian.

— Vous croyez vraiment qu'on va gagner ? » demande Ian en levant la tête avec un peu plus d'agressivité qu'il ne le voulait. Christian ne va pas gagner, et Ian non plus. Il ne gagne jamais rien. Jamais.

Pourquoi avoir accepté ce test ADN généalogique idiot ? Il espérait découvrir un lien avec une culture dans laquelle il pourrait puiser, se motiver, trouver des sujets. Tout ce qu'il a obtenu, c'est qu'une inconnue l'a contacté, une cousine si éloignée qu'elle devait tourner en orbite, pour lui parler de ce concours. Qu'est-ce qui lui a pris de croire que ce serait bien ? Qu'est-ce qu'il y a jamais eu de bien dans sa vie ?

Christian soupire d'impatience et part d'un pas lourd dans la pénombre. Tant mieux. Ian ne veut aucun allié, refuse de jouer le jeu que les autres ont décidé d'instituer. Ce n'était pas assez stupide ? Il fallait encore compliquer le truc ? On joue à *cache-cache*, bordel.

Déprimé, privé de stylo, et sûr qu'il n'écrirait pas même s'il l'avait, Ian laisse son gros sac et quitte le camp pour les bois profonds. Il marche sans but, voûté, les mains dans les poches. Comment peut-il avoir froid et transpirer ? Il déteste cet endroit. Il déteste tous les endroits.

S'il était quelqu'un, il aurait sans doute trouvé un sujet d'histoire dans ce foutoir, mais il ne veut pas être un de ces écrivains de genre bon marché qui vomit des mots à la noix pour les masses. Il a un master de création littéraire. Il veut créer de l'art. Écrire des trucs qui *comptent*. Répondre à des entretiens dans un bureau masculin, coûteux et décontracté, entouré de classiques – aucun de ses livres, bien sûr, parce qu'il n'aurait nul besoin de s'abaisser à les mettre en valeur. Son intervieweur ou intervieweuse noterait l'absence de toute autopromotion ostentatoire. Il n'aurait pas à y recourir, car son œuvre parlerait pour elle. Il y aurait une photo de lui, l'air grave, les yeux dans l'objectif, ce qui lui donnerait une belle gueule. Et il aurait une pipe qu'il fumerait tout au long de la discussion sans se justifier après l'avoir allumée avec son briquet aussi cher que classieux.

Merde. Il a laissé son briquet dans son sac.

Son bureau lambrissé disparaît, chassé de son esprit par la gifle d'une branche.

Couvert de sueur et marmonnant des jurons, Ian passe devant un édifice caverneux à l'entrée duquel des cupidons dérangés pendent – par le cou, dans un cas – à l'enseigne rouillée et déteinte. LE TUNNEL DES AMOUREUX. Le manège est entièrement clos. Sans doute un tunnel d'eau, ce qui lui suggère mousse et pourriture. Il voit la moisissure, comme décochée par les arcs des cupidons, s'infiltrer dans ses poumons et le gaver de millions de spores minuscules. Pas question d'entrer là-dedans.

Un peu plus loin sur le sentier sinueux, il avise un édifice qui correspond à son humeur. Au-dessus de l'ouverture béante trône un gros démon qui devait être autrefois couvert de plâtre. La pluie l'a décapé jusqu'à ce qu'il n'en reste que la structure métallique : un crâne cornu, un torse massif, des ailes squelettiques. Ça reste moins craignos que les angelots, toutefois. Le tunnel des Amoureux et celui du Souterrain des Enfers presque côte à côte ? On aurait mieux fait de les combiner.

C'est futé, comme idée. Enfin, ça le serait s'il avait un putain de stylo pour la noter.

Il marque une pause devant le guichet. Comme les prix indiqués sur le flanc de la guitoune sont gravés sur une plaque de métal, il parvient à les déchiffrer. Quelqu'un avait le sens de l'humour. Les clients devaient acheter un péché pour entrer :

Luxure, Envie, Avarice, Paresse, Gourmandise, Orgueil, Colère. Bizarrement, on a inscrit au-dessous à la main, avec une pointe, ASTERION. Ce ne serait pas le nom du bled ?

Intrigué, et manquant de temps, il passe sous le démon et entre. Il a commis l'erreur à laquelle il espérait échapper en évitant le Tunnel des Amoureux. Le toit s'est effondré à moitié ; ce manège aussi utilisait une rivière artificielle entraînant les barques sur leur itinéraire. Bien sûr, le canal asséché depuis longtemps n'a laissé en son milieu qu'une dépression et du moisi. Deux états d'esprit familiers.

Une bonne plaisanterie, et aucun moyen de la noter ou de la partager.

Le tunnel du Souterrain des Enfers lui évoque vaguement quelque chose. Il éprouve un accès de gêne avant de comprendre pourquoi le lieu le remplit d'humiliation, puis le souvenir cristallise : Gorki. Maxime Gorki. En première année, Ian nourrissait une obsession pour le dissident russe. Aux fêtes étudiantes, il répétait sa réflexion sur le caractère repoussant des excès américains en guise de phrase d'approche. Il l'a essayée à maintes reprises, et elle ne lui a jamais valu un seul rencard. La dernière fois qu'il l'a utilisée, la fille avec qui il discutait savait de qui il parlait. Il a cru avoir enfin un ticket, jusqu'à ce qu'elle réponde en rigolant : « Il était beau, c'est pour ça qu'il pouvait se permettre d'être un connard prétentieux. Tu comptes t'en sortir comment ? »

Il essaie d'enfouir la honte qu'il éprouve d'instinct. Gorki évoquait Coney Island et ses parcs d'attractions, non ? Si ! Comment a-t-il pu l'oublier jusqu'à présent ? Gorki avait coutume d'insérer plus de descriptions émues et excessives dans un seul paragraphe que la plupart des écrivains dans un texte entier. Ce n'était pas un connard prétentieux, mais un génie. Il avait détesté sa visite de Coney Island et écrit avec élégance sur la laideur de l'endroit, parlant d'un singe, d'un tunnel des Enfers comme celui-ci et d'incubateurs. Ian a cru d'abord à un drôle de manège, des poussettes pour adultes, mais il s'agissait bien d'un bâtiment conçu pour accueillir des prématurés dans des couveuses. Les parcs d'attractions, à l'époque, c'était drôlement bizarre. Ils avaient peut-être la même chose dans celui-ci ? Non, il n'a pas l'air assez vieux.

Quoi d'autre ? Ian avait souligné une bonne partie de l'article, mais ne se rappelle aucun détail, sinon que Gorki se plaisait à imaginer le parc en feu.

Peut-être qu'il pourra trouver l'inspiration ici. Si Gorki, un dissident russe génial, a rédigé une belle élégie haineuse de Coney Island, bordel, Ian devrait bien pouvoir écrire sur l'Amazement Park. Mais dans ce cas, il lui faudra y passer davantage de temps.

Il sort son téléphone, éteint dès qu'il a constaté l'absence de signal, donc encore chargé, l'allume et touche l'icône de la lampe de poche. Le soleil n'est pas levé et il faut à Ian une meilleure idée de ce que cet édifice peut offrir avant de choisir une cachette. Il sent que les gens à leur recherche tricheront volontiers en utilisant des lumières, donc il ne peut pas se fier seulement à l'obscurité pour se dissimuler. Et avec le toit effondré, va savoir à quel point ça s'éclaircira plus loin.

Ian balaie devant lui avec le pinceau lumineux. Il y a des barques en décomposition poussées contre un mur, et une autre retournée au centre du canal asséché. Et s'il rampait dessous ? Non, l'idée de rester si près de l'odeur de moisi lui file un haut-le-cœur. Il y a peut-être une réserve quelque part ? Un placard ? N'importe quoi ? Son flash illumine une rangée de dents. Il recule d'un bond, le cœur battant.

Les dents ne bougent pas. Elles ne peuvent pas. Elles sont peintes. Irrité de sentir ses aisselles ruisseler de sueur dans sa terreur, il s'avance à grands pas pour affronter cet ennemi artistique. Ce décor, le plus éloigné du trou dans le plafond et protégé des éléments extérieurs, lui semble postérieur à la conception originale de l'attraction. Il n'a d'ailleurs aucun sens – on ne pourrait pas le voir depuis les bateaux.

Un groupe d'hommes et de femmes en blanc entoure un feu. L'image voisine représente des hommes et des femmes assis sur des trônes au sommet d'une colline rocheuse.

Non. Pas rocheuse. Une colline de corps. Charmant. Puis ce sont encore des hommes et des femmes, cette fois vêtus de rouge, disposés en cercle. Sept de chaque. Il marque une pause. Sept hommes et sept femmes. Il darde la lumière vers la scène suivante sur le mur, un labyrinthe vu d'en haut. En son centre, il y a une couche de peinture noire si épaisse que son cerveau croit voir une cavité.

Ensuite, ce sont les dents qu'il a vues en premier. Mais il s'est trompé. Ce ne sont pas des dents, mais des objets qui pointent tous vers le haut, longs, incurvés, acérés. Ce qui se trouve derrière est flou, indistinct, soit à dessein, soit par la faute du temps passé. Mais au-dessous, peints avec un soin maniaque qui confine au respect, il y a quatorze crânes.

Quatorze. De nouveau.

Il n'aime pas ce nombre. Ni ces images. Qui a peint ça ? Pourquoi se donner la peine de créer des scènes sinistres au beau milieu d'un parc abandonné depuis des décennies, dans la perspective improbable où quelqu'un qui chercherait une cachette ici les verrait ?

La fresque de Tchekhov. Si un monstre y figure à l'acte un, il doit bouffer quelqu'un au dernier ? Un Russe de plus. Pourquoi Ian n'a-t-il pas d'ancêtres russes ? Il serait en train de découvrir son âme slave à Moscou, là, au lieu de tourner en rond dans un parc d'attractions en ruine.

C'est idiot. Idiot au possible. Il n'arrête pas de murmurer le mot – idiot, *idiot*, idiot – avec l'espoir de chasser la peur qui lui fore l'estomac. Rien de tout ça ne lui plaît. Ni cette salle, ni ce bâtiment, ni ce parc, ni ce concours. Il pivote sur ses talons, mais trébuche sur de vieux pots de peinture. On a dû s'en servir pour peindre la fresque.

Il retourne examiner le trou noir au centre de l'image du labyrinthe, braque la lumière de son téléphone dessus. Et... il ne s'était pas trompé. C'est un trou ! Quelqu'un a choisi de le mettre là, de l'ajouter après la réalisation des fresques. Donc ça fait partie du jeu. Donc...

Prenant une profonde inspiration, il passe la main par le trou, s'attendant à avoir le bras arraché ou déchiqueté. Mais ses doigts se posent sur un objet poussiéreux, rectangulaire. Il n'a aucun mal à reconnaître un livre au toucher.

« *Ha !* s'écrie-t-il, avant de tressaillir quand les échos lui reviennent des parois et du plafond. Ha ! » répète-t-il alors, bien plus bas. Il a trouvé le foutu bouquin. Mais il est trop tard pour regagner le camp dare-dare. Il va s'asseoir dans le coin le plus sombre du bâtiment, derrière une pile de débris du toit qui le dissimulera à la vue de quelqu'un qui entrerait, puis il examine sa prise.

La couverture est ancienne, le cuir craquelé, usé. Les pages semblent fragiles et il a du mal à croire qu'elles aient pu survivre aux éléments. Plusieurs tombent au sol lorsqu'il ouvre le volume, et il les ramasse pour les poser au creux de son aine en veillant à ne pas les froisser.

Son triomphe s'accroît encore quand il lit l'inscription au stylo bleu sur la deuxième de couverture.

Elle devait savoir que je lui étais opposé, car elle m'a jeté ici en compagnie de la bête. Mais elle ignorait que j'avais déjà le livre. Cependant, ils sont peut-être tous complices. Je reste caché par peur – d'eux, et de la bête. Le danger est le même, en vérité. Peu importe. Je n'ai plus le temps de trouver une solution dans ces pages, une fin à ce cauchemar. Je ne peux pas l'arrêter et je vais être consumé.

Je le mérite. Comme nous tous. Je suis navré. Puissiez-vous parvenir au résultat que je n'ai pu atteindre. Et si tu lis ces lignes, Linda, j'espère que tu iras pourrir en enfer. Je t'y attendrai.

Linda ! C'est donc *le* livre. Bien sûr que c'est le livre, et Ian va choper le bonus. Il espère que c'est du liquide, mais il acceptera même un simple avantage. Peut-être qu'il pourra vraiment gagner à ce jeu.

Impatient, il feuillette le volume. L'écriture change tout d'un coup, fanée, passée, tout en fioritures mieux tracées qu'une main moderne ne pourrait le faire. C'est de l'hébreu pour lui. Ou plutôt du grec – il le parierait, du moins. On a mis des traductions détaillées dans les marges. Il feuillette de plus en plus vite. Ici, un diagramme qui correspond aux motifs et aux symboles qu'il a vus sur le portail d'entrée. Là, les plans d'un bâtiment. On dirait une sorte de temple miniature, avec d'autres dessins de symboles et de motifs. Et ensuite, jusqu'à la fin, des pages et des pages de grec.

Ian déteste ce bouquin qui n'est ni drôle, ni coquin, ni exaltant, ni même utile, franchement. Est-il censé en faire quoi que ce soit ? Y a-t-il une autre tâche à accomplir après l'avoir trouvé ?

Il devrait lire la traduction. Il devrait. Elle comporte peut-être des indices.

En tout cas, ça n'a rien d'un accessoire. D'un truc conçu par une société d'articles de sport. Il connaît les livres – s'il connaît une chose, c'est bien ça, en fait –, et celui-ci est une vieillerie. Une *antiquité*. Qui n'a pas sa place dans un jeu de cache-cache totalement idiot. Il s'arrête sur le dernier dessin représentant un truc monstrueux qui n'a sa place *nulle part*.

En frissonnant, il passe aux feuillets tombés du volume. Ce sont peut-être les indices.

Il les lit, et il s'en mord les doigts.

5 juillet 1925

La façon dont nous comptons effectuer le sacrifice et les méthodes que nous avons découvertes sont détaillées dans le livre de Tommy, mais n'importe guère pour le moment.

Nous voulons seulement que nos familles comprennent : nous avons vécu durant la Grande Guerre, et nous craignons que d'autres guerres poignent à l'horizon, et nous refusons de regarder nos enfants souffrir, convoiter, lutter et mourir comme nos frères, nos sœurs et nos parents l'ont fait sous nos yeux. Si opérer ce choix signifie protéger notre ville et nos enfants – notre sang, notre peuple –, et garantit que nos lignées se poursuivront plus fortes, nos noms perdurant, grandissant, bâtissant et réalisant nos rêves, nous estimerons que ce sacrifice en valait la peine. Qui ne sacrifierait tout pour ses enfants ?

Sachez ceci : nous passons ce marché, et nous ignorons ce qu'en sera le coût, mais nous le paierons et nous vous témoignons notre amour par-delà les générations.

Nous laissons Hobart Keck en guise de témoin et en charge de l'administration. Des lettres de chaque couple suivront ; veillez s'il vous plaît à ce que nos enfants les reçoivent et prenez soin de nos petits comme vous le feriez des vôtres, sachant ce que nous avons fait.

En toute solennité,
Tommy et Mary Callas
George et Alice Pulsipher
Orville et Ethel Nicely
Willie et Ruth Stratton
Joel et Mary Young
Robert et Rose Harrell
Samuel et Irene Frye

10 juillet 1925

Le temple de Tommy et le portail ont été parachevés ce matin. Nous les avons bâtis, disposés, scellés et protégés comme le stipulaient dans les moindres détails les notes de Tommy, même si je ne vois aucun sens à tout ceci. Ils m'ont choisi comme témoin et j'ignore à quoi ils veulent que j'assiste, hormis à l'acte de quatorze désespérés partis dans les bois se ridiculiser en chantant et en jetant des sorts.

Néanmoins, Tommy est mon frère, par choix sinon par le sang, donc je vais faire ce qu'ils demandent, tout noter par écrit, et à la fin, quand ils seront rouges d'humiliation, du bon whisky les attendra.

13 juillet 1925

Demain, c'est donc le grand jour. J'ai pour instruction express de ne venir me mêler de rien, quoi que je puisse voir ou entendre, et quel que soit le temps que durera la cérémonie.

On a réparti les petits entre les membres des familles. Mary, qui a versé des tonneaux de larmes sur Tommy Jr et ses faibles poumons, n'a même pas pleuré. J'en déduis qu'ils croient que cela ne marchera pas, ou que le coût ne sera pas trop élevé dans le cas contraire. Aujourd'hui, ils se baignent ensemble afin de se purifier, et l'hilarité me gagne chaque fois que je les vois, donc je vais m'asseoir dans un coin et faire semblant de prendre des notes pour la postérité.

Tommy n'oubliera jamais cette journée. J'y veillerai. On sera vieux que je lui demanderai encore s'il se prépare à invoquer une vieille puissance chaque fois qu'il entrera dans une piscine.

14 juillet 1925

Ma foi, je les ai envoyés dans la forêt et j'ai fermé le portail derrière eux. Sept jours, c'est leur choix. Peut-être veulent-ils prendre des vacances sans leurs enfants. Il y a des manières plus simples d'y parvenir que de créer une cérémonie complexe basée sur des écrits occultes trouvés dans une église incendiée au milieu d'un no man's land.

Je me suis dressé un joli petit camp près du portail. Cela ne me dérange pas de passer mes nuits dehors du moment que personne n'essaie de me canonner ou de me gazer. Je boirai du café et je dormirai à la belle étoile durant une semaine, puis, quand ils reviendront à la queue leu leu, je me moquerai d'eux sans excès.

Je dois relever un détail, toutefois. Ils ont emmené une vache. Pourquoi une vache ? Tommy a secoué la tête et m'a intimé de ne pas m'en soucier tandis qu'ils passaient devant moi en la menant par le licou.

Je ne pense plus qu'à ça, maintenant. Pourquoi une vache ?

15 juillet 1925

Je ne peux pas…

Je dois rassembler mes pensées, mais mes doigts tremblent

Il y a eu un bruit.

Non, pas un bruit, l'inverse d'un bruit, comme l'absence retentissante après qu'un obus a explosé dans les environs et que tous les bruits ont disparu et qu'on ne sait pas s'ils reviendront un jour ou si on existera éternellement dans ce vide résonnant coupé du monde alentour

16 juillet 1925

Il y a eu un bruit. Je le qualifie ainsi. Puis une pression, une pression intolérable, au point que j'ai bien cru perdre connaissance ou mourir. Quand elle a enfin cessé, j'avais les oreilles qui saignaient.

Je peux attribuer le bruit, la pression et mes oreilles à des souvenirs, à l'approche d'un orage, à n'importe quoi. Je ne laisse pas leurs satanées absurdités et superstitions me contaminer. J'en veux à Tommy. À Mary. Elle aurait dû garder la tête sur les épaules. Les autres, je les connais à peine, mais je leur en veux à tous.

17 juillet 1925

Le portail m'importune. Ce n'est qu'un portail. Il est entouré d'arbres. Il n'est relié à aucune clôture. Il se dresse tout seul dans la forêt.

Pourquoi ne puis-je pas me résoudre à le toucher ?

J'ai déplacé mon camp plus loin sur le sentier. Je vois encore le portail. J'ai presque fini le whisky. Je veux aller en ville en racheter, mais j'ai promis à Tommy de rester. Je crois qu'ensuite, je prendrai mes propres vacances loin de Tommy et de ce portail.

18 juillet 1925

Ce matin, au moment où le soleil surgissait à l'horizon, j'ai entendu des hurlements. J'allais me précipiter dans la forêt en direction des cris quand le rire a commencé.

J'ai tué à mains nues. Je me suis abrité derrière des cadavres pour me protéger des balles et des shrapnels. J'ai vu les horreurs de la guerre, et je n'ai jamais eu aussi peur que confronté à ce rire.

Je suis un lâche. Cela m'est égal. S'il n'y avait eu que les hurlements, j'y serais allé. Mais je ne voulais pas voir ce qui pouvait pousser quelqu'un à rire ainsi.

Je n'y suis pas allé, je n'irai pas, je reste de ce côté du portail. S'il est arrivé quelque chose de terrible, ma foi, c'est arrivé et je ne suis pas intervenu et j'ai fait ce que Tommy m'a demandé. Je passerai ici la semaine prévue en entier.

Puis je lui collerai mon poing dans la figure et je partirai.

22 juillet 1925

Si j'avais su ce qu'ils me demandaient vraiment, le fardeau qu'ils m'infligeaient, les fantômes auxquels ils m'enchaînaient, l'horreur dans laquelle ils me laissaient patauger, je leur aurais dit non. J'aurais su qu'ils me demandaient de me sacrifier en plus d'eux.

Sois damné, Tommy. Soyez tous damnés.

Mais c'est déjà le cas, j'imagine.

Je suis fatigué. Je finirai ce compte-rendu demain.

25 juillet 1925

J'ai bu tout le whisky qu'il y avait chez moi, et tout le whisky qu'il y avait chez Tommy en plus. Cela ne suffit pas.

J'ai attendu jusqu'au huitième matin, parce que je suis un lâche. J'aurais pu y aller la septième nuit, mais mon âme flanchait à l'idée de passer le seuil de ce portail sous le couvert de l'obscurité. Dans mon esprit, c'est devenu une barrière infranchissable, le seul obstacle entre moi et ce qui se passe dans cette forêt, quoi que ce soit.

Des hurlements. Des pleurs.

Des rires.

Le huitième matin, j'ai déverrouillé le portail et j'ai posé le pied dans le nouveau no man's land *de Tommy. J'attendais autre chose – que mes tympans claquent et saignent une fois de plus, que ma peau se couvre de chair de poule, que quelque chose me souffle ce qu'il s'était passé ici avant que je doive le découvrir par moi-même. En vérité, j'attendais un prétexte pour tourner les talons et prendre la fuite.*

Mais ce n'étaient que des arbres, et ils s'éveillaient à la vie dans le concert des oiseaux, des insectes et des autres choses de la nature, ne sachant ou ne se souciant pas de ce qui m'attendait.

Je pense à lui, à cette personne, ce Hobart, marchant d'un pas lent vers son but, inconscient de ce qu'il allait trouver. Si j'avais rebroussé chemin, si je m'étais autorisé à laisser le portail fermé, peut-être aurais-je pu

Mais non. Tommy était mon frère. Je devais savoir. Je le lui devais. Du moins je le croyais. À présent, je sais que le fardeau qu'ils m'ont infligé m'a absout de toute dette et leur en a fait contracter une envers moi qu'ils ne pourront jamais me rembourser, n'ont jamais compté me rembourser, car je n'étais pas inclus dans le blasphème que constituait ce ~~maudit sois tu merde merde merde Tommy maudit sois tu bordel de merde~~

Je suis entré dans la forêt. J'allais d'un pas lent comme si je chassais ou qu'on me traquait. J'ai gagné le centre où ils avaient ménagé une clairière autour du temple de Tommy et où un grand bûcher brûlait la première nuit.

J'ai trouvé la vache, ou ce qu'il en restait, putride, en décomposition, son ventre explosé d'une manière que je ne comprenais pas. C'était pire que tout ce que j'avais imaginé sur son utilisation. J'ai vomi, et puis je me suis préparé à découvrir le sort des quatorze personnes si c'était là celui de la vache.

Il restait des traces du bûcher. Un anneau de pierres, des cendres, une odeur de fumée.

Et des indices de présence humaine. Des empreintes de pas, des traces dans la terre. Une rangée bien droite de quatorze paires de chaussures. Quelques vêtements, pliés près des chaussures ou déchirés et jetés à l'écart. Le camp racontait l'ordre tombé dans le chaos, une histoire que je ne souhaitais pas lire.

Le pan de l'histoire que je voulais découvrir n'était nulle part en vue. Il n'y avait pas trace de Tommy, ni de Mary, ni des Pulsipher, des Nicely, ni des Stratton, ni de cet imbécile heureux de Robert qui n'avait aucun droit à avoir l'adorable Rose comme épouse – d'aucun d'entre eux. Les quatorze personnes entrées dans ces bois avaient toutes disparu. Toutes. Il y avait une liasse de papiers pliée sur le livre de Tommy. Je les ai pris et fourrés dans ma poche. Je ne voulais pas les ouvrir là. Je n'y tiens toujours pas.

Il y avait une puanteur. Elle ne venait pas de la vache ; le vent soufflait dans la mauvaise direction. J'ai connu les tranchées, rampé dans la boue imprégnée des humeurs des cadavres frais. Je connais l'odeur de la mort. Elle était partout.

Une part de moi voulait croire que c'était là une belle blague, la plaisanterie ultime, dont j'aurais été la cible. Que Tommy et les autres se cachaient dans le temple, ou qu'ils s'étaient faufilés dans mon dos, avaient regagné leurs maisons et m'attendaient bien au chaud pour me rire au nez à mon retour.

Mais je ne pouvais nier l'odeur de mort. Et je savais que Tommy et les treize autres ne reviendraient pas.

Le temple attendait. Je frissonnais ; je tremblais ; j'avoue sans honte que je pleurais. Mais, enfin, j'y ai pénétré et je n'ai rien trouvé – du moins l'ai-je cru. Il était désert. Le sol était nu, à part les motifs inclus avec soin par Tommy dans les pierres noires et blanches. Ce vide ne m'a inspiré aucun soulagement. Il ne m'a pas libéré. À cause de cette odeur.

Et puis j'ai perçu une inspiration, une expiration. Les cadences régulières du sommeil.

Il y avait quelque chose, là, que je ne voyais pas. Ça dormait, respirant avec puissance d'un souffle moite. Mes yeux m'affirmaient qu'il n'y avait rien, pourtant je l'entendais, je le sentais. Alors j'ai fui ce temple, traversé la forêt et j'ai fermé le portail, je l'ai verrouillé dans mon dos. Je me sentais traqué. Je me sentais hanté.

Tommy, Mary et les autres ont disparu. Quoi qu'ils aient fait, ils ont laissé quelque chose derrière eux.

30 juillet 1925

Je les déteste. Je les déteste tous.

15 août 1925

Dans les pages qui suivent, j'ai transcrit les terribles instructions qu'il m'a laissées. Je ne dispose pas de son livre qu'il a trouvé et apporté, dans lequel il les a prises. Son frère s'en est emparé et j'étais si traumatisé que je n'ai pu résister. Je regrette de ne pas pouvoir le brûler, faute de l'avoir. Je regrette de n'avoir pas sorti mon couteau et éventré Tommy quand il a voulu pénétrer dans la forêt. Je regrette de l'avoir jamais rencontré, connu, aimé. Le résultat, c'est qu'il a la chance d'être mort. Moi, je dois vivre avec ce qu'il a fait, ce qu'il a créé.

Le fardeau repose sur moi à présent. Tommy y a veillé. Il devait me détester, je pense. Ou bien il ne savait pas, il ne se doutait pas, il ne se rendait pas compte. Mais je ne peux me montrer généreux envers lui ou sa mémoire. Pas après ce qu'il a fait.

Je garderai le portail. En sentinelle, je surveillerai l'horreur qu'ils ont laissée. Et pendant tout le reste de ma vie, je demeurerai hanté par cette respiration humide et lente, comme en attente, et je nourrirai, prête à jaillir de mes propres poumons, ma haine pour mon ami et ces treize imbéciles.

Non, je ne serai pas seul à porter ce fardeau. Leurs enfants sauront, ils le porteront aussi et se souviendront de ce que leurs parents ont fait pour eux. À eux.

À nous tous.

21 juillet 1925

Instructions laissées par Tommy Callas au nom des familles Callas, Pulsipher, Nicely, Stratton, Young, Harrell et Frye, à suivre à la lettre :

Nous avons payé le prix et reçu notre récompense. Ce n'est pas ce que nous attendions, mais il faut avoir la foi seigneur il faut avoir la foi il faut avoir la foi c'est tout ce qu'il nous reste et nous avons la foi que le marché sera honoré. La prospérité et la protection pour notre sang du jour d'aujourd'hui jusqu'aux dernières générations.

Les premiers, nous avons payé ce prix, jusqu'à ce que le dernier, moi en l'occurrence, soit consumé. Je les ai tous vus à part ma chère Mary et moi, nous sommes les derniers et Mary reste assise comme si elle était déjà consumée, présente mais éloignée de moi dans le même temps, je l'ai aimée plus que tout et cela nous a amenés ici donc je dois avoir la foi j'aurai la foi.

Quand je serai consumé, il s'endormira et il nous protégera, et nous vous aurons donné ce que nos parents n'ont pu nous donner ni notre pays, nous aurons assuré votre destin et votre prospérité.

Prospérez.

Prospérez.

C'est votre droit. Payé comptant.

Montez la garde. Quand il s'éveillera, il devra être nourri. Ce pacte a été scellé de notre sang et continuera de même. Nourrissez-le et prospérez et profitez de notre amour. Ma Mary était une femme pétrie d'amour, hantée par l'amour, propulsée par l'amour et maintenant elle est consumée.

Montez la garde.

Ne laissez pas le portail ouvert.

Ne le laissez pas avoir faim.

N'oubliez jamais que nous vous aimons et que vous méritez ce cadeau.

Voilà qu'il s'éveille. Notre dernière heure est donc venue. Nous serons consumés pour nos enfants et les enfants de nos enfants et les enfants des enfants de nos enfants.

Le prix est payé de bonne grâce et avec la foi en l'avenir que l'avenir gardera la foi avec nous et que nous durerons à travers vous j'ai la foi j'ai la foi j'ai la foi j'ai la foi oh seigneur j'ai la foi mais il y a des étoiles dans sa gueule et ce sont des étoiles que je ne connais pas et ma Mary les a rejointes et voici que je la suis.

Adieu

15 juillet 1926

Ils ne m'ont pas cru, n'ont pas voulu me croire, ces frères, ces sœurs et ces enfants, jusqu'à ce que nous entrions dans le temple et que les cris s'élèvent. Ce n'est pas un monstre pour moi, pourtant c'est mon monstre. Je ne suis pas couvert par les bénédictions de Tommy, mais j'en subis tout de même le coût.

Nous montons la garde. Puisse le monstre dormir à jamais dans son temple sépulcral, et puissent les quatorze fous qui l'ont amené ici trouver enfin la paix.

15 juillet 1930

Il dort, je bois, le pays crie famine, mais pas nous.

15 juillet 1932

Il est réveillé. Nous n'avons rien fait, rien n'a changé, il n'y a pas eu de nouvelle cérémonie, et pourtant il est réveillé. Et Tommy a dit qu'il devait se restaurer.

22 juillet 1932

Je croyais les pires moments de ma vie derrière moi, mais beaucoup d'autres m'attendaient. À la fin, je me suis retrouvé au temple, à pleurer, à supplier pour obtenir le soulagement, et je n'ai toujours rien vu, et il ne m'a pas pris.

Nous n'étions pas prêts. Nous avons offert une vache et il a dévoré les deux hommes, les frères de Frye, qui l'avaient amenée. Nous avons poussé les malchanceux vers leur mort, deux par deux. Deux par jour pendant sept jours, et à la fin, nous avons dû les traîner. J'ai dû les traîner, parce que je ne suis pas maudit comme eux, je suis maudit par mes propres actes.

Sept ans. Leur sacrifice n'offre que sept ans de répit. Six mois par vie offerte. Cela les vaut-il, Tommy ? Qu'est-ce que ta foi nous inflige à tous ?

Je suis bourreau désormais.

Sept ans pour nous préparer. Nous ferons mieux la prochaine fois. Il le faut.

22 juillet 1939

Le médecin déclare que si je n'arrête pas de boire, je vais me tuer. Il y a des moyens plus efficaces pour obtenir l'oubli, lui ai-je dit, mais pas pour moi. Non. L'oubli ne veut pas de moi.

Notre pari n'a pas payé.

Nous avons essayé le premier jour avec Doreen, la bonne de la sœur de Rose Harrell, mais le monstre l'a laissée intacte pour aller rôder jusqu'au portail.

Pris de panique, nous avons proposé en hâte la propre sœur de Rose et le frère d'Orville. Nous ne pouvions pas le laisser sortir. Doreen les a vus consumés jusqu'à ce qu'il n'en reste rien, mais peu importe. Qui la croirait ? Des monstres invisibles dévorant des gens au milieu des bois ? Imaginez un peu.

Imaginez.

Quatorze ans ont passé depuis la cérémonie originelle. Les familles des sacrifiés sont les policiers, désormais, et les sénateurs et les juges. Il n'y aura aucune conséquence. Nous avons laissé Doreen s'enfuir car elle ne compte pas. Il est d'autant plus frustrant qu'elle ne puisse pas être sacrifiée.

Cela répond toutefois à la question. Seul le sang qui a contribué à l'invoquer peut le nourrir.

Ayant obtenu une journée de répit grâce à ce sacrifice précipité, nous avons passé le mot. Toutes les familles ont soumis deux noms, dans des enveloppes scellées – sauf les familles de Rose et d'Orville qui ont dû n'en donner qu'un. Ils n'ont pas soumis leurs propres noms, bien sûr. Leurs parents et leurs frères et sœurs s'étaient sacrifiés pour eux *– ils ne devaient plus servir de sacrifice, mais prospérer. Toutefois, il fallait encore nourrir le monstre.*

Douze parents éloignés, enfants hors mariage, cousins faibles d'esprit : ce n'étaient plus des secrets honteux. Ils ont été invités deux par deux dans les foyers qui ne les avaient jamais accueillis, et escortés deux par deux au temple. Par moi, puisque je ne peux pas être consumé.

C'est trop. Il existe forcément une mort plus rapide que la bouteille et plus disponible que le monstre. Je dois la trouver. Qu'Asterion monte la garde. Je cherche la paix de l'enfer, certain que l'enfer serait trop bon pour Tommy Callas et que nous ne serons jamais réunis.

Maudite à jamais soit Asterion. Maudit soit tout ce qu'elle touche. Amen.

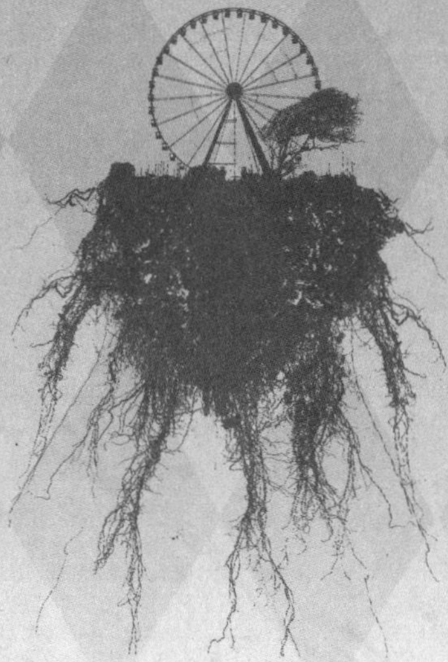

Ian éteint le flash de son téléphone et range avec soin les feuillets dans le livre, comme s'ils risquaient de savoir qu'il les traite mal. Comme si on le surveillait.

Les traductions soignées, les diagrammes, le dernier dessin affreux, tout prend sens désormais et il n'y tient pas.

Il apprécie d'être sceptique. Se draper dans le cynisme, c'est le moyen le plus simple de protéger son cœur quand on évolue dans un monde indifférent à soi et à ses rêves. Une part de lui est un peu gênée – il sait qu'il se sentira humilié par la suite, quand il repensera à tout ça –, mais, pour l'essentiel, il s'en moque.

Il court dehors, remonte le sentier sinueux, atteint le camp alors que le soleil se lève. Essoufflé, il sait en tout cas ce qu'il veut faire : se tirer vite et loin. Même si le bonus pour avoir trouvé ce livre est une prime, tant pis.

Il le fourre dans son sac qui l'attendait, rassemble ses effets pêle-mêle, cherche une dernière fois son putain de stylo. Il vérifie même dans les affaires de Jaden, car ça ne le surprendrait pas que ce connard l'ait piqué. Mais non, rien. Nulle part.

Un gros craquement se répercute dans l'atmosphère. Il sursaute, regarde partout, sans localiser l'origine du bruit.

On s'en cogne. C'est l'heure de partir. Il ne veut pas le fric de la récompense, de toute façon. L'argent détruirait sa créativité. Le confinerait dans son confort. Un artiste doit souffrir, pas vrai ? Gorki approuverait son choix.

Il lâche un rire étranglé face à l'absurdité et la certitude de sa terreur. Le fait de savoir qu'il veut mais ne peut nier qu'il y a un truc qui cloche vraiment. Ce serait tentant de se coucher sur son lit de camp, tirer la couverture sur sa tête et se rendormir. Qu'on le trouve ici, et puis voilà.

Mais non. Il va remonter la route par laquelle ils sont arrivés jusqu'au portail, filer le livre à Linda et ne jamais repenser à cette histoire. Il laisse tomber. Il ne veut plus jouer. Mais il doit partir *tout de suite*. S'il s'allonge, il va mariner dans ses doutes, transpirer, se dissuader. Mieux vaut perdre au grand jour. Devenir un sujet de plaisanterie et comprendre son ridicule, sa faiblesse. Pouvoir regarder en arrière sans peur, avec honte.

La honte, ça le connaît. Il s'y sent bien.

Alors qu'il passe la courroie de son sac à son épaule, il l'entend. Tout d'abord, son cerveau rejette ce reniflement humide, mais quelque chose ne va pas. Les oiseaux dans un sous-bois font plus de bruit qu'ils ne devraient. Ce qui approche n'en fait presque pas, hormis ce souffle. Rien de petit n'a jamais respiré de cette façon.

Ian se rappelle l'atroce trou noir et l'image des cornes illuminées dans l'obscurité. Il se rappelle la description par Hobart d'un souffle sans origine visible. Il se rappelle le dessin à la fin du livre. La terreur le fige. Son corps entier est une respiration retenue.

Fendant les buissons de l'autre côté du camp, quelque chose surgit. Couvert de sang, les yeux fous.

« C'est quoi ce bordel ? » s'écrie Ian.

Distraite, Mack met trop longtemps. Aucun spot ne convient. L'heure tourne. L'approche de l'aube la prend au dépourvu et l'emplit de panique.

C'est la faute d'Ava. Mack ne peut pas se permettre l'inattention, la réflexion, le sentiment. Un manège plus loin retient son attention. Il doit bien y avoir une cachette inattendue dedans. Elle devrait aller ailleurs ; ici, c'est sur un itinéraire trop direct à partir du camp. Mais comme le temps lui fait défaut, elle se précipite.

Elle voit aussitôt ce que Rebecca a tardé à remarquer. Les bijoux en argent. La botte. Les signes de lutte.

L'ouverture béante au centre du manège, patiente et froide comme un mausolée, attend de l'engloutir, de la remettre à sa place. Celle qu'elle devrait occuper depuis des années, en tout cas. Peu importe combien elle se fait discrète, invisible, petite. Combien elle désire peu.

La mort a manqué Mack cette nuit-là, manque Mack ce matin, mais Mack, jouant sur les mots, se demande si la mort ne lui manque pas.

Elle grimpe avec prudence sur la plateforme et ramasse les beaux bijoux de Rosiee. Les ténèbres glaciales dans le pilier central pulsent, prêtes à l'étreindre.

Elle se rappelle la chaude obscurité sous la couverture. Ava lui prenant la main pour l'aider à garder le silence. À rester cachée. *Voulant* qu'elle reste cachée. En sécurité.

L'aube point. Mack se détourne de la terrible fin qui l'attend. Une des flèches couleur néon d'Atrius luit au dos d'un vieux stand de restauration. *Par là,* indique-t-elle. Vers où ?

Tout vaut mieux qu'ici.

Mack suit la flèche.

Christian ne comptait pas atteindre l'orée du parc. Dire dans quelle direction on va, c'est impossible. Il croyait se diriger vers l'est, vers l'intérieur ; maintenant que le soleil est levé, il constate qu'il a réussi à partir en sens inverse, vers l'ouest, pour tomber sur la limite où l'accueille la grande clôture métallique, seule structure neuve – ou, du moins, bien entretenue – qu'il a vue, hormis leur camp de base.

Une sorte de tour s'y adosse, située dans les limites si on veut, puisqu'elle fait partie de la clôture. S'il parvient à y grimper, il verra bien le parc d'attractions tout entier. Il pourra peut-être même repérer où les autres se cachent, auquel cas Ian regrettera d'avoir décliné une alliance. Ils le regretteront tous. Mais il sera un beau vainqueur. Il les félicitera et Ox Sports appréciera au point de lui proposer sur-le-champ le poste de Linda.

La fête sera géniale. Si personne n'a parlé d'une fête, il a déjà le goût du champagne sur la langue et il imagine la robe de Rosiee.

Fredonner l'empêche de remarquer le bourdonnement ambiant. Sa main posée sur la clôture suffit : il est projeté en arrière, une seconde durant une éternité tandis que le courant tourne dans son corps en une boucle interminable qui lui fait voir du blanc aveuglant.

Il perd conscience, peut-être. Le temps passe, peut-être. Électrifiée. La clôture est électrifiée. Pourquoi ? C'est à se tordre. Il a toujours pensé que vendre des panneaux solaires le tuerait. Peut-être que l'électricité en a vraiment après lui.

Alors que Christian regarde vers le haut, des larmes de soulagement coulent sur sa figure. Il y a quelqu'un dans la tour qui a vu ce qui s'est passé. La personne se penche pour l'observer. Il voit mal son visage – c'est trop loin.

Puis elle se recule dans l'ombre. Pourquoi ne vient-elle pas l'aider ? À moins qu'elle soit en train d'appeler ? Au bout de quelques minutes, quand il a repris le contrôle de son corps au point de remuer, personne n'est venu. On ne l'a pas hélé pour lui demander s'il a besoin d'aide, s'il va bien.

Pourquoi la clôture est-elle électrifiée ? Aucun panneau ne l'annonce. Plus question de gagner la partie, il va leur coller un *procès*. Obtenir l'argent de cette façon. Lancer sa propre société. Furieux, tremblant, il examine la tour. On dirait un mirador, maintenant qu'il y réfléchit.

Il n'a peut-être pas vraiment vu quelqu'un dedans. Si ça se trouve, son cerveau surchargé – au sens propre – lui a balancé des images aléatoires. C'est risqué, certes, mais il tend la main et touche le bas de la tour.

Pas de décharge.

« Je vais balancer ce connard » marmonne Christian, et il entreprend l'ascension. Il est bon grimpeur. Malgré ses spasmes qui subsistent, il ne s'arrête qu'à mi-chemin du sommet pour se reposer. Là, il lève la tête.

Il avait raison. Il y a bien quelqu'un dans la tour.

Avant que son cerveau puisse traiter l'objet que l'autre tient en main, la détonation retentit. Christian s'écrase au sol et la douleur de la chute ne trouve pas de place dans son esprit accaparé par le trou à son épaule.

Un coup de feu.

Il a essuyé un *coup de feu*.

Il se relève, titubant, la main plaquée sur sa blessure par balle. Il n'a pas de place pour la colère, les questions, quoi que ce soit d'autre que la fuite. Lâchant une plainte animale de terreur et de souffrance, il regagne le parc.

Christian part tout droit, ignorant les sentiers. Tous les sentiers mentent. Il trébuche, tangue, mais, d'une façon ou d'une autre, s'oriente mieux qu'un peu plus tôt. S'il atteint le camp, s'il rentre là-bas, il trouvera de l'aide. Il s'en sortira.

Il s'en sortira, parce qu'il doit s'en sortir.

Il le faut.

Enfin, il s'extrait des branches qui s'accrochent à lui et se retrouve face à Ian, terrifié et choqué, qui crie : « C'est quoi ce bordel ? »

Il s'effondre. L'autre se penche sur lui, dit une phrase. Une ombre apparaît dans son dos, bloquant le soleil.

Christian s'avise avec une clarté soudaine qu'il aurait mieux valu l'électricité, après tout.

Le soleil se couche, couvrant le monde d'une obscurité qui n'apporte guère de douceur. Le projecteur ne s'allume pas. Ava, LeGrand et Brandon s'en remettent au sens de l'orientation d'Ava et arrivent les premiers.

« Bordel de merde », souffle-t-elle, comme une prière. Son cœur bat la chamade, tâchant de fuir sa cage fragile d'os et de chair. Elle bascule l'interrupteur du fanal pour l'allumer, puis se tourne et observe le sentier. Elle attend. Elle espère. Elle refuse de regarder la table retournée, les lits éparpillés, le sang.

Le sang.

« Allez, Mack, chuchote-t-elle. S'il te plaît. »

Ava, épuisée, ne se sent plus belle du tout. Alors qu'ils regagnent le camp d'un pas lourd, elle sent la rancœur qui émane de Jaden comme un déodorant Axe parfumé à l'agression : le nez lui pique et son cœur cogne d'anxiété. Leurs projets aujourd'hui – suivre les autres et trouver le moyen de les piéger comme il l'a fait à Sydney – n'ont rien donné. À la place, ils ont manqué de temps pour se dénicher un bon spot. Les troncs de l'une des topiaires torturées avaient poussé autour d'un centre creux, et ils se sont glissés là-dedans. Dans des circonstances différentes, ç'aurait été romantique. Voire chaud comme la braise.

C'était chaud… comme une fournaise. Elle en veut à Jaden de marcher toujours un pas devant elle, de n'avoir pas pris la peine de s'éloigner un peu quand il est sorti pisser dès qu'il a fait assez sombre, ni attendu qu'elle se soulage à son tour avant de repartir.

Et elle s'en veut de l'avoir choisi.

Des possibilités s'offraient. Elle aurait pu rester copine avec Mack et l'autre Ava. Voire tendre la main au gentil Brandon ou même au pénible Christian. LeGrand, par contre, lui donne toujours la chair de poule. Mais comme on fait son lit – de camp, en l'espèce –, on se couche. Elle a choisi le familier parce que la familiarité lui paraissait tenir du confort, et ce confort ne l'a pas réconfortée.

Perdue dans ses idées noires, elle ne remarque même pas l'état du camp. Et n'en a pas l'occasion : Ava se jette tous poings dehors sur Jaden.

« Qu'est-ce que tu as foutu, bordel ? » demande-t-elle, à califourchon sur M. Muscle, au sol, les bras levés pour se protéger le visage.

« Laisse-le ! » Elle essaie de les séparer, mais Brandon, le gentil Brandon, la prend fermement par le coude et la fait pivoter.

« Oh », souffle-t-elle.

On croirait une scène de crime. La table à provisions retournée, son contenu éparpillé et piétiné. La moitié des lits renversés. Et au centre, une flaque sombre. Une piste de gouttes d'accusation y mène, et des traînées d'horreur en partent.

Il y a un sac par terre, et les pages du carnet à cheval sur la flaque se remplissent pour la première et la dernière fois.

L'autre Ava hurle un truc.

« Ce n'est pas lui », dit Ava, hébétée. « On est restés ensemble toute la journée. On a essayé de vous trouver, on n'y est pas arrivés et puis on s'est cachés. Ce n'est pas lui. Pas nous », corrige-t-elle, car s'ils accusent Jaden, ils l'accusent aussi, elle.

« Foutue garce ! crache-t-il à présent que l'autre Ava a interrompu son assaut. De quoi tu m'accuses, d'abord ? Tu crois que je les ai assassinés pour gagner ? Comment je dépenserais le fric en taule ?

— J'ai entendu quelque chose. » Elle n'arrive pas à se détourner de la flaque au centre du camp. Voilà qu'elle sent l'odeur, un âcre mélange de fer et d'un truc plus sale, plus primal. « Ce matin. J'ai cru à un pot d'échappement. Mais il n'y a pas de voitures ici. »

L'autre Ava se redresse, puis se relève. Jaden se remet debout à la hâte, rouge de colère, la lèvre déjà enflée.

L'autre Ava ne paraît pas redouter qu'il se rue sur elle et, flanquée de l'asperge Brandon et de LeGrand, muet, les yeux vides, elle peut se le permettre. Jaden les pointe d'un doigt tremblant. « Z'êtes débiles. Débiles, bordel. C'est un jeu. Vous saisissez pas ? Ça fait partie du jeu ! C'est le twist ! Ils veulent vous convaincre que c'est vrai, dangereux, histoire que vous vous éliminiez tout seuls ! Putain ! » Il part d'un rire aigu et dur. « Au lieu de vous dire ça, je devrais vous laisser vous exciter et foncer au portail. Mais apparemment, il faut expliquer qu'on *joue* à un *jeu* avant que Bagdad Barbie passe en mode Rambo et me crève. »

L'autre Ava la dévisage, les yeux noirs exorbités. « Tu jures qu'il est resté avec toi toute la journée. »

Ava hoche la tête avec emphase. « Et il n'a éliminé personne à part Sydney, promis.

— Ta gueule, crache Jaden. Ne leur dis rien. » Il la bouscule en allant à la salle de bains. Ils entendent une douche couler.

« Je te le jure », chuchote-t-elle.

L'autre Ava opine du chef, le visage fermé, et scrute l'obscurité. « J'ai entendu aussi. La détonation. J'ai cru que je perdais la boule.

— Il a sans doute raison. De dire que ça fait partie du jeu.

— Peut-être. » L'autre Ava tressaille et palpe une de ses cuisses. « Admettons. Ça… ça m'arrive de voir des menaces là où il n'y en a pas.

— C'est un jeu de malade, dit Brandon qui considère le camp d'un air renfrogné. Au sens pas cool. Voire crade. Ça ne me plaît pas trop. Ce n'est plus marrant. » Il lève les yeux et regarde les deux Ava bien en face. « Qu'est-ce qu'on fait ?

— J'ai besoin du fric, lâche-t-elle. Vraiment.

— On a tous besoin de ce putain de fric », dit l'autre Ava, mais sans méchanceté.

« Bon, peut-être qu'ils nous ont induits en erreur et que le jeu est plus rude qu'on croyait, mais sinon ? Vous croyez que Linda nous a amenés ici pour, quoi, nous tuer deux par deux ? » Ça sonne ridicule, dit comme ça. *C'est* ridicule. Jaden a raison. Obligé. C'est un rebondissement de plus dans la partie. Une idée soudaine lui vient et elle se rembrunit. « Vous étiez tous là avant qu'on arrive. »

Brandon penche la tête, perplexe. L'autre Ava pige direct. « On aurait mis ça en scène pour vous faire flipper. J'aimerais bien. Merde, sacrée stratégie. » Elle avance de quelques pas vers l'obscurité qui les entoure. « Ou alors c'est Christian et Ian qui tentent leur chance.

— Ou Mack. » Elle hausse les épaules sur la défensive quand l'autre Ava la regarde de travers. « Écoute, avec ce qu'elle a subi, il y a moyen qu'elle soit amochée.

— Il n'y a personne », dit LeGrand d'une voix douce, ses yeux liquides braqués vers le sol. Elle les voyait bleu pâle, mais, dans la lumière orange, les couleurs fanent. Même la flaque collante n'est peut-être pas rouge sombre virant au noir. Peut-être qu'elle est violette, bleue ou…

C'est ça. Et peut-être que quelqu'un a fait fondre toute une glacière de glaces à l'eau arôme sang. Bien sûr. Elle secoue la tête. Même si elle sait ce qu'elle voit, ce qu'elle sent, elle veut le nier. Qui accepterait un truc pareil ?

« Comment ça ? demande Brandon à LeGrand.

— Dans le parc. » LeGrand hausse ses épaules voûtées qui le font paraître plus petit. « Il n'y a personne qui nous cherche.

— On ne t'a pas trouvé, dit-elle. Ça ne signifie pas que personne ne cherche. Tu as sans doute eu de la chance. Ils avaient déjà leurs deux éliminés de la journée. C'est ça le schéma, non ? Deux par jour. Donc s'ils ont été trouvés, tu es à l'abri.

— Là, il en manque trois. » L'autre Ava s'assoit sur un lit de camp, baisse la tête et se masse la nuque.

Ava s'installe à ses côtés pour veiller. Qui la nuit va-t-elle leur rendre ? Soudain, elle regrette de toutes ses forces que ce ne soit pas Jaden qui ait dégagé aujourd'hui.

La belle Ava a commis une erreur. Elle ne voit pas Jaden derrière eux qui regarde depuis la salle de bains, les yeux mi-clos, tandis qu'il décide qui, au juste, il va piéger pour l'élimination demain.

Brandon a peur. Il ne s'amuse plus, du tout. Il se fiche même de l'argent. S'il n'y avait pas ses amis, il partirait tout de suite. Mais il ne veut pas les laisser tomber.

LeGrand est résigné. On les punit, l'enfer existe et ils s'y trouvent ; ils vont mourir, ou pas. Peu importe, car il vit dans un enfer sans espoir, sans couleurs, depuis qu'il a été banni.

Et Ava scrute les ténèbres, celles de l'extérieur, celles de son esprit, celles de son cœur. Elle sent de la fumée et de la chair calcinée – des fantômes – tout en attendant de voir qui va revenir.

JOUR CINQ

Le projecteur est allumé, maintenant. Quelqu'un la rappelle, l'attend.

Assise, elle entoure de ses bras ses genoux repliés. Sa cabine – sa nacelle, ou quel que soit le nom qu'on donne au véhicule où les passagers s'installent pour décrire des cercles en affrontant la gravité – oscille dans la brise du soir. Mack y coucherait presque. Elle pourrait se lover au fond, sur la boue et les feuilles mortes, et dormir à jamais.

Les flèches d'Atrius, qui l'ont menée ici, poursuivaient l'itinéraire, mais elle s'est arrêtée. Il a dû trouver la sortie du labyrinthe. Ou son centre. En tout cas, il n'est plus là.

Elle frotte l'un des anneaux en argent massif de Rosiee qu'elle a passé à son doigt pour ne pas le perdre. Parti.

Mack meurt de faim, de soif et de fatigue. Elle refuse de retourner au camp, de voir qui n'est pas là, de penser à ce que ça pourrait signifier. C'est un jeu, oui. Un jeu géré par des gens. Elle sait très bien que les gens peuvent être des monstres.

Mais elle doit aussi savoir si Ava est toujours là. Même si elle a choisi de s'en séparer. Elle doit savoir.

Alors elle descend et regagne le camp.

Ava est assise sur un lit, le visage creusé, la belle Ava à ses côtés. Brandon nettoie la table qui, à voir le foutoir, était renversée. LeGrand occupe un autre lit. Une flaque sombre au centre de la dalle de ciment paraît exercer l'inverse d'une attraction, repoussant tout le monde.

Mack déteste la réaction de son cœur quand elle voit Ava. Et Brandon et LeGrand, dans une moindre mesure. Parce qu'elle est contente – *ravie, bordel !* – qu'ils soient là tous les trois. Donc ça lui fera mal quand ils n'y seront plus. Et elle ne peut pas les aider, ni les protéger, ni rien faire pour les garder ici.

On l'agrippe par le bras et on la tire dans la lumière. Jaden, triomphant, soulève sa main. « Vous voulez savoir qui a foutu le boxon pour nous ficher la trouille ? Peut-être celle qui porte les bijoux de Rosiee comme trophée ! »

Mack dévisage Ava qui, assise, la fixe tel un fantôme – comme si Mack était morte et l'ignorait encore.

« Je les ai trouvés, dit Mack. Avec sa botte. Et du sang.

— Menteuse. » L'air dégoûté, il laisse retomber sa main. « J'aurais dû me douter que tu tricherais. Écoute, si tu as les gènes de ton vieux et que tu te décides à jouer du couteau, tue-les en prem's. » Jaden ignore l'exclamation outrée de Brandon et gagne un lit à l'écart. « Tu viens ? » dit-il d'un ton sec.

La belle Ava se lève lentement et adresse l'ombre d'un sourire à Mack. « Je suis bien contente que tu n'aies pas dégagé. » Puis elle suit Jaden.

« Où est-ce que tu as trouvé ça ? » demande Ava.

Mack se débarrasse peu à peu des bijoux, qui semblent plus lourds qu'ils ne devraient, en les posant sur la table redressée.

Une bague gravée d'une volute. Un bracelet en forme de serpent. Le cœur en pendentif à la pointe fine comme une aiguille, elle le garde au cou, sous son tee-shirt. « Au manège. »

Ava, se penchant sur ses bottes, se passe les mains sur le cou et son crâne tondu. « Je ne sais pas. Je ne sais pas. Je ne sais pas. » Elle répète ça comme une mélopée.

« On pourrait abandonner », dit Brandon.

LeGrand et Mack échangent un regard. Ils le savent : c'est impossible. Faute que le jeu soit fini, ils ne peuvent pas partir. Simple comme bonjour. Mack pose son sac et inspecte les provisions intactes que Brandon a remises sur la table ; elle prend le nécessaire pour trois jours de plus. Le sentiment de sécurité que donnait la lumière face à la nuit, la perspective d'un repos après une longue journée épuisante, tout ça a disparu. Le camp est à découvert ; le parc l'assaille avec avidité. Tous les yeux papillonnants dans l'obscurité sont attirés.

LeGrand la rejoint pour remplir son propre sac.

« Vous faites vos bagages ? » demande Brandon, plein d'espoir. S'ils renoncent, il l'acceptera mieux. Mais Mack ne peut pas lui offrir cette certitude.

Elle secoue la tête. « Le camp, c'est fini. »

Ava se lève, les yeux écarquillés, les mains tremblantes comme si elle était en manque. Elle serre les poings. « Que ce soit un jeu ou pas, que ce soit vrai ou pas, ouais, ouais, on ne devrait pas être où ils nous attendent.

— Qui, "ils" ? demande Brandon.

— Là est la question. » Elle prend son sac et y bazarde des trucs au hasard. « Si c'est un jeu, je préfère que Jaden dégage avant nous. Sinon, on reste ensemble, nous tous. » Et elle regarde Mack. Elle lui en veut d'avoir fait cavalier seul, ou elle tient à la surveiller ? Elle la soupçonne peut-être d'avoir fait du mal à Rosiee ?

Même si Ava se trompe, le soupçon est mérité. Tout le monde devrait soupçonner Mack, tout le temps. Mais il la blesse, ce soupçon, car elle voudrait qu'Ava la croie.

Non.

Elle veut qu'on lui fiche la paix. Laisser Ava à la nuit, partir, couper tous les liens, n'être rien ni personne, et... se cacher. Et ne plus ressortir. Comme l'oiseau du refuge, dans les poutres couvertes de poussière, seul, dissimulé, en sécurité. Elle veut cette existence-là.

« Je connais un coin. » Brandon, de toute évidence, se sent mieux une fois nanti d'amis et d'un plan.

« Hé ! crie Ava. Ava Deux ! Tu peux venir avec nous si tu veux.

— Elle ne veut pas », répond Jaden.

Ava laisse cinq secondes à Ava Deux pour répondre, puis hausse les épaules, la mine sombre. « Bon. Montre-nous ça, Brandon. Allons nous cacher. » Elle prend Mack par le bras. « J'ai besoin de ton aide dans le noir. » Mack ne la croit pas, mais elle s'engage dans la morne obscurité du petit matin avec Ava qui, en la tenant, en l'ancrant ici, l'empêche de se cacher.

Brandon les conduit au Tunnel des Amoureux. Il faut du temps pour la trouver dans le noir – dans le parc, il faut toujours du temps pour trouver quoi que ce soit –, mais ils y parviennent enfin. Plus loin sur le sentier, un démon écorché veille à jamais sur son royaume.

« Et si Jaden nous a suivis ? » lance Brandon, sur les dents. C'est son idée, sa cachette, et il se sent responsable de tout le monde. Même si le jeu n'est plus drôle, il reste, d'une certaine façon, excitant. Tous ses amis sont partis à l'issue du lycée et il n'a jamais été proche de qui que ce soit après la mort de Mamie. Ici, dans le noir, gorgé d'adrénaline et de questions, il se sent proche d'Ava, de LeGrand et même de Mack.

Bien qu'elle lui fasse peur, maintenant, aussi.

« Si je vois cet enfoiré, je le bute », dit Ava d'une voix pincée, usée. Il se demande si sa jambe lui fait mal. Il a tant de questions ! Non seulement c'est la seule lesbienne qu'il ait jamais rencontrée – si c'en est une, il ne voudrait pas présumer, mais elle doit l'être, non ? –, mais en plus elle est ancienne combattante. Il espère qu'ils deviendront potes pour qu'il puisse demander ce qu'il est arrivé à sa jambe et si elle connaît d'autres amputés. À leur sujet, il s'est toujours demandé si le syndrome du membre spectre existait pour de vrai. Membre spectre ? Membre hanté ? Un truc dans le genre. Ava saura.

Il veut parler à Mack, aussi. Lui demander ce qu'il est arrivé à sa famille. Non. Il veut qu'elle décide de le lui dire. Il veut leur prouver à tous qu'il mérite leur amitié. Peut-être qu'après ce *truc,* quel que soit le truc au bout du compte, ils se verront toujours. Ils pourraient déménager en Idaho, tous bosser à la station et, leur service terminé, s'asseoir ensemble sur le trottoir pour regarder le soleil se lever en rigolant de plaisanteries pour initiés.

On n'en est pas encore là. Il doit bien s'occuper d'eux pour qu'ils sachent ce qu'il vaut.

Ce n'est plus drôle, c'est *important,* maintenant, et ça lui plaît.

LeGrand se demande s'il est mort. Si c'est la Ténèbre, l'enfer où il devait aller s'il péchait. Ou si Dieu a fait une exception et le punit tout de suite au lieu d'attendre.

Mack croise son regard – le clair de lune permet juste d'y voir – et hoche à peine la tête. Elle comprend. Ils sont punis. Pour la première fois depuis qu'on l'a excommunié et banni, une pensée lui vient, qui brûle d'une clarté aussi vive et aussi sainte que le buisson sur la montagne.

Je ne mérite pas ça.

Et pour la première fois depuis aussi longtemps qu'il se souvienne, bien avant qu'on le jette dans ce monde froid qui le laisse perplexe, LeGrand n'a plus peur.

Il est en colère.

« Alors, c'est quoi le plan ? » demande Brandon une fois qu'ils se retrouvent tapis dans le Tunnel qui sent le moisi, un néant obscur, impossible à négocier sauf dans les parages de l'entrée. Quand l'aube sera plus proche, ils y verront suffisamment pour choisir une cachette. Mack n'apprécie déjà guère l'endroit, toutefois. Trop exposé. Trop peuplé. Trop de possibilités d'être trouvés.

« On établit un camp de base ici. » Ava s'assoit par terre et étend sa mauvaise guibole devant elle. Mack ne voit pas sa grimace mais en sent les contours à la façon dont l'autre bouge et parle. « On ne retourne plus à l'autre pour des provisions ni pour quoi que ce soit. On traite Jaden et l'autre Ava en ennemis, parce que si c'est un jeu, c'est ce qu'ils sont, et si ce n'en est pas un, c'est quand même ce qu'ils sont. » Elle marque une pause, et sa voix, forte d'ordinaire, devient hésitante. « Est-ce que je suis folle ? souffle-t-elle. Tout le truc cloche vraiment, non ? Je sais que j'ai de la merde dans le ciboulot, des tonnes de merde, mais… » Elle laisse sa phrase en suspens.

Mack traîne près de l'entrée béante pour scruter la nuit. Qui est-elle pour dire à une autre personne si elle est folle ou pas ?

Qui est-elle pour dire si ce qui se passe ici est pire que ce qui se passe ailleurs ? Elle savait qu'on la traquait dès l'instant où elle est entrée dans le bureau au refuge. Elle le savait, elle est venue quand même, et maintenant, tout ce qu'elle peut faire, c'est ce qu'elle a toujours fait :

Continuer à se cacher.

« T'avise pas de faire ça », siffle Ava. Mack se fige, les pieds sur le seuil tordu entre les planches pourries du Tunnel des

Amoureux et le sentier extérieur qui la ramènerait vers son anonymat où elle n'a qu'une chose à cacher et protéger. « On se serre les coudes. » La phrase est autant une ancre que sa main un peu plus tôt.

LeGrand laisse choir son sac près d'Ava. « Je vais grimper à un arbre », dit-il sur le ton dont on dirait *Je vais chercher du lait au magasin*. Bizarrement, il gère mieux toute cette histoire que les autres. Ou alors il partage la conviction de Mack – un truc clochait depuis le début – et un détour potentiel par la violence et la mort ne l'étonne pas. La routine, quoi. « Je ne m'éloigne pas. »

Ava acquiesce. « Bonne idée. Une meilleure position. Siffle si tu vois un truc.

— Je ne sais pas siffler.

— Personne ne t'a appris ? » Ça semble l'attrister.

LeGrand émet un claquement de langue qui porte dans l'air nocturne.

« Ça ira. » Ava le laisse partir, puis considère sa main qu'elle crispe autour d'un pistolet fantôme. « Brandon, cherche des armes.

— Des armes ? s'étrangle-t-il.

— Des objets pointus qui peuvent servir de couteaux. Des morceaux de béton qu'on tiendra sans peine. Des barres de fer.

— Le professeur Violet dans le Tunnel des Amoureux avec un tuyau de plomb », souffle Mack. Un souvenir englouti par le gargouillement de poumons noyés dans leur propre sang lui revient intact, comme s'il attendait une invite.

Sa mère rit. Mack avait perdu ce rire, elle l'avait excisé aussi nettement que si le couteau avait trouvé sa gorge. *Mack a beau la fusiller du regard, sa mère lui fait des grimaces jusqu'à ce qu'elle cède et lève les yeux au ciel face à la tricherie éhontée de sa sœur. Maddie trichait* tout le temps. *Cette fois au moins, Mack a pu être sa préférée, Mlle Rose. Même si les pièces sont en plastique lisse, Mlle Rose est la plus belle de la boîte de Cluedo, donc sa sœur et elle se la disputent toujours. Il y a un saladier de pop-corn, un jeu qui n'a aucune importance et le rire de sa mère.*

Voilà. C'est tout. Elle ne se rappelle pas qui a gagné. Elle ne se rappelle pas ce qu'elles ont fait avant, ou après. Elle ne sait pas où son père se trouvait dans ce souvenir. Mais le rire de sa mère, Mack a peur de se le remémorer, de l'exposer, de l'user, alors qu'elle veut s'en entourer comme d'une couverture.

Toute sa vie relève d'un *après*. Mais il y a eu un *avant*, non ? Là, tout de suite, elle existe dans un autre *avant*, ou elle va se retrouver coincée dans un *après* infini ?

« On n'a pas vraiment besoin d'armes ? Si ? » La vie de Brandon a été d'une tristesse mesurée, incessante, où la violence n'a jamais fait irruption. L'idée que la réalité – sa réalité, cette réalité – puisse plonger dans la terreur, le sang et la mort lui est si étrangère qu'elle lui échappe.

C'est une langue qu'elles parlent toutes les deux. Donc Ava se demande si elles l'interprètent mal, cherchant du sens là où il n'y en a pas. Peut-être qu'une caractéristique du parc – même s'il n'a rien à voir avec l'Afghanistan – a déclenché son stress post-traumatique en excitant la zone de son cerveau qui la ramène dans le désert où elle gît par terre avec la jambe broyée et le cœur en miettes. Tout ça *pourrait* n'être qu'un jeu. Elle n'a aucune certitude. Dans un cas comme dans l'autre, elle doit jouer pour de bon.

Elle a commis une erreur. Une énorme erreur. « Merde. L'équilibre de la terreur.

— Quoi ? » Brandon regarde Mack, un sourcil haussé. Elle n'a aucun éclaircissement à lui apporter.

Ava secoue la tête. « On aurait dû les forcer à venir. Jaden et Ava Deux. On se cache tous ensemble, on nous trouve tous ensemble.

— Genre, les prendre en otages ? » Brandon secoue la tête. Aider Ava, se cacher avec ses amis au lieu de seul, ça lui va. Mais il ne croit pas qu'il y a un gros souci. Pas au point de devenir agressifs et de faire du mal aux autres. Il aurait peut-être dû l'arrêter quand elle a tabassé Jaden. Il s'en veut d'être resté les bras ballants. Il n'apprécie pas le bonhomme, mais casser la figure des gens, c'est mal. Même quand on a les boules. « Ça ne marcherait pas, je pense. » Pourvu qu'elle y renonce...

« Tu as raison. Impossible du point de vue logistique avec nos ressources actuelles. »

Il ramasse un morceau de béton et le soupèse, dubitatif. Ils ont amassé un petit arsenal. Des tuyaux. Une planche aux clous rouillés. Et ces morceaux de béton de la taille d'un poing. Aucun de ces trucs ne le met à l'aise. « On ne les veut pas avec nous », dit-il, encore perturbé. « Il faut deux personnes d'éliminées chaque jour.

— Mais pourquoi ?

— Pourquoi tout, alors ? » Mack s'aventure dans les sombres confins du Tunnel des Amoureux. La lune a surgi de derrière les nuages ; la lumière ambiante issue de l'entrée béante et des trous dans le toit suffit à se repérer. Elle n'aime pas cet endroit, elle n'aime pas la présence de Brandon, elle se demande si LeGrand est assez futé pour avoir filé dans la nuit. Loin d'eux. Loin d'elle.

L'instinct de grimper constitue-t-il une bonne stratégie de dissimulation ou vient-il d'un traumatisme ? À moins que le fantôme de sa sœur la pousse, ou que Mack prenne de la hauteur pour lui échapper et gagner un lieu où elle n'aurait plus à penser à Maddie, à son père, ni à quoi que ce soit ? Désamarrée.

En tout cas, ça lui a servi jusqu'à présent et elle compte poursuivre. Elle observe la courbure de la voûte de leur grotte artificielle. De gros morceaux du plafond en plâtre sont tombés, dévoilant les poutrelles et le toit en tôle. Est-ce qu'elle peut monter si haut ? Elle ne voit pas de trajet facile. Ava y arriverait sans doute. Se surprenant, elle se met à chercher un endroit qu'Ava pourrait atteindre aussi.

Pas juste, geint Maddie dans son souvenir de la nuit.

Brandon, se joignant à elle, la ramène au présent. « Je me suis caché là. » Il désigne la file de wagonnets figés dans le tunnel, un cygne se dressant, menaçant, une aile déployée, l'autre brisée et tombée. Le bâtiment est coupé en deux par le milieu, donc la voie passe derrière le mur, mais celui-ci s'est en partie effondré, de sorte qu'on voit toute la boucle minable. Les bonnes cachettes brillent par leur absence.

« Un peu évident », dit Mack. Comment se fait-il que personne ne l'ait trouvé ? Si elle fouinait, c'est le premier endroit où elle irait.

« Ouais. » Il se gratte la nuque et fronce les sourcils. Il a moins l'air blessé ou fâché par le rejet de sa suggestion que coupable, comme s'il s'en voulait de n'avoir que ça à offrir. « Navré. Je ne voulais pas te décevoir. Je n'aurais pas dû faire comme si je connaissais un bon endroit. »

Elle se sent tiraillée. Elle ne veut pas le réconforter, le rassurer, se retrouver liée davantage à ce jeu, à ce monde. Mais… son *j'espère que tu vas gagner* s'attarde comme un câlin. Un contrat émotionnel. « Non, ça marche. C'est mieux pour plusieurs. Regarde. » Elle montre le pan de mur au-dessus de l'entrée. Un trou de deux mètres sur un a l'air voulu. Rien ne s'est effondré ni n'a cédé, à ce qu'il lui paraît dans la pénombre. Donc, il pourrait y avoir un vide sanitaire entre le plafond et l'entrée du tunnel.

Elle ne peut pas savoir qu'il servait d'accès à l'avancée surplombant l'entrée afin de changer les décorations – les banderoles délicates pourrissent vite, comme toute chose délicate –, mais il satisfait à ses exigences en matière de lignes de vue inattendues. Quelqu'un qui s'efforcerait de grimper jusqu'à eux leur donnerait le temps de…

De quoi ?

Elle l'ignore.

Brandon est ravi, cependant. « Donc j'ai choisi un bon coin ? » demande-t-il, réjoui et plein d'espoir.

Elle se retient de lui tapoter la tête. Il est trop grand, de toute manière. « Oui, Brandon. »

Cette émotion, ce *besoin* qui la tiraille – elle est crevée. Depuis longtemps. Elle se hisse dans l'orifice d'accès qui les accueillera tous comme elle l'espérait. Mais plutôt que redescendre l'annoncer aux autres, elle se love sur le sol et ferme les yeux.

Encore trois jours. Vraiment ? Trois jours ou l'éternité à se cacher, effrayée de ce qu'elle sait et de ce qu'elle ignore, rassurée par l'espace compartimenté nébuleux qui les sépare ? Ne vaudrait-il pas mieux se trouver toujours en hauteur dans la réserve, terrifiée par ce qui arrivait, à imaginer ce qui était fait, ce qui avait été fait, mais sans en avoir la certitude ?

Elle aurait dû rester là-haut à jamais.

À un moment, quelqu'un se recroqueville face à elle. C'est Ava, Mack le sait sans même ouvrir les yeux. Son Ava. Bizarrement, dans cette obscurité puant la poussière et la pourriture, alors qu'une planche disjointe lui rentre dans la hanche et que le plein jour va ramener quelqu'un – quelque chose ? – à leur recherche, bizarrement, donc, elle est plus heureuse qu'elle ne l'a jamais été, avec cette tête duveteuse qui lui râpe le menton, ce corps indéniable tout en robustesse, cette main alanguie sur sa taille pour la retenir là.

Ce sentiment, cet *espoir* qui paraît plus dangereux que n'importe quel chasseur, lui donne envie de hurler. Parce que l'espoir l'a déjà trouvée, l'a déjà piégée, a déjà planté ses griffes qui l'éviscéreront quand on le lui arrachera.

« J'ai tué Maddie », déclare-t-elle sans préambule.

Ava ne dit rien.

« Cette nuit-là. C'était *sa* cachette, la meilleure de la maison, la seule où notre père ne l'avait jamais trouvée. Je n'avais jamais gagné une partie de cache-cache. Mais elle me l'avait montrée quelques semaines plus tôt, après que je l'avais sauvée de l'araignée dans sa chambre, pour me remercier. Elle m'a montré la saillie au-dessus de la porte du garde-manger, tout juste suffisante pour un petit corps, où personne ne penserait jamais à regarder. Et cette nuit-là, je la lui ai piquée. J'ai piqué sa cachette. Elle a pleuré, elle m'a fusillée du regard et elle m'a suppliée de lui faire de la place, mais il n'y en avait pas, alors elle s'est cachée dans l'étagère du bas. Il l'a trouvée, je l'ai vu la traîner dehors. Et ça m'a sauvée. »

Mack n'en a jamais parlé à personne. Maintenant, Ava sait. Elle sait que Mack est en vie parce que sa sœur est morte. Que quand le couteau surgira, Mack restera cachée et laissera quelqu'un d'autre se faire trouver.

Ava hoche la tête, laisse sa main en place, se garde de lui assurer que ce n'était pas sa faute, de lui promettre que Maddie la pardonnerait, d'essayer de la réconforter. Tout ce qu'elle dit, c'est : « Je suis désolée. »

Quelque chose se *brise* en Mack. Elle halète, passe un bras autour d'Ava, l'attire à elle.

« Quand Maria est morte, souffle Ava tandis qu'autour d'elles l'obscurité pâlit, j'ai perdu tout ce qui définissait mes frontières. J'ai perdu Maria, mes amis, mon travail, mon but dans la vie. Et je ne pouvais même pas rager, car pendant que j'attendais à l'hôpital de voir si j'allais aussi perdre ma jambe, j'ai essayé d'imaginer ce que celui qui m'avait déglinguée avait pensé, ce qu'il avait éprouvé. Et j'ai su, sans l'ombre d'un doute, que j'aurais fait pareil à sa place. Donc je ne pouvais plus le haïr, je ne pouvais plus garder de but, je ne pouvais plus aimer Maria, et il n'y avait rien qui me contenait. Je m'évaporais, je perdais ma solidité. À force, je ne savais plus qui j'étais ni même si j'existais. Ça te parle ? »

Non, car Ava lui a toujours semblé si forte, si solide ; l'idée que son corps n'ait pas suffi à la contenir la terrifie.

Elle éprouve l'impression contraire. Elle avait pris son soi, ce qu'elle était et qu'elle aurait pu être, pour l'enfouir si profond qu'il était devenu surcomprimé, un vrai puits de gravité attirant tout en lui – le bonheur, la tristesse, la joie, la peur – de telle sorte qu'elle n'avait plus à éprouver quoi que ce soit. Elle pouvait donc se balader, vaquer à sa vie, nantie d'une coque protectrice autour d'un cœur nucléaire incroyablement lourd.

Si Ava exige des frontières pour exister, à Mack il faut l'inverse. Elle a besoin qu'on la fissure, et Ava vient de le faire cette nuit.

Elle le refuse, pourtant. Ça la panique ; le cœur battant, elle craint que la fissure laisse s'exsuder la culpabilité, la honte et la terreur. Veut-elle vraiment se rappeler le rire de sa mère, si tout le reste doit revenir dans son sillage ? Y compris le visage furieux de Maddie levant la tête d'un air accusateur quand elle lui a piqué sa cachette ? Et les images entrevues pendant que les policiers l'évacuaient ?

Mais ne *devrait-elle* pas se remémorer ces choses-là ? Et ce qui a précédé le sang et ces fins ? Si les gens qu'on aime survivent en nous après leur mort, Mack les a gardés enfouis, et elle ne peut pas réfléchir à ça. Que son père ait massacré sa famille mais qu'elle les ait enterrés encore et encore, à chaque instant, qu'est-ce que ça dit d'elle ?

« Avec Maria, je n'ai pas eu le choix, murmure Ava. Je m'en fous que tu veuilles partir. Avec toi, j'ai le choix, et je ne vais pas te laisser faire. » Sa main jaillit, agrippant le tee-shirt de Mack. Elle prend une profonde inspiration, en tremblant, et lâche sa compagne. « Non. Pardon. Tu peux aller te cacher seule, si tu veux. Il te reste le temps. Mais je t'en *prie*, Mack. S'il te plaît. Je te demande de rester avec moi. Pour me rappeler que je suis là. Parce que j'ai une trouille bleue que rien de tout ça ne soit vrai, ou que tout le soit, et je ne peux... je ne... » Elle s'interrompt.

Ava a peur et Mack veut se détourner, vu qu'accepter la peur de quelqu'un d'autre signifierait ouvrir sa coquille encore davantage. Laisser sa propre peur émerger.

Mais elle a retrouvé le rire de sa mère, et le nez froncé que faisait Maddie, digne d'un carlin, quand elle voulait paraître *super* fâchée, et c'est précieux, accablant, et elle veut le sentir. Pour la première fois depuis des années, elle veut ressentir un truc. Et savoir qu'Ava – si solide, si téméraire – a besoin d'aide, érode sa solitude. Elle pose sa main sur sa joue, son front contre son front. L'explosion quand elle libérera sa souffrance et sa honte vaudra-t-elle le peu de bonheur et de joie qu'elle recevra ?

« Oui ? » demanda Ava, et ni l'une ni l'autre ne savent au juste ce que recouvre la question, et elles s'en fichent.

Mack pose ses lèvres sur les siennes. Un premier baiser de douceur, d'angoisse et d'espoir, entouré et imprégné d'obscurité.

Alors que l'échéance de l'aube approche, Brandon met le nez dehors. Mack et Ava sont dans la cachette depuis quelques heures et, sans en être certain, il pense qu'elles sont ensemble désormais. Ce qui le réjouit pour elles mais le fait se sentir un peu exclu. Il ne veut pas trop voir leur équipe se scinder, des liens se créer sans lui.

Au moins, il n'a rien à craindre avec LeGrand, qui va peut-être devenir son meilleur ami. Ça ne paraît guère probable – l'autre n'est pas très amical même s'il n'a rien d'inamical –, mais ça demeure possible. Brando parvient à l'imaginer. S'installer en coloc. Jouer tard sur sa Xbox d'occase. Mettre leur argent en commun pour acheter des jeux. Inviter les filles pour une pizza. Partager les amuse-gueules périmés qu'il rapporte de la station-service.

« LeGrand ? » murmure-t-il dans la nuit.

Un claquement de langue lui répond et il le suit. Il ne devrait pas sortir, bien sûr, Jaden risque de les chercher, mais il s'ennuyait trop dans le Tunnel des Amoureux, tout seul, à attendre qu'il fasse assez jour pour rejoindre Mack et Ava dans la bonne cachette sans avoir l'impression de déranger. Il a jeté un coup d'œil en aidant Mack à monter et on y est très à l'étroit. Il ne pourra même pas marcher à quatre pattes ; il devra ramper, ce qu'il n'est pas pressé de faire. Il n'a jamais eu le vertige, mais il est claustro.

Un bâtiment s'élève au bout de ce sentier – celui que surplombe le démon aux ailes squelettiques. De nuit, on distingue mal les détails ; ça rend le monstre plus sinistre. Au moins, s'il faisait jour, il verrait à quel point la statue est vieille, fragile et ridicule. Simplement ébauchée, puis complétée par son esprit, elle est pire qu'en vrai.

Brandon s'appuie à l'arbre où guette LeGrand. Il ne sait pas s'il préfère tourner le dos au démon pour ne pas le voir ou lui faire face pour le garder à l'œil. Les deux options lui font peur et il se sent idiot d'avoir peur d'un vieil élément de décor.

« Hé », dit-il, levant les yeux à titre de compromis. Le feuillage est si dense qu'il se voit mal grimper dedans et qu'il ne distingue même pas l'autre. Comment a-t-il fait ?

« Hé, répond une voix tout bas.

— On est dans un vide sanitaire. Au-dessus de l'entrée, dans le mur de façade. Si tu veux nous trouver. » S'il se sent exclu, c'est peut-être le cas de LeGrand et il n'y tient pas. Dans sa tête, c'est déjà son coloc. Il est bizarre, mais bizarre-sympa, pas bizarre-naze comme Atrius et Ian.

Il s'en veut aussitôt. Soit ils sont éliminés, soit, heu... ils sont éliminés. Brandon en restera là de sa réflexion. Il comprend pourquoi Ava panique, pourquoi tout le monde a la trouille – dont lui, ce qui l'embête. Et il ne croit pas qu'il se soit passé un truc vraiment grave. Non, quelqu'un ici fait son malin. Jaden, sans doute. Ça ne ressemble pas à Linda. Elle lui a paru trop… classe pour ça. Ce n'est pas l'âge. Elle ne lui rappelle pas du tout sa Mamie, qui avait les cheveux roses depuis un accident de teinture après quoi elle avait dit *Et puis zut*, et portait des tee-shirts d'homme et des shorts, la peau douce et ridée sous son bronzage. Il n'y avait rien de chic chez sa grand-mère, seulement de la chaleur, de la drôlerie et de la franchise. Toujours de la franchise. Elle lui manque tellement ! Rien n'est pareil depuis sa mort, ce qui est encore plus triste, parce que rien n'a changé. Il habite toujours sa maison minuscule, bosse toujours au même endroit, fait toujours les mêmes trucs, mais il les fait seul.

Ici, tout le monde a des soucis d'argent. Lui aussi, mais il n'est pas à plaindre, grâce à Mamie. Mieux vaut vérifier avant de prévoir que LeGrand emménage avec lui dans la maison dont Brandon a hérité. « Tu as de la famille ? » La plupart ici n'en ont pas ou n'ont que peu de rapports avec la leur, apparemment.

« Oui. »

Son cœur se serre. Si LeGrand a de la famille, il ne risque guère de venir habiter en Idaho. « Cool. Des frères et sœurs ? » Brandon a toujours voulu une petite sœur. Il s'imaginait parfois en grand frère idéal : il la défendrait, l'aiderait à faire ses devoirs. Bon, ça, c'était très limite. Il n'avait jamais été bien brillant à l'école. Mais il veillerait à ce qu'elle le soit. Elle finirait major de la promotion et il l'applaudirait à tout rompre. Il lancerait une *standing ovation* pendant son discours.

« Trente-sept », répond LeGrand. Il paraît étrangement hésitant ; on croirait entendre un point d'interrogation à la fin du nombre.

« Hein ? » s'écrie Brandon. Il se reprend et baisse la voix. « Hein ? » répète-t-il à un volume plus approprié.

L'autre s'en tient là.

« Ouah. D'accord. Bref, tu sauras où on se cache si tu nous chasses. » Il attend dans l'espoir que sa blague idiote fonctionne. Il ne veut pas se retrouver à devoir expliquer pourquoi elle est drôle, parce qu'alors il saura qu'elle ne l'est pas.

« Demi, murmure LeGrand.

— Quoi ?

— Beaucoup sont des demi-frères et demi-sœurs, je crois qu'on dit ? De mères différentes. Ma sœur préférée s'appelle Almera.

— Cool ! » dit Brandon, totalement sincère, même si cette information est au mieux bizarre. Il trouve vraiment cool que l'autre ait autant de frères et sœurs, dont une préférée. « Je parie que tu es son préféré aussi.

— Ils m'ont banni. »

Brandon sait ce que *banni* signifie – il croit savoir –, mais ça semble drôlement formel pour une famille. Il ne sait pas comment réagir. Puis son visage s'éclaire, parce que ça tombe bien. « Tu peux venir vivre avec moi. Après le jeu, quoi. J'ai une maison. Petite et vieille, mais plutôt cool. »

Le silence dure si longtemps que Brandon pense qu'il a manqué son coup. Et puis LeGrand répond : « D'accord.

— D'accord ? D'accord ! Cool. Bon, à plus ! » Le ciel commence à s'éclaircir, donc il est temps d'interrompre les filles. Mais avec ce regain de confiance – LeGrand va rester son pote ! –, il compte englober Ava et Mack dans sa proposition, puis passer une longue journée à espérer qu'il ne se passera rien du tout.

Les choses sont moins lugubres, tout à coup. Il a une équipe. Des amis. Et un avenir avec eux.

LeGrand regarde Brandon regagner leur cachette d'un pas vif. Ce ressort avait disparu pendant leur trajet depuis le camp, mais l'autre a dû retrouver son optimisme.

Il n'a aucun sentiment à ce sujet, dans un sens comme dans l'autre. *Almera.* Il n'a pas prononcé son nom à voix haute depuis qu'il a quitté en catimini l'enceinte pour la ville la plus proche et voulu parler d'elle au docteur. On l'a renvoyé sans aide, sans empathie, sans rien.

Pourquoi ce docteur ne l'a pas aidé ?

Pourquoi *personne* ne l'a aidé ?

C'est une histoire de chiffres, lui a dit en soupirant la femme du service censé les aider à s'adapter au « monde réel ». *S'ils gardaient la totalité des garçons au sein de la communauté, il n'y aurait plus assez de filles pour leur permettre d'avoir plusieurs épouses. Ils doivent inventer des raisons pour vous exclure. Vous n'avez rien fait de mal.*

LeGrand, dévasté, sous le choc, s'était aussitôt mis sur la défensive. C'était un péché de parler ainsi du prophète ou des anciens. Il *avait fait* quelque chose de mal. C'était sa faute, pas la leur.

Il s'en veut de l'avoir autant détestée en secret. Elle essayait bien de l'aider. Y compris en remplissant son formulaire de candidature à ce concours sympa dont une amie d'amie lui avait parlé. Elle voulait que ces jeunes hommes égarés, incultes, quasi analphabètes, élevés pour un monde et abandonnés dans un autre, aient une chance.

Il n'aura jamais la moindre chance. Son père y a veillé. Même maintenant, il se reprend, écœuré de sa familiarité. Le *prophète*, corrige-t-il. Pas son père.

Adossé au tronc, il observe le démon étendant ses ailes squelettiques au-dessus de son domaine. Si LeGrand est méchant d'avoir cherché de l'aide, le docteur, et son père, et sa mère, et ses tantes, et ses cousins et cousines, et ses frères et ses sœurs, et les anciens, et le maire de la ville voisine qui regarde ailleurs, et la police qui accepte le fric de son père et le laisse gérer Zion Mountain comme son petit pays personnel, et l'État qui refuse de se soucier de ce qu'il se passe dans ses frontières, bref, tout le monde – *tout le monde* – est mauvais en refusant d'aider. De voir ce qu'il fallait à Almera et de ne pas le lui offrir. Et si tout le monde est mauvais, personne ne l'est, et il n'a plus besoin de se demander s'il est un pécheur.

Il est un pécheur, et peu importe. Quoi qu'il arrive, il va aider ceux qui en ont besoin. Comme l'a fait la femme du service social. Comme l'a fait Brandon qui, devinant qu'il en a besoin, lui offre un endroit pour vivre. Comme l'a fait Ava qui le prend sous sa protection quand aucun autre ne l'aurait fait.

Si le monde est un enfer et que le mal les entoure, que vaut-il mieux qu'essayer de s'entraider ?

Brandon grimpe. Mack et Ava tiennent mieux que lui dans la cachette – il se cogne la tête trois fois contre des poutres basses en tâchant de s'installer. Mais une partie de la tension dans sa poitrine se relâche, parce que Mack – *Mack !* – s'écarte un peu pour lui faire de la place. Ava assoupie roule sur le flanc pour garder la tête sur l'épaule de l'autre. Il réprime son excitation à l'idée de les côtoyer pour éviter de commettre une maladresse. Il peut prendre le truc à la cool. Elles verront ça quand il ne réagira pas.

Mack, hésitante, tapote le sol de son côté libre et il s'y étend, ravi qu'elles lui fassent encore de la place. Quoi qu'il arrive, ça va bien se passer. Elles vont rester amies avec lui. L'un d'eux va gagner et ils resteront ensemble. Il le sait. « Vous voulez venir habiter chez moi après le jeu ? » Il s'empresse de clarifier. « LeGrand vient aussi. J'ai une maison. Petite, mais elle est à moi. Elle pourrait être à nous. »

Mack lâche de l'air dans ce qu'il prend pour un rire. « Bien sûr. » Il se demande si elle se moque, mais ça ne lui ressemble pas. Et elle ajoute : « Ce serait chouette. » Vu son ton rêveur, étouffé, elle le pense.

« Bah, pourquoi pas, bordel ? dit Ava. Tu habites où ?

— En Idaho.

— Ah, voilà pourquoi pas. » Mais elle rit. Et pas de lui – elle l'invite à rire avec elle.

Et il rit, et il est heureux, et tout n'est pas si mal. Peut-être même que ça va redevenir fun. « Qu'est-ce qu'on fait en fin de journée ? On se trouve un autre coin ou on reste là ?

— C'est un labyrinthe, dit Mack. Le parc. Atrius l'a résolu.

— Alors quoi, ce soir, on tâche de le résoudre aussi ? » Ava semble intriguée. « Pas plus con qu'autre chose. » Elle n'ajoute pas que ce sera bon pour elle d'avoir un but, un objectif. Qu'elle a besoin de les garder tous les trois concentrés. Organisés. *Ensemble.*

Elle enlace Mack par la taille. Mack a accepté de rester mais Ava ne prend aucun risque. Elle veut l'ancrer ici, la garder, pour avoir quelqu'un contre qui se serrer, pour se rappeler ses propres frontières. Sa propre réalité.

Ava croit toujours qu'il se passe un truc chelou, mais qu'elle peut protéger Mack, et que Mack peut la protéger. À elles deux, elles protégeront ce grand chiot de Brandon et le pauvre LeGrand tout paumé. Un nouveau peloton. Une nouvelle famille.

Mack se demande si c'est claustrophobe d'avoir Ava d'un côté et Brandon de l'autre. La chaleur, l'affection, la camaraderie et, plus étranger à son expérience, l'espoir d'avenir, tout ce qui a manqué à sa vie pendant des années s'y trouve désormais à hautes doses. La pression monte dans sa poitrine ; si elle ouvre la bouche, est-ce qu'elle va rire ou hurler ? Alors elle caresse les cheveux tondus d'Ava, ferme les yeux et tâche simplement d'exister.

Elle n'est plus seule. Ça ne signifie pas qu'elle n'est plus cachée. Juste qu'elle a de l'aide maintenant.

LeGrand dans son arbre.

Ava, Mack et Brandon dans leur matrice en bois.

La belle Ava et Jaden de l'autre côté du parc, Ava trois pas derrière Jaden qui cherche le meilleur endroit où la trahir.

Et, au centre de tout, un souffle humide et tremblant devient plus précipité, plus erratique, à mesure que l'aube approche et que la faim culmine.

Jaden n'est pas le mauvais gars.

Il serait le premier à l'affirmer et l'a répété si souvent que c'est désormais une sorte de slogan. « Je ne suis pas le mauvais gars », dit-il, les bras écartés, un sourire mutin et innocent sur son visage presque beau.

Une de ses ex l'a comparé un jour au mec des cadres de photo en vente. Une séduction passe-partout, un bouche-trou en attendant une image précieuse. *Non !* avait crié la copine de celle-ci – ils avaient tous un peu trop bu. *Il ressemble à un mannequin pour chaussettes !*

Il avait ri, lui aussi, mais chaque fois qu'il mettait des chaussettes ou passait devant un présentoir de cadres dans un magasin, ces descriptions lui revenaient et lui restaient en travers de la gorge. Mais il n'était pas le mauvais type. Il avait des nus d'une ex et il ne les avait jamais mis en ligne.

Il a cette ex en tête pendant qu'il se retourne pour regarder sa future ex actuelle étudier une vieille voie de montagnes russes qui s'élève et disparaît dans les arbres, ébauche de sa grandeur passée envahie par le lierre.

Tout ce qu'il veut, c'est une femme, une seule, qui lui serait loyale. Belle, drôle, dévouée. Qui ne le laisserait pas tomber. Ne se moquerait pas de lui. Qui le mettrait sur un piédestal.

Même sa propre mère a déclaré prendre sa retraite de la parentalité et déménagé en Floride dès qu'il a obtenu son diplôme de fin d'études. Un jour, il a décidé de voir combien de temps elle mettrait à l'appeler s'il ne lui téléphonait plus une fois par mois. Au bout de sept, les larmes aux yeux, il a craqué et l'a appelée. Elle n'avait aucune idée du temps écoulé. Il ne lui manquait pas. Elle ne pensait jamais à lui.

La permanence de l'objet ne s'applique pas à Jaden. Loin des yeux, loin du cœur.

Pareil avec toutes les copines, toutes les femmes dans sa vie. Elles atteignent toujours un point où elles ont hâte de se débarrasser de lui. Et donc, maintenant, il prend les devants.

« On pourrait escalader la voie », suggère Ava. Elle se refuse à chercher les autres. À l'entendre, *il faut gagner à la régulière*. Comme si le sabotage n'était pas son idée, avancée pour épater Jaden et le convaincre d'investir sur elle. Comme s'ils pouvaient encore gagner tous les deux. Comme s'ils ignoraient qu'il y aurait un seul vainqueur.

Elle parlait de quoi avec les débiles ? Ils se moquaient de lui ? Ils complotaient ? Le dissuader de les trouver, ça fait partie d'un tout ? Tous savent que c'est lui le favori. Il va l'emporter. Quoi qu'ils trafiquent, il va gagner.

Il scrute la voie. Il pourrait l'escalader facile. Jamais il n'a été aussi affûté. À 14 ans, grassouillet, déprimé, moqué à l'école, ignoré à la maison, il a découvert les courses à obstacles. Il aimait les regarder, mais il adorait les interviews de concurrents. Tous ces gens à la vie naze comme lui, mal aimés, paumés, avaient retourné le truc et s'étaient façonné le corps idéal. Une machine capable d'exploits incroyables. Une machine si performante qu'ils ne pouvaient plus être tristes ni seuls.

Il a essayé de participer sept saisons d'affilée, sans être retenu pour la sélection initiale. Qu'est-ce que ça dit, au final, d'avoir passé autant d'années à faire pile-poil ce qu'ils faisaient et ce qu'ils disaient, d'avoir vaincu tout ce qui le rabaissait au quotidien, d'avoir répété son laïus devant la glace, *pas le mauvais type, pas le mauvais type du tout*, sans avoir jamais eu le droit de concourir ?

D'instinct, il bande ses muscles. Il a été admis ici. Il va gagner. Et ensuite ?

Des retrouvailles avec sa mère. Elle sera fière de lui, et navrée des années passées à ne pas l'avoir été.

Des retrouvailles avec cette copine qui saura enfin qu'il vaut le coup d'être encadré. Il offrira des chaussettes à sa garce d'amie.

Des retrouvailles avec la course à obstacles, en *guest*, à moins qu'il décline. Il sera très occupé, avec sa salle de sport et les fidèles qui viendront adorer son corps dans son temple et le supplier de leur montrer la voie, de les sauver à sa façon. Tous l'admireront. Il ne les laissera pas choir, ne se lassera pas d'eux, ne les abandonnera pas.

Ava n'a aucun rôle dans cet avenir.

« Ça a l'air instable, dit-il. Tu pourrais te blesser. »

Elle relâche un peu ses épaules. Lorsqu'elle se tourne, il la voit sourire, soulagée de cette preuve d'amour. Il se rappelle son inaction quand Bagdad Barbie lui a claqué le beignet. Imagine ce qu'elle a pu dire aux débiles ensuite, les moqueries à son égard.

« Viens. » Il l'enlace par les épaules. « J'ai une idée. »

Ava est soulagée.

Jaden voulait trouver les autres pour les dégager. Elle pense d'ailleurs savoir où ils sont au juste. Le deuxième jour, elle a vu Brandon entrer dans l'étrange Tunnel des Amoureux. Elle ne voit guère d'autres endroits capables de dissimuler autant de monde. Elle parierait qu'ils sont là. En fait, elle parie – cinquante mille dollars –, mais contre elle-même, en ne les trahissant pas. Encore. Elle regrette d'avoir donné à Jaden l'idée de faire éliminer des gens.

En plus, les autres ont proposé de l'accueillir dans leur groupe alors qu'elle avait choisi Jaden, et c'est pour cette raison qu'elle ne l'a pas mené jusqu'à eux.

Maintenant qu'elle se retrouve dans ce parc qui craint et qui l'ennuie, Ava pense qu'il avait raison. Au camp, ce n'était qu'une mise en scène. Mais elle y voit l'œuvre de l'organisation, pas de leurs concurrents.

Voilà pourquoi elle n'a repéré aucune caméra. Au lieu d'une simple téléréalité, c'est une téléréalité *d'horreur*.

Elle a maté un truc similaire, une fois. Ils conduisaient des étudiants dans une maison, leur parlaient des meurtres atroces qui y avaient eu lieu, évoquaient des fantômes, puis les emmenaient dans l'endroit le plus hanté des bois du coin et leur demandaient de dire ce qu'ils ressentaient. La plupart ressentaient bel et bien quelque chose – un froid intense, une présence inexplicable, une peur accablante.

L'équipe du film a attendu que tous aient partagé leurs expériences pour révéler que la maison n'avait que dix ans d'âge et qu'elle n'avait jamais connu de violences, de hantises, ni rien du tout, en fait.

La plupart des étudiants ont rigolé, penauds. Certains ont soutenu qu'un évènement avait dû s'y produire sans que personne soit au courant, car ils étaient sûrs de ce qu'ils avaient éprouvé. L'émission entendait démontrer qu'on peut se piéger tout seul, mais elle démontrait plutôt qu'on peut piéger les *autres*.

Ava fulmine. Ça *craint* de les avoir amenés ici sous un prétexte. De leur avoir menti. De les avoir baladés. Si ça trouve, les premiers concurrents étaient de mèche. Merde, avec son histoire affreuse, Mack pourrait être une taupe. Une actrice.

Elle trébuche. Jaden, qui la tient, l'empêche de tomber. Si Mack est une taupe, comme il a raconté son histoire, il trempe dans l'embrouille, lui aussi. Ce serait immoral au possible, non ? D'avoir une relation sexuelle avec elle – le peu qu'ils ont pu sur un lit de camp au milieu d'autres personnes, du moins – alors qu'il joue un rôle et qu'elle n'en sait rien ? Ça ne peut pas être légal. Est-ce qu'une des stipulations de l'accord de confidentialité qu'elle a signé le permettrait ?

C'est à n'y rien comprendre.

Comme cette situation entière. L'idée que le jeu ne soit qu'une méchante déviation de ce qu'on leur a dit semble plus rassurante que la possibilité d'une véritable scène de violence au camp.

Peut-être que Jaden a raison. Qu'Ava et ce glauque de LeGrand ont mis ça en scène pour les faire flipper. Elle la verrait bien se montrer aussi dure et futée. On l'admirerait presque.

Ou alors Mack. Soit pour gagner, soit parce qu'elle a tellement dévissé après ce qui lui est arrivé qu'elle veut fracasser tous ceux qui l'entourent. Mais ça ne ressemble pas à Mack. Même si elle la connaît mal. Elle les connaît tous mal, en vérité. À part Jaden, et c'est plus son genre qu'elle connaît, au lieu de l'individu.

Bon, il est sympa ce matin. Elle sent la fin s'annoncer, mais autant profiter du calme avant la tempête. Peut-être qu'ils se sépareront ce soir. Qu'elle rompra leur alliance. Avec gentillesse, afin d'éviter qu'il se venge. *Je ne veux pas te retenir.* Ou : *Je ne veux pas que tu te sentes obligé de te soucier de moi. Tu dois t'occuper de gagner.* Deux options correctes. Elles impliquent qu'il va l'emporter de toute évidence et qu'elle l'accepte. C'est lui raconter des conneries avec le sourire.

Elle se demande ce que l'autre Ava, Brandon, Mack et LeGrand font en ce moment. S'ils flippent encore plus ou s'ils se moquent d'eux. Elle espère que non. Mieux vaut qu'ils flippent plutôt qu'ils se paient sa tête. Elle ignore que c'est son plus gros point commun avec Jaden.

Un petit épanchement révélateur entre ses jambes la ramène au présent. Elle jure tout bas.

« Quoi ? demande l'autre d'un ton sec.

— Rien. » Ses règles, maintenant ? Une autre raison de regretter son choix. Mack et l'autre Ava avaient peut-être le nécessaire. Elle doute fort que Jaden ait pensé à choper des serviettes périodiques aux toilettes avant leur départ.

Priant pour que ce ne soit pas ses règles, ou seulement le petit filet du premier jour avant l'apocalypse habituelle, elle presse le pas pour le rattraper. « Il va faire jour. » La nuit s'éclaircit, le ciel virant de l'indigo à une nuance plus pâle, comme diluée.

« Ça va, dit Jaden. On est presque arrivés. »

La voie aurait fait un bon spot et semblait stable, mais il a été gentil de se soucier d'elle. Le petit matin est là. Ils devraient être cachés depuis une demi-heure. Mais si elle pose la question, elle passera pour une enquiquineuse et les mecs ne supportent pas ça. Surtout une enquiquineuse qui a ses règles. Et qui ne porte même pas de jeans, mais une petite jupe sport. Bordel. Ça craint, ça craint grave.

Si elle ne gagne pas, qu'est-ce qu'elle va faire ? Elle a perdu une semaine de posts, une semaine de contenu. Et, ouais, elle n'a aucun élan, aucun sponsor, personne ou presque pour liker ses photos et vidéos, mais il faut rester cohérente. Ça va coûter cher de refaire ses ongles abîmés. Et sa permanente. Ses cheveux ont morflé du shampoing et du démêlant bon marché, et des queues-de-cheval.

Elle devrait peut-être arrêter d'essayer. Prendre un vrai travail. Mais un « vrai » travail ne lui rapportera jamais de quoi vivre. Sa seule chance, c'est de faire un carton. Trouver une manne financière, monétiser ses activités, comme elle pourra.

Qui sait, ça pourrait marcher avec Jaden. Elle se verrait bien gérer les réseaux sociaux pour sa salle de sport. Ce serait sympa.

Non, mais elle plaisante ? Ce serait nul. Mais qu'est-ce qu'elle va faire ? Bosser à douze dollars de l'heure durant toute sa vie ? Retourner à l'école et rembourser sa dette durant toute sa vie ? S'accrocher à Jaden et espérer que l'un d'eux aura un coup de bol ?

Visiblement, elle a déjà choisi la dernière option.

Enfin, alors qu'il fait presque jour, Jaden s'arrête. Sur cette longue courbe, seuls d'horribles buissons bordent le sentier ; Ava ne voit aucune autre structure, aucun endroit où se cacher. Elle ne voit pas où il croit qu'ils peuvent se planquer. Tout ce qu'il y a, c'est un de ces manèges où un pilier central déployait des barres au bout desquelles des nacelles attachées à des chaînes tournaient, les passagers décrivant des cercles toujours plus larges. Elle adore ce type d'attraction, et le creux à l'estomac éprouvé sans les dégringolades et les virages des montagnes russes.

Mais ce ne sont plus des chaises volantes. Les chaînes pendent comme des mèches de cheveux sales, emmêlées ici, coupées là. Certaines ont encore leur nacelle, ou ses vestiges. Le large pilier central, qui paraît stable, s'élève au-dessus de l'anneau de bras articulés. Le tout, lugubre, déprimant, évoque un parapluie géant mis à nu.

« On est censés se cacher où ? » lance-t-elle, perplexe. La plateforme est exposée, le pilier central. Elle ne voit rien d'évident, ni même de moins évident.

Jaden regarde par-dessus son épaule et lui sourit. « *On* n'est censés se cacher nulle part. Bonne chance, Ava. » Il bondit, empoigne une des chaînes et grimpe à la force des bras, disparaissant au sommet du pilier. Que l'objet soit creux ou assez large pour qu'il s'installe au centre sans être vu du sol, peu importe.

Ce qui importe, c'est que Jaden est caché, pas Ava, et qu'il fait grand jour.

Elle songe à lui crier après, mais ce serait indiquer où elle se trouve. Sa surprise et sa colère laissent place à la honte. Les autres avaient compris en regardant Jaden. Ils avaient vu. Elle aussi, et elle l'avait choisi quand même, pour sa belle apparence. Puis elle avait persisté et signé au lieu de reconnaître son erreur.

Elle n'est pas vraiment étonnée, mais elle est déçue. Depuis que l'autre Ava s'est présentée, Ava craint d'être le personnage secondaire. Voilà, c'est couru, puisqu'elle se fait éliminer aujourd'hui.

Ce devrait être un soulagement, au fond. Cette merde s'achève pour la rendre à la merde qu'elle connaît, où elle a l'habitude de patauger.

Mais, alors qu'elle regarde alentour, par cette matinée sans nuages, sans vent, dans l'atmosphère lourde d'attente, elle ne peut s'empêcher de revenir à la flaque sombre au milieu du camp et aux traînées qui en partent.

Sans Jaden près d'elle à répéter d'un ton narquois qu'il s'agit seulement d'un jeu, c'est beaucoup plus facile de se demander si, par hasard, c'en est vraiment un.

Ava pivote et file. Elle peut trouver une cachette. Elle *doit* trouver une cachette.

Comme invoqué par sa peur du sang, elle sent le chaud torrent qui détrempe son mignon petit slip et coule sur sa peau. Au moins, Jaden l'a trahie à temps. Au moins, elle n'a pas besoin de rester avec lui, humiliée. Au moins, les règles ont si mauvaise presse en Amérique que les images ne passeront jamais. Même pour un méchant concours. Même pour une téléréalité d'horreur.

Il y avait des serviettes hygiéniques à la salle de bains. Ils ont peut-être abandonné le camp, mais il est toujours là.

Par contre, elle ne sait pas où elle est, elle. Jaden l'a bien baisée dans les divers sens du terme. Ava n'a jamais eu le sens de l'orientation, et même si elle sait où l'est se trouve grâce au soleil levant, ça ne sert à rien, vu qu'elle ignore où le camp se situe par rapport à ici.

Elle s'arrête, reprend son souffle et tâche de se repérer. Elle ne mérite pas ça. Ni la trahison, ni l'humiliation, ni le sentiment grandissant de peur, d'effroi et de fausseté qui lui glace la nuque.

Une branche craque dans son dos et Ava détale comme un lapin, avec une certitude absolue : quoi qu'il y ait là, elle ne tient pas à le voir.

Il fait jour, et Mack est réveillée, mais a l'impression de dormir. Elle éprouve cette sensation de flottement qui la comble et qu'elle essaie de retrouver dans le sommeil : planer entre la conscience et l'inconscience. Apesanteur, tiédeur et liberté.

Ça peut venir de la présence d'Ava lovée d'un côté et de Brandon tout guilleret de l'autre. Ou du fait que c'est une bonne cachette et que pour aujourd'hui, du moins, ils devraient être en sûreté. Elle ne pense qu'à cette journée. À cette heure, cette minute, cette seconde, ce moment. Elle peut flotter ici, exister ici. Elle est à l'abri.

Un tic-tac filtre à travers les minces planches sèches qui les séparent du jour. Il la ramène à la réalité, au passage du temps. Tic, tac, c'est bientôt l'heure.

Non, pas un tic-tac. Un *claquement* de langue. LeGrand. Ava l'entend aussi ; elle se crispe, se retourne et rampe jusqu'au mur extérieur. Mack et Brandon l'imitent. L'avantage d'occuper un édifice qui pourrait s'effondrer à la première rafale, c'est qu'il y a tout plein de fissures et de trous par lesquels regarder dehors sans se faire voir.

« Qu'est-ce que… ? » chuchote Brandon, mais Mack lui file un coup de coude dans les côtes et il s'interrompt.

Elle retient son souffle, les yeux rivés sur le sentier en contrebas. Elle se demande ce qui s'apprête à surgir, mais elle sait que ça va craindre. Parce qu'elle était heureuse et qu'elle n'en avait aucun droit.

Elle s'attend plus ou moins à des hurlements, comme avec Rebecca, donc elle s'étonne de ne voir que la belle Ava qui titube et regarde dans son dos, révélant un visage convulsé d'horreur, un masque de terreur muette – aucun cri, aucun souffle ne peut exprimer le néant de la peur qui a planté ses crocs dans une âme.

Elle saigne. Des filets noirs rayent sa figure, trempant son tee-shirt, et une traînée écarlate colore la face interne de sa cuisse. Poursuivant son chemin, elle s'éloigne sans se rendre compte de leur présence.

« Merde, murmure Ava.

— Ça pourrait être un piège », dit Brandon sur le même ton, mais il n'en a pas l'air sûr. Il ne devrait pas l'être.

Si fort qu'elle lui fait mal, Ava serre Mack par le bras et celle-ci pose ses doigts sur les siens. Pas pour retirer sa main, mais pour accroître la pression. Pour la garder, et la retenir, *elle*, cette fois.

« Si c'est un jeu, il faut gagner, dit l'autre d'une voix farouche. Et si ce n'en est pas un, il faut survivre. » Elle se détourne dans le minuscule local, poussant de l'épaule Mack contre Brandon.

« Non, siffle cette dernière.

— Tu la protèges », intime Ava au jeune homme, puis elle se glisse à l'extérieur.

Mack reste figée. Elle veut la suivre. Pas pour aider la belle Ava, mais, quoi qu'il advienne, pour rester avec son Ava. Lui tenir compagnie, sans se retrouver abandonnée, encore. Bien cachée, bien en sécurité, bien seule.

Elle a déjà survécu seule et ça n'a rien de fabuleux.

Mack se retourne pour pouvoir se propulser vers la sortie de leur matrice en bois. C'est plus difficile de manœuvrer avec Brandon qui, étalé, lui barre le passage sans le faire exprès. Il a toujours l'œil contre la fissure.

Ava, déjà dehors, crie : « On ne bouge pas ! » soit à LeGrand, soit à Mack et Brandon, soit aux trois. Mack tend la main vers le bord de la plateforme, mais Brandon lui empoigne la cheville comme dans un étau.

« Lâche-moi », chuchote-t-elle, mais il serre si fort que sa main en tremble. Non. *Lui*, il tremble, le visage pressé contre le mur, tout bouleversé par ce qu'il voit.

« Reste là, souffle-t-il. Oh mon Dieu, s'il te plaît, par pitié, reste là, oh mon Dieu, oh mon Dieu. »

Sa voix lui évoque ce qu'elle ressentait, recroquevillée à l'abri dans la cachette de Maddie, en entendant ce qu'il se passait dans la pièce à vivre. On croirait quelqu'un qui sait que la mort est là et qui prie pour que, d'une manière ou d'une autre, elle les oublie.

Mack reste là.

Ava tient un lourd tuyau. Ses contours épousent sa paume. Sa masse et son poids la rassurent. Elle préférerait une arme à feu, mais elle s'en contentera.

« On ne bouge pas ! » crie-t-elle, agitant le tuyau dans la direction de là où elle pense que LeGrand se planque, un bouquet d'arbres étouffé par le lierre. Si elle dégage là, tant pis, mais quelqu'un de ses amis va gagner.

Mack.

Mack doit gagner. Ou survivre. Elle l'en sait capable.

« Ava ! » hurle-t-elle en se lançant à sa poursuite. Ava Deux court sur le sentier, titubante, comme quelqu'un qui a été mordu par un zombie mais qui croit pouvoir distancer l'infection.

Du sang lui coule le long de la jambe, mais moins que de sa figure – les filets détrempent tellement sa chemise que ça s'étend à son dos maintenant.

Ava Deux tressaille en entendant son nom, marionnette dont on tire le mauvais fil, mais continue. « Non, gémit-elle. Cours ! Cache-toi ! »

Ava jette un coup d'œil derrière elle. Il n'y a personne. Rien. Mais *là-bas* – une feuille morte craque. De la terre chuinte sur la chaussée crevassée.

Les poils se hérissent sur sa nuque et, pour la première fois depuis des années, elle aimerait, contre toute logique, avoir les cheveux longs pour la protection factice que leur rideau offrirait à la base de son crâne, un rempart face à sa sensation accablante de mollesse et de vulnérabilité.

Elle serre son tuyau. Pas de ça, bordel. Ava n'a rien de vulnérable. C'est une putain de guerrière. Quelqu'un qui essaiera de les niquer, elle, Ava Deux ou quiconque sous sa responsabilité, s'en mordra les doigts. S'il lui reste des dents.

Elle accélère autant que possible. Sa jambe grince. Son genou ne pliant plus guère, et sa cheville plus du tout, il ne faut pas qu'elle compte courir, mais, par chance, Ava Deux ne va pas vite, si bien qu'elle la rattrape et lui pose sa main libre sur l'épaule.

L'autre s'arrête si brusquement qu'Ava perd l'équilibre et tombe sur le cul. Elle tend la main pour qu'Ava Deux l'aide à se relever. Celle-ci ne semble même pas la voir – elle regarde dans la direction d'où elles sont venues.

Un gémissement sourd, un bruit animal de terreur lui échappe. Ava a envie de vomir. Elle connaît ce son. Elle l'a émis quand elle a baissé les yeux sur sa jambe broyée, puis détourné le regard pour découvrir Maria *disparue* : son corps était là, mais ses yeux où elle ne se verrait plus reflétée avec amour étaient vides.

Elle ne veut pas voir ce que regarde Ava Deux, mais elle le fait.

Rien.

Il n'y a rien.

Le sentier sinueux dont la courbe leur dérobe le Tunnel des Amoureux est désert.

Mais…

Les yeux rivés sur le chemin, Ava recule sur ses fesses, écorchant ses doigts qui raclent le sol, noués autour du tuyau. Le lierre qui pend d'une branche en surplomb se drape sur une forme, comme un rideau gonflé ou écarté par le vent.

Mais il n'y a rien là.

« Mon Dieu, mon Dieu, mon Dieu, souffle Ava Deux.

— Quoi ? demande Ava d'une voix rendue aiguë par la panique. Je ne vois rien. Du tout. Tu vois un truc ? »

L'autre tourne vers elle son visage écarlate et baisse les yeux comme si elle s'apercevait qu'elle n'est pas seule. « Je suis désolée. Je ne voulais pas qu'on te trouve. »

Soudain l'univers d'Ava se brise net, la projetant dans une autre réalité, bien pire.

Rien soulève l'autre Ava.

Rien lui perce le torse sur lequel s'épanouit une fleur de sang tandis qu'elle hurle tel quelqu'un qu'on déchire de part en part.

Puis sa tête disparaît.

L'esprit d'Ava se révolte – elle ne voit pas ce qu'elle croit voir. Mais la tête de l'autre Ava *n'est plus là,* son cri coupé net, le cou crachant une fontaine de sang, le corps toujours suspendu en l'air, et il n'y a pas de tête, il n'y a pas de tête, il n'y a rien.

Ava se relève tant bien que mal en regardant le reste de la femme disparaître. Et il n'y a toujours rien. Et plus de corps. Seulement le sang de l'autre Ava par terre, du sang frais, du sang chaud, en si grande quantité qu'elle le sent.

Ce n'est pas la seule senteur. Il y a une sorte de musc. Quelque chose de beaucoup plus ancien que le sang frais. Laissé à pourrir. Une couche de putrescence sous-jacente au monde alentour.

Ava serre fort le tuyau. Elle connaît l'odeur de la mort, enfin revenue la prendre.

Elle ouvre la bouche, pousse un hurlement de défi, puis frappe de toutes ses forces sur *rien*.

Ils entendent les deux cris.

Aucun doute sur quelle Ava pousse le sien.

Plus aucun doute d'aucune sorte, d'ailleurs. Du moins sur la nature du concours.

Mack se dégage, se glisse hors de leur cachette et jaillit au soleil. Elle se sent déjà mal d'être dehors en plein jour. On l'a vite dressée.

Brandon déboule à sa suite. Il a un drôle d'air, comme s'il manquait quelque chose à son expression, mais elle a de la peine à définir de quoi il pourrait s'agir maintenant que ça a disparu.

« Par où ? » demande-t-elle.

Il secoue la tête. « C'est trop tard, murmure-t-il.

— Non, on peut… »

LeGrand marche vers eux, résolu, posé, la mine de qui vient de voir une vérité établie. Il ne paraît plus hanté. Ce que Brandon a vu l'a brisé ; ce que LeGrand a vu l'a soit empli de force, soit brisé à tel point qu'il en est ressorti transformé.

« Qu'est-ce que c'était ? » demande Mack. Parce qu'il a couru aider l'autre fois. Là, s'il ne court pas, c'est qu'il estime que ça ne servira à rien. Elle plaque ses mains sur son ventre. Elle voudrait crier ou pleurer ; elle voudrait courir après Ava. La rejoindre d'une manière quelconque. Elle ne peut s'empêcher de s'interroger : en son absence, est-ce que l'autre serait encore là ? Est-ce que c'est elle la fautive ? Elle a fendu sa coquille, sa coque protectrice, elle a laissé l'espoir entrer, laissé Ava entrer, et voilà.

Voilà.

« Qu'est-ce que c'était ? » répète-t-elle.

LeGrand hausse les épaules, se tordant un peu, comme pour se débarrasser d'un truc sur ses épaules. « Je ne sais pas.

— C'était le diable. » La voix de Brandon, au bord des larmes, se fêle. Il ne cesse de tourner la tête pour regarder l'autre bâtiment proche et vérifier que la vieille structure rouillée du démon n'a pas bougé. Il a les yeux écarquillés, exorbités, comme s'il n'arrivait pas à les fermer. Il a vu quelque chose auquel il n'avait jamais été confronté et il ne pourra plus en chasser le souvenir, ni la réalité.

« Comment ça ? » demande Mack. Brandon attend de la douceur de sa part, mais elle attend des réponses de la sienne.

« Ça fait deux. » Les traits hésitants de LeGrand se sont remodelés, en un changement subtil. Il a toujours un visage de bébé, mais son expression d'enfant perdu s'est effacée. « Donc on a jusqu'à demain matin. Il faut qu'on sorte d'ici.

— Comment ça, le diable ? » insiste Mack.

Brandon se frotte les yeux comme s'il essayait d'ôter physiquement l'image. « C'est un monstre. Le diable. Je ne sais pas quoi te dire d'autre. »

Elle regarde LeGrand. Il hoche la tête sans un mot.

Ce qu'ils disent n'a aucun sens, mais elle ne peut pas s'y attarder. Peu importe. Seule *Ava* importe. « On doit aller à la recherche d'Ava. »

LeGrand ne discute pas. Brandon secoue la tête. « Ça ne servira à rien. » Pourtant, il part dans la direction vers laquelle il a vu Ava courir.

Suivre la piste ne pose aucune difficulté, même à trois personnes inexpérimentées en la matière. Le sang de la belle

Ava est assez frais pour refléter la lumière, un fil de violence qui se dévide pour les amener jusqu'à ce qu'ils doivent voir : la destination ultime, la fin de l'espoir tout juste naissant de Mack, une sensation nouvelle, fragile, qui se noie dans la flaque de mort devant laquelle ils se retrouvent.

« On peut survivre après avoir perdu autant de sang ? » LeGrand parle bas, mais d'un ton pragmatique. Il ne pose pas la question comme une hypothèse ou un espoir. Ce qu'il demande, c'est s'ils doivent continuer à chercher. Il laisse Mack prendre la décision.

Elle scrute la seule preuve attestant qu'elle était encore heureuse quelques petites minutes plus tôt. Autour de la mare de sang, il n'y a rien. Pas de marques de traînée. Il ne semble pas que quelqu'un ait pu fuir, en réchapper. Tout indique deux morts violentes. Au lieu d'une ellipse, c'est un point d'exclamation. Certes pas d'interrogation. L'histoire est terminée.

Il n'y a plus rien à raconter.

La belle Ava est morte. Tout comme l'Ava de Mack. La première personne qui soit devenue un individu à ses yeux depuis la disparition de sa famille, la première qui lui ait fait se demander si sa vie pouvait reprendre. Si sa vie pouvait se *vivre*.

Maintenant, c'est fini. Pour Mack, tout au moins.

Elle toise LeGrand. Cet homme triste, hanté, qu'Ava voulait protéger, aider. « Pourquoi tu es là ? »

Il ne semble pas trouver la question bizarre en de telles circonstances. Peut-être qu'ils ne trouveront plus rien de bizarre aussi longtemps qu'ils vivront.

L'odeur du sang et de quelque chose de plus ancien, de plus pourri, de plus *pervers*, paraît toute-puissante. *Aussi longtemps qu'ils vivront* ne sera peut-être pas bien long.

« Avoir voulu faire venir un médecin pour ma sœur m'a valu d'être banni de ma famille. C'est interdit de quitter l'enceinte.

— L'enceinte ? relève Brandon.

— Mon père est le prophète. »

Ça ne répond guère aux interrogations de Brandon – et soulève d'autres questions –, mais Mack saisit l'essentiel. LeGrand était prisonnier. Il a enfreint les règles pour aider quelqu'un. Ça correspond au genre d'individu qui court vers le bruit quand quelqu'un hurle. Il est là parce qu'il a tenté de sauver sa sœur. Mack est là parce qu'elle n'a pas tenté de sauver sa sœur. Parce qu'elle s'est cachée et qu'elle n'a rien fait pendant que son univers se faisait déchiqueter.

« Si vous sortez, vous l'aiderez ? » LeGrand regarde vers les arbres où la clôture se dresse quelque part dans la verdure impénétrable, au-delà des murs omniprésents des sentiers. « Je suis de Zion Mountain dans le sud-est du Colorado. Elle s'appelle Almera. Elle ne peut ni parler ni marcher, mais elle aime les bulles et la couleur jaune. On ne lui donne pas les soins dont elle aurait besoin. Il vous faudra la kidnapper. » Il hoche la tête comme s'il venait de prendre une décision. « C'est la seule façon. J'aurais dû faire ça. »

Elle voit mal Brandon, les yeux larmoyants, kidnapper quelqu'un. « Au cas où, explique-nous comment entrer et trouver Almera. » Puis elle s'adresse à Brandon : « C'est LeGrand qui gagne. Si on peut gagner. Et sinon, c'est lui qui sort. » Elle craint qu'il s'y oppose, qu'il trouve injuste de décider ça sans en discuter au préalable.

Mais il déglutit avec peine et hoche la tête. « Tout mais pas Jaden. » Sa voix se fêle. Mack ne peut retenir un rire. Tout mais pas Jaden.

Son hilarité rompt le charme du sang et les libère. Ils reprennent leur route, comme Ava l'aurait voulu, comme Mack le veut. Désormais, elle a un but, et un seul : sortir LeGrand d'ici. Le laisser aller sauver sa sœur, parce qu'il en a encore une et qu'il peut le faire.

Une fois l'autre dehors, quoi qu'il se passe ensuite, elle l'acceptera à bras ouverts, cette fois.

C'est bientôt fini. Deux jours et Linda pourra refermer le journal familial sans avoir à le rouvrir avant sept ans. Bon, six. Ils doivent planifier ces choses à l'avance pour s'assurer que tout sera bien réglé. Et *elle* ne devrait pas avoir encore à le rouvrir, mais ce sera elle. Sans aucun doute.

Elle tapote de ses ongles manucurés – un vernis corail abrasif qu'elle trouve juvénile mais qui donne un aspect cadavérique à sa peau – la couverture en cuir du volume. Depuis combien de temps le tient-elle ? Depuis quand les femmes Nicely font-elles tout fonctionner ? Se fie-t-elle vraiment à Chuck Callas, entre tous, pour prendre la suite une fois qu'elle sera partie ?

Elle préfère se dire *partie* que morte, laissant entendre qu'elle va prendre sa retraite en Floride et oublier tout ça. S'il lui arrive de l'envisager, jamais elle ne s'y résoudra. Même si Chuck lui succède en nom, elle gardera un rôle de supervision. C'est une tâche trop importante, et qu'elle aime accomplir. Elle aime son rôle crucial, le fardeau des générations qui comptent sur elle, le fait qu'elle succède à ses parents et leurs parents. Ses grands-parents seraient fiers d'elle. Ils n'étaient pas les *Callas* vénérés à l'origine du processus, mais c'est *leur* fille puis *leur* petite-fille qui l'ont sauvegardé.

Lourd, épais, beaucoup plus grand que *l'autre* livre, le journal repose sur sa table basse près d'une pile de revues – des *Good Housekeeping*. Nul ne le lit. Linda connaît les histoires par cœur, les représentants des autres familles les connaissent de réputation, le reste de la ville ainsi que ceux qui en dépendent les ignorent volontiers. Sa propre fille ne veut rien avoir à faire avec ça. Voilà ce qui lui fait le plus mal : cette ingratitude, cet irrespect. Et l'égoïsme que sa progéniture partage avec les autres. Irritée, Linda se saisit de l'histoire sacrée de sa famille et la range dans le compartiment secret du buffet.

Le talkie-walkie crépite. Elle voit d'ici sa fille rigoler qu'elle utilise une antiquité au lieu d'un smartphone, mais parfois la vieille école a du bon. Surtout quand tous les signaux restent brouillés. Ce qui lui rappelle de relancer Leon Frye pour s'assurer qu'il n'oublie pas – ou plutôt que son équipe n'oublie pas – de garder les comptes des concurrents sur les réseaux sociaux actifs ces prochaines semaines, au cas où. À moins qu'elle s'en charge, elle ne peut guère tabler que tout sera fait, que tous les *au cas où* seront couverts.

Pour être honnête, elle ignore en quoi installer son appli sur leurs téléphones lui permet de jouer leurs rôles sur tous leurs comptes. En fait, elle ne sait même pas ce qu'est une appli, mais, au moins, les Frye auront réussi à apporter quelque chose au bon fonctionnement des deux dernières saisons.

Elle porte le talkie-walkie à ses lèvres. « Quoi ?

— Trois d'entre eux approchent de la clôture », grogne Chuck à l'autre bout de la communication. Il est en haut de la tour Mary qui porte le nom de son arrière-grand-mère.

« Lesquels ? » s'enquiert-elle, bien que ça importe peu. Une curiosité macabre, mais qui ne restreint pas l'instinct naturel de vouloir savoir. Qui a survécu ?

« Je ne me rappelle pas leurs noms. » Il semble furieux. Comment est-il censé prendre la relève s'il ne veut même pas connaître leurs noms et leurs traits ? Quel privilège d'esquiver ce fardeau ! Quel privilège de laisser la lignée Nicely continuer d'effectuer le vrai travail !

Mais Linda est forte. Elle se soucie assez de ces gens pour apprendre leurs noms et reconnaître leurs sacrifices. Elle relève le menton avec fierté : elle fait honneur aux Nicely, et elle en a conscience. « Eh bien, abattez-les s'ils arrivent trop près. Mais visez les bras ou les jambes.

— OK. » Chuck connaît les règles. Comme eux tous. Mais quand ils lui demandent ses instructions, il leur semble suivre ses choix au lieu des leurs. De ne faire qu'obéir aux ordres. *Des faibles.*

Linda tapote la vitrine du buffet, puis va se préparer un thé à la cuisine. C'est presque l'heure de son feuilleton. Elle a enfin décidé de ne plus se soucier du livre perdu. Ce n'est pas sa faute si Susan l'avait quand elle a dû lui régler son compte. Et puis, c'est un document historique désormais. Ils n'en ont plus besoin. La saison démarre, la saison se termine, réglée comme du papier à musique. Il leur suffit de se tenir prêts. Et, grâce à elle, ils le sont.

Contrairement à Christian, Brandon reconnaît aussitôt le bourdonnement de la clôture électrifiée et lève la main. Ils s'arrêtent pêle-mêle quand la première balle ricoche sur le tronc proche de Mack, projetant des éclats d'écorce au plaisant parfum forestier. Elle s'accroupit, puis roule derrière l'arbre. Brandon reste planté là, choqué.

Il sait qu'il y a de la violence dans le parc – il ne peut pas le nier –, mais c'est une chose de voir un monstre et une autre de se faire tirer dessus par un humain. Treize ans d'exercices de préparation aux intrusions armées, et tout ce qui lui vient en tête, c'est qu'il n'y a pas de porte à verrouiller. Pas de bureau sous lequel se planquer. Pas de prof pour s'interposer entre une balle et lui.

LeGrand le pousse et ils rejoignent Mack derrière l'arbre.

« Ils se contentent de nous tuer maintenant ? demande Brandon en ravalant ses larmes.

— Ils nous retiennent. » LeGrand a grandi derrière une clôture dont on lui disait qu'elle tenait le monde à l'écart, mais en fait elle servait à l'emprisonner. D'abord dedans, puis dehors.

Il a raison. Quiconque dirige le truc les a mis là et ne compte pas les laisser partir avant la fin. Mack se redresse et déloge d'un revers de main les échardes plantées dans sa joue, laissant de minuscules traînées de sang dans leur sillage.

Les trois amis s'éloignent prudemment de la clôture en restant sous le couvert. Enfin, ils tombent sur un sentier qui s'enfonce dans le parc. Mack se montre, attendant une balle. Rien ne se passe. Ils n'essaient plus de sortir, donc personne n'a besoin d'agir pour les garder.

« La clôture était électrifiée, pour sûr. » Les mains de Brandon tremblent comme si lui aussi l'était. « Il y a des tas de fermes dans mon coin.

— Donc il faut qu'on trouve un autre moyen de faire sortir LeGrand, dit Mack.

— Et s'il gagne ?

— Je ne crois pas que quelqu'un puisse gagner. » Si LeGrand ne paraît guère inquiet, il parle avec douceur. Il est gentil avec Brandon, comme Ava l'était avec lui.

Ava. Ava, Ava, Ava. Mack suit le sentier en direction du centre du parc.

La voix de Brandon, qui est au désespoir, dérape dans les aigus. « Quand même, ils l'ont dit. Quelqu'un gagne et quitte le parc, donc on s'assure que LeGrand gagne. On fait comme ça. Pas vrai, Mack ? Hein ? »

Elle hoche la tête. Peut-être qu'il y aura vraiment un vainqueur. Et que Linda a négligé de mentionner le coût réel et le caractère permanent de l'élimination.

Ava.

Elle veut revoir Ava.

En se frottant les yeux, elle en tire de la chassie ou de la poussière de bois – va savoir, d'ailleurs elle s'en fiche. « Donc on s'assure que LeGrand gagne et, entre-temps, on cherche une sortie.

— Non. » Brandon, distrait, regarde à la ronde comme s'il voyait tout pour la première fois. Les yeux écarquillés d'émerveillement ou d'horreur, il considère les arbres hauts, les plantes grimpantes, les vestiges rouillés d'un wagonnet de montagnes russes taille enfant abandonné au milieu du sentier. « D'abord, on trouve Jaden.

— Je sais où il est. » LeGrand se détourne et prend un embranchement.

« Parle-nous de ta sœur. » Brandon a un air lointain et absent, mais il tient la cadence.

« Elle est... Elle... » Il cherche ses mots. Almera n'a pas eu assez d'oxygène à la naissance. Comme sa mère n'avait pas le droit d'aller à l'hôpital et n'était assistée que par les autres épouses, le bébé a failli mourir. Un jour, il a entendu une tante chuchoter qu'elle aurait dû être en parfaite santé ; y repenser le rend triste. Triste de ce qu'Almera aurait pu être si leur père à tous avait autorisé un véritable traitement médical. Triste de se poser des questions là-dessus, comme s'il trahissait ce qu'elle est, un rayon de soleil, un miracle de bonheur, en la souhaitant différente.

Tout le monde a toujours dit devant sa mère, et devant lui, qu'Almera avait de la chance. Incapable du moindre péché. Promise au plus haut degré de gloire. Ils laissaient de côté ce qu'elle était sur Terre pour se concentrer sur ce qu'elle deviendrait ensuite.

Mais ce qu'elle est sur Terre, c'est une petite fille qui souffre et qui a besoin d'aide. Ce qu'elle est sur Terre, c'est une petite fille qui souffre, qui a besoin d'aide et qui est enfermée dans une enceinte où nul ne lui en offre, parce qu'elle est déjà sauvée – qu'importe un peu de souffrance entre-temps ?

Si Almera est déjà sauvée, pourquoi doit-elle souffrir pour suivre les règles de leur père, le prophète ?

« Elle aime la couleur jaune et les bulles, répète-t-il. Elle a 13 ans ; elle ne peut pas marcher ni parler. » Comment résumer davantage la seule personne dont il ait jamais su qu'elle l'aimait ? « Elle n'est pas trop lourde. Pas difficile à porter. Il faudra s'introduire la nuit. La maison de ma mère est au sud-est de l'enceinte, dans un coin. Il faut sauter le mur. Pour savoir que c'est la bonne, il y a une brouette dans le potager avec des coussins pour transporter Almera. La remise des armes est à côté. Il y a moyen d'en prendre avant d'entrer dans la maison. »

Brandon trébuche, mais Mack acquiesce, puis ajoute : « Par contre, c'est toi qui vas la sauver. » LeGrand doit savoir qu'elle écoute, mais elle refuse de s'impliquer. Ce sera lui. Elle va s'en assurer.

« Je vais la sauver », répète-t-il tout bas. Il prend un nouvel embranchement, apparemment au hasard.

« Comment tu sais où est Jaden ? demande-t-elle.

— La direction d'où venait l'autre Ava. »

Mack ressent un frisson de chagrin coupable. Elle n'a pas du tout pleuré la belle Ava, parce que LeGrand a raison : c'était *l'autre* Ava. Pas celle qui importait.

Tous ces gens enfermés ici ? Aucun ne comptait à ses yeux. Elle a essayé d'ignorer leurs noms. Elle en a traité certains en ennemis alors qu'ils essayaient simplement de gagner, tous. Ils sont morts à présent. Bientôt, elle le sera aussi, et nul ne se rappellera son nom. Tant pis. C'est ce qu'elle mérite, plus ou moins ce à quoi elle s'attendait, qu'elle souhaitait. Disparaître. Elle espérait disparaître de son vivant, mais quelque chose dans ce qui se passe ici semble inévitable. La fin d'un jeu qui a commencé il y a tant d'années, quand elle a piqué la cachette de Maddie.

Forcément, quelque chose d'affreux allait la trouver.

LeGrand lui pose la main sur le coude pour la guider vers un bout de sentier minuscule qui bifurque depuis le leur. Il se souviendra d'elle. Il se souviendra d'Ava, aussi. Il se souviendra d'eux tous, elle le sent. Brandon en ferait sans doute de même.

« La direction d'où elle venait ? » demande Brandon en levant les yeux vers le soleil entre les branches. Une énorme tête de clown, autrefois peinte de couleurs vives mais maintenant écaillée, délavée et privée de son nez, leur sourit d'un air torve, la bouche grande ouverte – une invite dérangeante.

« Une attraction, répond LeGrand. J'ai vu Jaden s'y cacher le premier jour. Un bon coin.

— Quel genre d'attraction ? » demande Mack.

Il hausse les épaules. « J'sais pas. Je n'ai jamais été dans un endroit pareil.

— Personne n'a jamais été dans un endroit pareil. » Brandon rigole. Un rire brisé, béant, comme l'invite du clown derrière eux à explorer les ténèbres qu'il contient. « J'ai toujours voulu aller à Disneyland. Ou à Lagoon, en Utah. Vous connaissez ? Mais quand mon père me rendait visite, il ne m'y emmenait jamais. C'était toujours à la pêche, une fois par an. Parfois moins. Je me demande s'il a un lien de parenté avec Ray.

— Qui ? » Mack ne suit pas ce qu'il dit. Il n'y a peut-être rien à suivre. Il déraille, comme elle.

« Ray, au restau. Il s'appelle Callas. Comme mon père. J'ai trouvé que c'était une drôle de coïncidence, mais je n'ai pas voulu en parler. » Brandon ralentit, puis s'arrête devant la voie de montagnes russes miniatures. Plusieurs wagonnets en forme d'insectes s'alignent, prêts à partir. Chacun est rempli de décennies de saisons, des couches de feuilles mortes, encore vertes au-dessus, puis brunes, puis réduites en poudre au fond, dans une eau noire où des petits pieds tremperaient.

Il fourre les mains dans ses poches, repart et rattrape LeGrand. Le train de ses pensées continue, dévalant une pente, le moteur en feu. « Jaden a causé sa mort. À Ava. Aux deux, d'ailleurs. Et à Sydney.

— Il ne savait pas. » Mack aimerait en vouloir à Jaden, mais il croyait que c'était un jeu. Il jouait.

En même temps, elle savait. Comme elle savait que la partie de cache-cache avait des enjeux plus élevés que gagner ou perdre quand elle a piqué la place de Maddie. Ça s'entendait quand son père parlait. Elle a oublié le rire de sa mère, mais pas sa voix à lui ce soir-là.

Les gens font comme si tout allait bien, même quand ils sentent la vérité, parce qu'ils ont trop peur de scruter l'horreur et le mal, et d'affronter la vérité dans toute sa terrible gloire. Comme les petits qui jouent à cache-cache. S'ils ne peuvent pas voir le monstre, il ne peut pas les choper. Et pourtant, si. Il peut. Toujours. Et pendant que tu ne regardes pas, il mange tout le monde autour de toi.

Donc ce soir-là, elle savait. Aujourd'hui, elle sait aussi. Et si elle est coupable de la mort de sa sœur, Jaden l'est de celle d'au moins trois femmes.

Et Mack est bel et bien coupable, pas vrai ?

« Voilà », dit LeGrand. Ils ont marché longtemps. Ils sont loin de la clôture, loin du fusil qui les attend là-bas. Tout le pourtour est-il gardé ? Sans doute. La probabilité pour qu'il y ait une sentinelle à l'endroit précis où ils ont surgi est trop réduite. LeGrand se demande comment ils vont pouvoir passer en douce et pourquoi ils perdent leur temps avec Jaden, mais Mack cherche Ava et Brandon veut trouver Jaden, donc il se tait.

Ils lèvent tous les yeux vers la structure squelettique où LeGrand les a amenés. Les chaînes pendent, immobiles. C'est peut-être ce qu'il y a de plus angoissant ici – une structure, construite pour le mouvement et la joie, rouillée et figée.

« Il est là-haut ? » Brandon plisse les paupières. « Il a fait ça comment ?

— Grimpé aux chaînes. » LeGrand aussi lève les yeux. Il se débrouille dans les arbres, mais c'est autre chose ici. Et Mack se voit mal le faire. Rien à voir avec escalader la chaudière et monter dans les poutres. Brandon empoigne une des chaînes ; la structure entière frémit et grince alors qu'il s'élève de cinquante centimètres, cale et retombe.

« Donc on attend la nuit ? Qu'il redescende ? demande LeGrand. On a *besoin* d'attendre ? » Ils perdent du temps et il ne veut pas être malpoli, les bousculer, mais ils n'ont que cette journée et cette nuit avant que le matin remette tout à zéro demain.

« Non. » La voix de Brandon a une inflexion nouvelle, un peu rêveuse. Le train de ses pensées a peut-être enfin freiné. « Non, on ne peut pas attendre. »

Son père avait une autre famille.

Comme Mamie aimait la vérité, elle n'a jamais menti à Brandon. Sa mère était une décrocheuse à laquelle son père rendait visite chaque fois qu'il était dans le coin pour affaires. Quand elle est tombée enceinte, il a tenu à ce qu'elle garde le bébé. Elle a cru, bien sûr, qu'il l'aimait et comptait fonder une famille avec elle. Mamie n'était pas d'accord. Elle savait que les hommes comme lui ne fondent pas de famille avec des filles comme la sienne.

Mais la mère de Brandon y avait vu un nouveau départ. Le début d'une nouvelle vie. Elle a gardé le bébé, trouvé du travail à la station-service pour passer le temps jusqu'à ce que son amour quitte son autre famille et les rejoigne.

Il ne l'a jamais fait. Mais il prenait de leurs nouvelles, gardait un œil sur eux, venait juste assez pour qu'elle ne s'installe jamais dans une autre relation et renonce à lui.

Quand elle est morte, Brandon avait 6 ans. Il a repris son flambeau. Attendu, espéré, sans arrêt. Son père venait une fois l'an, passait une journée avec lui, redisparaissait. Brandon vivait pour ces instants.

Mais, entre les visites, il avait Mamie. Pragmatique, gentille, élevée à la ferme, aussi tranchante que les outils qu'elle utilisait pour aider sa famille à retourner la terre et à déterrer les patates.

Un jour où Brandon, 12 ans, redéposé sur le seuil après la journée de pêche avec son père, se languissait déjà de devoir patienter un an avant les prochaines heures glorieuses avec lui, elle lui a tapé sur l'épaule.

« Il ne t'aime pas, a-t-elle dit d'un ton neutre. Il n'aimait pas ta mère non plus, et je refuse que tu attendes toute ta vie quelque chose qu'il ne pourra pas te donner. Les hommes dans son genre voient les autres comme des objets. C'est pour ça qu'il peut te ramasser et te laisser choir sans difficulté. Mais tu n'es pas un objet, Brandon. Tu es merveilleux, et s'il ne le voit pas, c'est *lui* qui est brisé. Pas toi. Ne l'oublie jamais. »

Piqué au vif, il avait couru pleurer dans sa chambre, où, ses larmes séchées, il s'était senti… soulagé. Comme si on lui avait ôté un fardeau. Il n'avait plus besoin de s'efforcer de faire rester son père ni de gagner son amour – ce n'était pas possible.

Il a continué d'aller à l'école, obtenant de mauvaises notes – son cerveau fonctionnait mal pour les études. Il a repris le travail de sa mère à la station-service. Le soir, il regardait la télé avec Mamie et c'était génial, parce qu'il n'avait besoin de rien faire pour mériter son amour : il l'avait déjà. Même après sa mort, au moins il en a gardé le souvenir. Mais ça ne suffisait pas tout à fait : quand il a reçu un appel de son père, il n'a pas pu rejeter l'appât du bonheur, le leurre de l'espoir.

L'hameçon qui allait l'accrocher.

Et à cause de cet appel, il sait un truc que LeGrand, Mack et Jaden ignorent.

Il sait d'où vient son invitation au concours.

Brandon comprend bien que Jaden n'est pas son père. De toute évidence, à un certain niveau, c'est clair. Mais Jaden a piégé des gens pour qu'ils meurent. Sydney, peut-être Rebecca, et clairement la jolie Ava et Ava.

Son amie Ava, qui l'aimait. Et Jaden laissera mourir Mack et LeGrand, aussi, et il s'en fichera parce que, pour lui, ce ne sont que des objets.

Pour la première fois de sa vie, il a l'impression d'être une chose, comme si Mamie s'était trompée. Une chose qu'on utilise et puis qu'on jette. Et le voilà à la décharge. Piégé en compagnie du diable. Ses amis meurent, et il ne peut pas... il ne peut pas... il ne peut pas.

Il ne peut pas.

Alors il saute, attrape l'une des chaînes et grimpe.

Il grimpe pour Ava. Pour Mack et LeGrand. Pour ses rêves de colocs, de soirées pizza, d'une vie partagée. Et inexplicablement, le pompiste le plus sympa de Pocatello, Idaho, qui n'a jamais mis les pieds dans une salle de sport, parvient à se hisser jusqu'en haut. Il tâtonne pour maintenir sa prise, et quand une personne normale serait terrifiée de tomber, il reste calme jusqu'à ce qu'il trouve un rebord sur la plateforme circulaire au-dessus de lui. Le temps de balancer sa jambe et de rouler sur le sommet du manège.

« Putain ?! » fait Jaden, recroquevillé tel un fœtus au centre du disque, trempé de sueur, brûlé par le soleil et en sécurité. Écarlate, il se met à quatre pattes, l'air furieux, les traits crispés.

« Tu les as tuées. » Brandon le regarde de biais. Mais il ne le voit pas vraiment. Il voit un sourire immaculé, une goulée de bière, un appât jeté à l'eau.

« De quoi tu parles ? Qu'est-ce que tu fous ici ? C'est ma cachette ! » Jaden a du mal à paraître bien menaçant sans se lever. Accroupi dans une posture inconfortable, il se balance sur ses talons.

Brandon lève la tête. Là-haut, on surplombe les arbres alentour. Il n'y a que le ciel au-dessus de lui. Un ciel sans nuages, si bleu qu'il en a les larmes aux yeux et que tout se floute. C'est un beau bleu. Un bon bleu. Un bleu franc.

Il ferme les yeux face à cet éclat. Il y a des monstres, de vrais monstres, dans le monde. Ses amis sont en train de mourir. Ils vont tous mourir. Son père le savait, c'est sûr, et quand Mack et LeGrand seront morts, il ne restera personne pour se soucier de lui. Mais si l'un d'eux gagne, alors lui, Brandon, gagne aussi, non ?

S'en assurer, c'est le moins qu'il puisse faire. La seule chose qu'il puisse faire. La seule chose qui ait un sens dans cette réalité bousillée.

« Tu les as tuées, répète Brandon sans ouvrir les yeux. Il y a un monstre là-dehors. Et tu lui as fait tuer les deux Ava.

— Ne sois pas con, dit Jaden avec dédain. C'est l'autre pute qui t'a entraîné là-dedans ? Écoute, c'est qu'un jeu, et si elles ont dégagé… »

Il lui attrape la cheville. L'autre, accroupi, perd aussitôt l'équilibre, et pendant qu'il essaie de se rétablir, Brandon roule sur lui-même, utilisant l'inertie de Jaden pour le jeter dans le vide.

« Un ! » lance-t-il à ses amis.

Par jour, deux sont éliminés. Deux doivent donc l'être demain, et ce ne sera pas Mack et LeGrand. Il peut leur offrir ça. Parce qu'il n'est pas qu'une chose. Aucun d'entre eux ne l'est. Il est une personne, comme sa grand-mère lui a appris à l'être. Une personne gentille, et un bon ami. Il ne veut pas vivre dans un monde où il sera une chose, ou un mauvais ami, et où il y a des monstres.

Il se met debout, s'emplit les poumons, s'approche du bord et regarde en bas. Mack et LeGrand agitent les bras et crient. Il leur rend leur salut et scrute une dernière fois le bleu parfait du ciel.

« *Deux !* » dit-il, assez fort pour qu'ils l'entendent. Et il saute de la plateforme.

Mack scrute le gâchis. Même si qualifier ainsi deux individus – dont un qu'elle appréciait – paraît insensible, c'est ce qui décrit le mieux ce qu'elle voit là. Elle aussi a peut-être quelque chose de cassé, mais elle ne se détourne pas. Témoigner lui semble important.

Brandon est mort, de toute évidence. En tombant, il a basculé, et il s'est rompu le cou. Elle ne comprend pas sa motivation.

« Deux par jour. » LeGrand a résolu le mystère. Il ne regarde pas le gâchis, mais les arbres, l'air aux aguets.

« Il s'arrange pour qu'ils soient faciles à trouver. » Mack ferme enfin les yeux, dissimulant le regard mort de Brandon. « Comme ça, il nous donne un jour d'avance. » Elle sait qu'elle parle de lui au présent, comme s'il n'était pas déjà au passé, à jamais. Mais il vaut mieux penser à lui de cette façon, comme s'il jouait encore pour ses amis et restait le gars gentil proposant à trois inconnus de venir vivre avec lui pour la simple raison qu'il avait une maison et qu'il pouvait aider.

Il a trouvé un moyen d'aider, là aussi. Elle ne lui aurait jamais demandé ça. Et elle ne l'aurait pas fait elle-même. Bien entendu, elle sait que la mort vient pour elle. Après n'avoir que trop tardé. Mais Mack va la laisser trouver sa proie, au lieu de se ruer à sa rencontre.

Un affreux gargouillis lui fait ouvrir les yeux, et elle se tourne vers l'amas d'os, de peau éclatée et de chair rougie qui était Jaden. Qui *reste* Jaden. Il n'est pas mort. De ses doigts tremblants, il griffe le sol. Dans quel but ? Des bulles de sang perlent sur ses lèvres, et Mack se dit que ça doit signifier quelque chose sur le plan médical, mais elle n'en sait pas davantage.

« Merde », souffle-t-elle. Parce que Jaden a entraîné la mort d'Ava, mais sans le vouloir explicitement. Et même s'il le savait, ce qui lui arrive maintenant paraît trop cruel. Dans son état, il ne survivra pas jusqu'à demain. Il n'y a aucun espoir qu'une aide survienne, qu'il soit secouru, soigné. Et dans le cas contraire, elle doute que ça serve.

Elle regarde LeGrand, tout aussi horrifié. Jaden s'est mis à gémir, une mélodie étouffée, lugubre.

Le dire tout haut reviendrait à demander la permission. Et il ne faut pas rendre LeGrand complice. Il doit sortir d'ici après tout et sauver sa sœur. Sortir d'ici entier. Mack n'a pas besoin d'être entière ; d'ailleurs, est-ce qu'elle l'a jamais été ?

Elle cherche une grosse pierre par terre. La zone est jonchée de petits cailloux et de déchets divers, mais il n'y a rien d'assez lourd. Elle va devoir trouver un des pans de mur effondrés. Prélever une pierre de taille. « Va sous le couvert, dit-elle à LeGrand. Je te rejoins.

— Mack. »

Elle ne veut pas discuter avec lui. C'est tout ce qu'elle peut offrir à Jaden, tout ce...

« Mack ! » Cette fois, il y a un avertissement dans la voix de l'autre, une anxiété qui la fige.

Elle les entend alors : la démarche mesurée, la longue, lente inhalation. Quelque chose suit une odeur à la trace. LeGrand recule entre les arbres. Elle considère Jaden qui souffre, puis elle fait un pas en arrière, un autre, et encore un autre, le regard sur le sentier par lequel ils sont arrivés.

Décrivant une courbe abrupte, il lui dissimule sa pleine longueur, mais les bruits se rapprochent. Elle se demande comment elle a pu les attribuer à une personne ou même à un animal. Elle fait un pas en arrière.

Un autre.

Un autre.

Elle devrait courir, mais ne parvient qu'à reculer peu à peu, au rythme de la démarche traînante qui approche. Un pas en avant, un en arrière, une chorégraphie appliquée.

Puis son cavalier se dévoile.

« Oh », souffle Mack car, dès qu'elle voit ce qui arrive, elle s'avise de ce qu'elle attendait. Une personne. Et pas n'importe laquelle. Une part d'elle-même voyait déjà son père négocier le virage du sentier, le couteau à la main, les lèvres fines serrées, le regard neutre, impassible, venu la prendre enfin.

Donc, elle a du mal à comprendre ce qui lui fait face.

Elle reste immobile à l'observer. Il s'avance pas à pas, en poussant ses reniflements humides. Sa truffe large et aplatie tourne de-ci de-là tandis que ses narines en forme de larme se dilatent. À la place des yeux, il a un entrelacs de plaies mal cicatrisées, rose et gris, qui attestent d'un passé de violence.

Il y a également de la violence dans ses mains, presque humaines mais trop grandes, dont chaque doigt évoque un instrument contondant terminé par une griffe dentelée, brisée, croûtée de sang.

Mack ne peut détourner son regard du sang. Serait-ce le dernier vestige d'Ava, *son* Ava, qui sèche sur les mains du monstre ?

Il s'arrête, tourne la tête. Ses narines gonflent encore et il prend une profonde inspiration. Elle lève les yeux vers les cornes massives surgies de son crâne ; au nombre de cinq, elles semblent presque élégantes au regard du reste. Grises à la base, elles s'incurvent et s'effilent, les pointes blanches se réunissant presque, cinquante centimètres au-dessus du crâne.

De l'ivoire, se dit-elle en se rappelant un documentaire sur les braconniers que Maddie et elle ont regardé. Elles en avaient pleuré à si chaudes larmes que leur mère avait couru éteindre la télé avant de les gronder. Mack n'avait jamais compris pourquoi s'attrister de la cruauté des gens lui avait valu des soucis.

Leur mère savait peut-être déjà ce que serait son sort et celui de ses deux filles, auquel cas elle essayait seulement de les préserver le plus longtemps possible. Quitte à leur mentir sur ce que le monde permet. Mais la protection de cette mère, y compris celle de son corps, n'avait pas suffi comme barrage contre la violence à venir.

Un sabot glisse sur le sol. Un long filet de bave tombe au ralenti sur le poil sale et emmêlé du torse.

Une main s'abat sur l'épaule de Mack pour la tirer en arrière. Incité à agir, le monstre se précipite à une vitesse stupéfiante, mais s'arrête devant la dépouille pantelante de Jaden que Brandon lui a laissée dans ce but.

Le monstre a des gestes étrangement tendres, gracieux et mesurés pour se pencher et ramasser le corps brisé de Jaden puis le porter à sa bouche.

Mack voit presque que dans cette bouche, cette gueule béante… il n'y a pas de dents… mais il y a…

LeGrand la tire si fort qu'elle trébuche et sort de sa rêverie. Elle reprend son équilibre, puis, guidée par son compagnon, fonce dans les broussailles, enjambant des arbres abattus et laissant derrière la mort et ses bruits.

Elle comprend maintenant pourquoi Brandon a choisi de sauter. Elle sait qu'elle doit la vie au fait que Jaden est tombé entre elle et le monstre.

Mais…

« Trois. » Elle empoigne le bras de LeGrand, repère où ils se trouvent tous les deux et pointe dans la direction de la piste d'autos tamponneuses. Sur le treillage, ils verront et entendront ce qui pourrait être sur leur piste.

Il hoche la tête, l'air sombre.

Trois. Donc leur garantie, leur idée qu'il n'y avait que deux éliminations par jour, était fausse. Le monstre avait la possibilité et sans doute la volonté de s'attaquer ensuite à eux. Il s'était peut-être limité à deux victimes par jour faute d'en trouver davantage.

« Quatre », rectifie LeGrand tout bas. Parce que l'autre ne va sans doute pas s'arrêter à Jaden.

Elle se réjouit que Brandon soit déjà mort. Il savait ce qui arrivait et il a choisi sa façon de partir. Mack choisit, elle aussi. Elle va aider LeGrand à sortir d'ici, gagner sa première cachette – où Ava, lui faisant confiance, a dormi contre elle, où elle s'est remémoré Maddie et son absurde canard en ficelle –, s'asseoir par terre et attendre.

« Là. » Elle pointe à nouveau le doigt. Le treillage est devant eux. LeGrand monte le premier, puis l'aide. Ils se couchent, le visage dans le lierre, le cœur battant.

Voilà, elle sait ce qu'il y a dans le parc. Elle l'a vu. Ça n'a pas plus de sens qu'auparavant, mais au moins elle peut passer de l'horreur, la peur de l'inconnu, à la terreur, la peur du connu. La terreur la réconforterait presque, là – amicale, familière.

« On attend la nuit, chuchote-t-elle. Puis on rejoint la clôture.

— L'électricité ? Les gardes ?

— Tu trouveras peut-être une branche d'arbre qui la surplombe pour la franchir. Je détournerai l'attention des gardes. »

C'est plutôt vague comme plan. Au fond d'elle-même, elle le juge désespéré, mais il lui faut un but, un objectif, pour oublier que ce visage aveugle a été la dernière chose qu'Ava a vue, et ces griffes la dernière qu'elle a sentie.

« Tu vas partir d'ici », murmure-t-elle.

Il hoche la tête, le lierre frémissant sous lui. « On peut partir tous les deux. »

Mais Mack sait qu'il n'en sera rien. Elle le sait depuis le début. Une fois qu'elle l'a admis, elle sent son cœur se calmer, ralentir, et une sorte de paix l'envelopper.

Ils attendront jusqu'au soir, puis LeGrand s'échappera et Mack connaîtra le même sort que les seules personnes qu'elle ait jamais aimées. La mort viendra pour elle, et, enfin, elle ne sera plus abandonnée, seule dans le noir.

LeGrand à ses côtés est une présence très différente de celle d'Ava. Le corps de celle-ci était à la fois familier et palpitant, réconfortant et excitant. LeGrand, lui... occupe de l'espace.

C'est la fin de l'après-midi et Mack se ressent du lent cheminement du soleil jusque dans son âme. L'attente est atroce, et qu'elle soit *ennuyeuse* ajoute de la cruauté. La terreur ne devrait pas l'être, ne devrait rien avoir d'une infinie corvée. Elle devrait être vive, aiguë et finale.

C'est peut-être Maddie qui a eu de la chance. Sa terreur s'est achevée vite. Mack vit dans la sienne depuis de longues années, mais le dénouement approche. Elle en a presque terminé.

LeGrand lui serre le bras, un signal d'alerte. Inutile : elle entend aussi.

Ils regardent par une brèche dans le treillage, mais, trop loin du bord, ne voient que le ciment craquelé en dessous d'eux. L'arrivant se rapproche. Quatre en une journée ne lui suffisent donc pas. Peut-être compte-t-il aussi en finir. Mack ne peut pas lui en vouloir.

« On saute, chuchote-t-elle. Je détourne son attention et tu cours. »

Ses yeux bleu pâle, ni beaux ni perçants, ternes dans un visage terne, dont elle espère qu'ils reverront sa sœur, se plissent, comme s'il envisageait d'exprimer un désaccord.

« Almera », lui rappelle-t-elle.

Il cède, hochant la tête.

Un crissement de feuilles mortes indique la proximité du monstre. « À trois », souffle Mack, étonnée du calme qu'elle éprouve et de la régularité avec laquelle son cœur bat. Un sourire gagne son visage. C'est idiot, mais elle ne peut le réfréner. Ce n'est ni la victoire qu'elle escomptait, ni la liberté qu'elle espérait, mais c'est quand même une sorte de libération, non ?

« Un... deux... trois. » Elle roule sur elle-même, bascule par-dessus le bord du treillage, se rattrape à la volée, puis se reçoit au sol. Ses chevilles protestent de l'impact, mais elle n'en aura bientôt plus besoin. LeGrand atterrit lourdement auprès d'elle et détale sans demander son reste. Mack se retourne pour affronter son destin.

Le pas qu'elle entamait se fige. Ses yeux s'accrochent au fusil. Elle ne parvient pas à regarder le visage ; elle ne parvient pas à l'accepter.

« Tu es morte », murmure-t-elle.

Ava, fixant Mack, voudrait parler des dernières heures. Expliquer. Mais il ne lui vient que des souvenirs chargés de tant de questions qu'elle n'arrive pas à les exprimer.

La mort avançait sur elle, inconnaissable, invisible – un mystère et une puanteur.

Tandis que le néant dévorait l'autre Ava, Ava a hurlé de défi et de rage que ça arrive alors qu'elle avait enfin un motif d'espoir et de renouveau dans ce foutu monde.

Elle a abattu son tuyau sans rien toucher.

Déséquilibrée dans son désespoir, elle a tournoyé, tapant à coups redoublés dans le vide.

À force d'entraînement, la réaction de lutte ou de fuite se limitait à la première, mais elle savait que, cette fois, la seconde constituait l'unique option. Se détournant de ce qui mangeait Ava Deux, elle a détalé. Sa jambe protestait, inapte à la course, mais elle connaissait les limites de son organisme et pouvait le pousser à bout.

Malgré le vacarme de sa cadence inégale, elle tendait l'oreille, guettant les bruits de pas et la puanteur de mort accompagnant la respiration humide. Elle a débouché pourtant du sentier près de la clôture sans rien entendre ni sentir. Accroupie dans les broussailles, elle a repris son souffle.

« Les enfoirés. » Elle avait remarqué le matériau métallique de la clôture le premier soir – sans faire le rapprochement. Elle entendait le bourdonnement électrique. Les tours à intervalles réguliers n'étaient donc pas des vestiges du vieux parc, mais un ajout récent. Des miradors.

Elle devait rejoindre Mack, Brandon et LeGrand. Pour les avertir. Tendant la jambe, elle a regretté de ne pas pouvoir l'ôter. De ne pas pouvoir courir comme avant. Elle regrettait bien des choses. Trois minutes. Elle allait se donner trois minutes pour reprendre son souffle, et puis...

Une détonation. On ne la visait pas, mais c'était dans les parages. Une voix confuse. Brandon. Elle a parié sans risque qu'il n'aurait jamais quitté la cachette sans les autres. Donc ils étaient par là. À portée.

Mais.

Il y avait un fusil quelque part le long de la clôture.

Elle a évalué ses ressources, ce qu'elle pouvait réunir, ce qu'elle pouvait utiliser. Peu à peu, elle a étouffé la panique qui rugissait en elle et qui ne l'aiderait en rien. Elle avait du travail.

Mack ne prend pas Ava dans ses bras. Elle n'en croit pas ses yeux. Elle reste à la dévisager, son regard courant sur sa figure comme une main, mémorisant ses traits, les taches, les cicatrices, les rides qu'elle pensait disparues à jamais. Elle sait à quelle vitesse elle oublie et se demande ce qu'elle a déjà perdu au cours de ces quelques heures.

LeGrand, revenant de son échappée avortée, est moins hébété. « Tu es en vie.

— Ouais. On bouge. » Ava met le fusil en bandoulière et lui tend un sac de canards en plastique.

« Non, on se cache. » Mack se sent amorphe, troublée, le cerveau inadapté à ce rebondissement, ce retournement de situation. Pourquoi les canards en plastique ? « Jusqu'à ce soir.

— Il en prend plus que deux par jour. » LeGrand plisse le front. « Oh, sauf... qu'il ne t'a pas chopée. Ça doit être pour ça qu'il a pris Jaden.

— Comment tu as fait pour t'échapper ? » Mack paraît voir un fantôme. Elle n'a jamais imaginé cette réunion, jamais envisagé qu'on pouvait rendre une chose prise, et ne sait pas l'intégrer. Peut-être qu'une autre personne pleurerait, serrerait l'être aimé dans ses bras, éprouverait du bonheur ou du soulagement.

Elle se sent transie. Là, alors qu'elle atteignait la fin... elle ne sait plus à quoi s'attendre. D'abord elle était sûre de gagner, puis elle était sûre de mourir, et peut-être que, dans sa tête, les deux n'en faisaient qu'un.

Ava hausse les épaules. Passant ses souvenirs en revue, elle raconte comme si elle tapait un rapport, en omettant son implication et ses sentiments. Des noms, des verbes, aucune émotion. « Quelque chose a mangé Ava Deux. Je lui ai porté des coups, sans rien toucher, et comme je ne le voyais pas, j'ai...

— Tu ne le voyais pas ? » demande LeGrand.

Elle incline la tête, perplexe. « Vous, si ? »

Mack acquiesce.

« Hein ? Comment ça se fait que je ne le voyais pas ? Il ressemble à quoi ? »

Voilà pourquoi Brandon ne savait pas le décrire, se dit Mack. Elle finit par hausser les épaules aussi. Le monstre est un poids sur ses épaules, une plaie à l'âme dont elle craint qu'elle ne se referme jamais.

Ava est frustrée. Tous deux ne lui servent pas à grand-chose. Agacée, elle se sent un peu exclue, bizarrement. Mais le temps manque pour s'y attarder. Il n'y a le temps de rien. « Bon, tant pis. Vous n'aurez qu'à me dire quoi viser si on le croise. Où est Brandon ? » Elle regarde à la ronde. Ils ne sont pas à l'abri, et de loin, et elle n'arrêtera pas jusqu'à ce qu'ils le soient. Elle n'éprouvera *aucune émotion* jusqu'à ce qu'ils le soient.

LeGrand secoue la tête.

Malgré la détermination d'Ava, cette perte la secoue. « Le monstre ? » Elle se fait du souci, maintenant. Peut-être qu'il dévore vraiment plus de deux victimes par jour, auquel cas attendre le soir se justifie.

« Non. » Mack s'en tient là.

La colère enfle dans le cœur d'Ava. Ça n'aurait pas dû arriver. Elle aurait dû les rejoindre tout de suite. Mais ils n'auraient eu ni fusil, ni plan. Tactiquement, elle a fait le bon choix. Quel idiot, ce gentil Brandon ! Il lui aurait suffi d'attendre. Il leur aurait suffi à tous d'attendre et de lui faire confiance pour… quoi, revenir ?

Aucun d'eux n'a jamais vu sa confiance récompensée. Oh, Brandon… Elle prend sa colère, son chagrin, et les enferme en compagnie de la panique et de la douleur. On verra plus tard.

« Où tu as trouvé un fusil ? » demande LeGrand.

Ava voudrait courir, voudrait qu'ils aillent plus vite, qu'ils se *dépêchent*, mais elle ne peut plus en demander davantage à sa jambe ni à ses ressources. Elle part au pas et ils la suivent. « Sur un mirador. Je me suis rappelé les canards en plastique de notre cachette, à Mack et moi. » Elle se retourne et lui cligne de l'œil pour la faire sortir de son mutisme. Il lui faut tout le monde là, bien présent. « Ça m'a sauvée. »

Mack a la mine du jour où elle les a laissés. Le regard vide. Qu'est-ce qu'ils ont pu voir, tous les deux, qui est resté invisible à Ava ? Cette Mack marche toutefois à ses côtés, lui offre son bras pour qu'elle soulage sa cheville et son genou. Mack est là sans être là, et Ava refuse ça. Son groupe ne peut pas se laisser distraire, ni divaguer. Il faut qu'il se concentre. Elle doit les sortir d'ici.

« Bref », dit-elle tout haut, sans peur, pour leur montrer qu'ils n'ont pas besoin de chuchoter : ils sont en sûreté, elle gère, elle est de retour et tout va s'arranger. « Je suis tombée sur un pan de clôture hors de vue des miradors. Ils devaient penser que l'électricité suffirait. Je me suis fabriqué des gants avec les canards. Mes bottes ont déjà des semelles en caoutchouc, grâce à mon fournisseur exclusif, Dr. Martens. J'ai grimpé au grillage et j'ai gagné un des miradors. Il y avait eu un changement d'équipe deux heures plus tôt. Le nouveau garde est resté en bas à fumer pendant quelques minutes. Il avait un bon crochet du droit. » Ava louche sur sa joue qui chauffe sous l'effet d'un bleu en train de se former. Elle omet de préciser qu'ils connaissaient cet homme, du restau. Pas l'affreux, l'autre. Peu importe de qui il s'agissait. « J'ai gagné, je lui ai piqué son fusil et sa radio. Pour le moment, personne n'a pris de ses nouvelles, mais ils ne tarderont pas à réaliser qu'il n'est plus là.

— Plus là ? relève Mack.

— C'était lui ou nous. J'ai choisi. »

C'est vrai. Ava a *choisi*. Elle aurait pu s'en aller. Elle a affronté la mort, survécu et quitté le parc. Libre comme l'air. Puis elle a de nouveau escaladé la clôture pour les retrouver.

Mack se sent plus anesthésiée que jamais. Ava aurait dû continuer à courir.

« Pas dans ce sens, dit LeGrand en voyant où elle les emmène. C'est là qu'on a laissé Brandon et Jaden. » Il ne veut pas retourner là-bas. Il ne craint pas que le monstre y rôde, mais il refuse de voir où ça s'est passé, et même d'y repenser.

Ava se rembrunit. Dans ce foutu parc qui vous égare à plaisir, c'est le chemin le plus direct vers le pan de clôture qu'ils visent. « Peu importe. Ils auront disparu, non ? » Elle ne veut pas chambouler LeGrand et Mack davantage, mais il faut éviter de s'égarer, comme les sentiers essaient de les y amener.

« Si », dit Mack. Disparus. Brandon a disparu. Est-ce qu'elle aurait pu le sauver ? S'il avait su qu'Ava revenait ? Ou si Mack avait essayé de rattraper la belle Ava, en faisant, elle, preuve de courage cette fois ? Elle parie qu'Ava aurait deviné ce que prévoyait Brandon, qu'elle aurait réussi à le sauver ou le dissuader.

Secouant la tête pour essayer de chasser le souvenir des bruits – ces impacts sourds au sol –, Mack s'occupe de poser un pied devant l'autre et de soutenir Ava, pour ne pas penser à leur destination ni à leur projet. Étourdie, désorientée, étrangement déçue, il lui semble qu'on a invalidé la première bonne décision qu'elle ait prise de sa vie.

« Ah, merde. » Ava s'arrête. Ils ont atteint les chaises volantes.

Jaden a disparu, en effet. Mais Brandon gît, immobile, une poupée brisée, dans l'état où ils l'ont laissé.

« Le monstre ne l'a pas mangé. » LeGrand énonce une évidence, mais c'est tout ce que son cerveau peut traiter en ce moment. Il y a un monstre. Il n'a pas mangé Ava. Ava va les sauver. Le monstre a mangé Jaden, mais laissé Brandon. Les suicidés ne rejoignent pas leur famille dans l'au-delà glorieux, ni Jésus, entend-il avant de chasser ce que dit sa voix intérieure. Ce n'est pas un fait avéré, mais un truc appris. Il le sait désormais : aucune des personnes qui lui ont inculqué ça ne sait comment le monde fonctionne et il croit que Jésus apprécierait Brandon, comprenant qu'il a choisi de sauver son prochain. Jésus avait donc beaucoup en commun avec Brandon.

Qu'Ava soit de retour soulage LeGrand, sur plusieurs plans. Avec elle dans son camp, il a une vraie chance de s'échapper, oui, mais aussi de kidnapper sa sœur. De la sauver des monstres humains qui la retiennent prisonnière et la laissent souffrir alors qu'ils pourraient l'aider. Il leur suffirait de choisir de le faire.

Ava signifie qu'il va vivre. Ce qui signifie qu'Almera va vivre. Ava, c'est tout ce que les anciens lui ont dépeint comme abominable, et il comprend enfin pourquoi ils ont peur d'individus pareils.

« Je suis navrée », souffle-t-elle, négligeant de fermer les yeux de Brandon. Après tout, il a une jolie vue sur les arbres au-dessus. Pourquoi l'en priver ? Ils repartent.

L'air moite leur pèse en cette fin d'après-midi. Dans le ciel bleu de Brandon, les nuages s'entassent, poussés par la brise qui les empile. Le parc les oblige à des détours pour les égarer, mais le sens de l'orientation d'Ava et la capacité de LeGrand à grimper aux arbres leur permettent d'atteindre la section de clôture qu'elle a choisie.

Ava lève le poing et, même si seule Mack a vu assez de séries télé pour savoir ce que ça signifie, LeGrand déchiffre la posture de leur amie – les muscles bandés, aux aguets. Pour écouter, elle sort un genre de talkie-walkie, mais nul ne donne l'alerte, nul n'utilise la radio. Nul n'essaie de joindre Ray. À l'intérieur du parc, Brandon Callas gît les yeux ouverts face au ciel qui se couvre ; à l'extérieur, Ray Callas gît face contre terre sous le fourré dans lequel Ava l'a traîné.

« Là. » Elle suit la clôture en boitant jusqu'au mirador de Ray, désert. « Si vous escaladez la tour sans toucher le grillage, vous ne serez pas électrocutés. Faites attention. » Elle est soulagée de ne pas devoir refaire l'ascension. La clôture cédait, tremblait – l'horreur. Posant chaque main avec soin, manipulant sa jambe, il lui a fallu une éternité. Le mirador lui donne des courbatures, aussi, mais il reste stable. Elle fait passer Mack devant ; elle craint, en toute irrationalité, que si elle la fait passer en dernier, l'autre redisparaîtra dans le parc.

Au sommet, Mack se détourne et observe le lieu qu'ils viennent de quitter tandis qu'Ava et LeGrand grimpent. Les parages de la clôture sont dégagés, un tampon dénudé qui fait tout le tour du parc, mais, plus loin, ce ne sont que des arbres avec un repère ici ou là. La grande roue. Le pic des montagnes russes. Les chaises volantes. Les autres miradors sont cachés par les arbres et le paysage – aucun n'est assez haut pour qu'on l'aperçoive de celui-ci. Si les gardes voulaient vraiment voir ce qu'il se passe dans le parc, ou le labyrinthe et ses destinations, il leur faudrait de plus grandes tours.

Mais non. Ils veulent que ça se passe hors de leur vue.

Elle arrive au sommet et grimace, ajustant son pantalon comme si ça allait soulager sa jambe. Elle se rappelle l'air soucieux du médecin, ses conseils de modération. Os sur os dans son genou, plus de cartilage là ni dans sa cheville, davantage de métal que d'os dans son pied. *Vous risquez de la perdre toute entière,* l'avertirait-il en insistant sur la *chance* qu'elle a eue. Ouais, sacrée chance.

« Bon. » Elle tâche d'oublier la douleur atroce pulsant dans sa cheville et escaladant sa jambe. « On doit prendre une décision. Il est venu en quad, comme Linda. Si on le pique, ce sera bruyant mais plus rapide. Il faudra aussi rester sur la route, ce qui nous rendra vulnérables.

— Si on part à pied, ils mettront plus de temps à s'en rendre compte, dit LeGrand.

— Sauf si la relève a lieu bientôt, auquel cas ils s'en rendront compte de toute façon. » Ava sait que s'en aller en douce est la meilleure option, mais la souffrance est si terrible qu'elle ne pourra guère l'ignorer beaucoup plus longtemps et qu'elle ne sera pas en état de se battre.

Mack désigne un feuillet punaisé au poteau du mirador. C'est un tableau, rédigé avec soin au stylo à bille bleu. En écriture cursive, pas moins. « Pas de nouveau garde avant minuit.

— Et merde. » Ava tressaille. Le rêve de filer, moteur grondant, la jambe soulagée de son fardeau, s'évanouit. Il leur reste une occasion de jouer les clandestins, donc ils doivent la tenter. « D'accord. On marche. Jusqu'en ville. Impossible de savoir qui il y a dans le coup, alors on fait comme s'ils l'étaient tous. On vole une voiture et on part. Elle attirera moins l'attention qu'un quad, déjà. » Même avec la longueur du dernier trajet en bus qui les a amenés ici et sa jambe qui la torture, ils peuvent rejoindre la ville et piquer une bagnole bien avant minuit. C'est le pari le plus raisonnable.

Et le plus douloureux, bordel. Elle serre les mâchoires. « Allez, on bouge. »

Quand, une fois descendus, ils longent l'orée du bois, suivant la route, Ava n'accorde pas un regard à l'homme qu'elle a tué. Son unique regret, c'est de ne pas l'avoir fait assez tôt pour sauver Brandon. Qu'ils soient tous les deux morts et qu'elle ne puisse pas échanger l'un contre l'autre lui paraît injuste.

LeGrand se sent allégé. Il sait qu'ils fuient un endroit affreux, mais ce n'est pas le motif principal pour lequel il se verrait bien sprinter, voire voler. Enfin, enfin, il rentre chez lui. Avec Ava, avec Mack et avec un fusil.

Mack donne le bras à Ava. Elle sait qu'ils ont quitté le parc d'attractions, qu'ils marchent vers la liberté, mais elle ne peut pas s'empêcher de penser qu'ils vont dans la mauvaise direction.

Le début de soirée s'étire, infini ; le jour refuse de déserter la scène, s'attardant sur leur peau dans la lourdeur moite et le bourdonnement des insectes, pesant sur l'âme et l'esprit de Mack avec l'énormité et l'impossibilité de ces dernières heures.

Ils marchent. LeGrand ouvre la voie, tandis que Mack soutient Ava pour soulager sa jambe. Il leur fait suivre la route en parallèle, le goudron surgissant et disparaissant entre les arbres et les fourrés. C'est plus dur d'avancer là que sur la chaussée, surtout pour Ava, mais comme ça, ils voient les gens approcher ou s'éloigner. Comme nul ne s'est approché ni éloigné, leur fuite est passée inaperçue.

« Sûrs d'eux, les salauds », marmonne Ava qui se gifle la nuque pour écraser un insecte. Le geste abrupt la déséquilibre et Mack gémit du poids accru le temps que l'autre se rétablisse.

« Une clôture électrifiée et des vieux armés de fusils. Point. C'est tout ce dont ils pensaient avoir besoin. »

Mack ne partage pas son avis. Ça a suffi à les confiner dans le parc. Eux, pas Ava. L'attrait de l'argent et la crainte de l'embarras si on laissait deviner sa peur les ont gardés au début. Puis, après avoir vu le monstre, qu'est-ce qu'ils pouvaient faire sinon prendre leurs jambes à leur cou ? La terreur était trop cacophonique, trop immédiate, pour ménager une place à ce qui pouvait évoquer un plan quelconque.

C'est peut-être pour ça qu'Ava a pu fonctionner, prendre les choses en main. Comment ne l'a-t-elle pas vu ? Mack se sent presque isolée. Ava n'a pas partagé ce terrible savoir avec elle. N'a pas été changée comme elle, comme LeGrand, comme Brandon.

Elle s'étonne de constater que penser au doux Brandon, le cou brisé, les yeux fixant le ciel, ne lui inspire aucun mouvement de recul. Elle regrette qu'il n'ait pas attendu, que tout se soit passé ainsi, mais, en réalité, il a *choisi*. Il a choisi pour en sauver d'autres. Brandon a été meilleur qu'elle. Comme tout le monde ici. Brandon mort pour leur donner une chance de survie. LeGrand banni pour avoir essayé de sauver sa sœur. Ava déjà libre qui revient en enfer de son plein gré pour les en faire sortir.

Mack imagine un autre scénario où elle leur ressemble davantage. Un passé où elle laisse la bonne cachette à Maddie. Ou, mieux, elle la hisse près d'elle et trouve de la place pour deux au-dessus de la porte. Ou encore mieux, elle devine ce que son père va faire, prévient tout le monde et leur sauve la vie. Parce que, franchement, elle ne savait pas ? Son ton ne l'avait-il pas envoyée se cacher, se faufiler dans le noir ?

Les autres dans le parc savaient eux aussi qu'un truc clochait – bien sûr, comment l'ignorer ? – et ils l'avaient nié, ils avaient continué, comme si le monde n'était pas frappé de violence, comme s'ils n'étaient pas tous déjà des morts-vivants. On leur avait dit que tout allait bien, et ils s'étaient cramponnés à cette promesse jusqu'à ce qu'ils meurent.

Ava trébuche et Mack la rattrape d'instinct.

« On y est presque », annonce LeGrand, même s'il n'en sait rien. On jurerait qu'ils vont marcher dans cette forêt à jamais et, au bout d'une éternité, déboucher devant le portail du parc. Le labyrinthe derrière eux a grandi, les piège encore et les suivra tout le reste de leur vie. L'idée qu'on les punit l'accable sans qu'il puisse la chasser, même si elle recule parfois face à sa colère.

Il prie plus ou moins, et se reprend. On lui a enseigné à quoi ressemblait la présence du Saint-Esprit. S'il priait, Dieu lui dirait que son père avait raison sur tout. Voilà à quoi servait la prière. À exciser de son cœur la malice, les doutes, les questions, afin de les brûler et de les remplacer par la foi. Par la connaissance.

LeGrand a prié toute sa vie, et il s'est toujours senti effrayé, ce qui n'avait rien de la sensation qu'il attendait de Dieu ou du Saint-Esprit. C'était terrifiant d'avoir un prophète comme père. De savoir de qui vous veniez, qui vous n'égaleriez jamais, qui jugerait votre échec.

Le père de LeGrand ne s'est même pas montré pour l'excommunier. Il a délégué la tâche à un ancien. L'échec de LeGrand, la fin de son quotidien, comptait trop peu pour le prophète Rulon Pulsipher.

Peut-être qu'il est mort et qu'il erre dans les ténèbres. Une autre raison de trouver Almera. S'il est réuni avec elle, il saura qu'il n'est pas mort, parce que s'il était mort, il ne serait pas avec elle. Il veut *cette* vie. Il la veut pour lui, et pour Almera. Damné ou non, mort ou non, peu importe, tant qu'il peut l'aider, elle.

Et puis, si les anciens disent vrai, elle est sauvée quoi qu'il en soit. Donc si LeGrand passe sa vie à soulager la douleur de sa sœur et se trouve projeté dans les ténèbres, Almera restera glorifiée. Et il sera heureux pendant toutes ces éternités de solitude, parce qu'il lui aura épargné une éternité de douleur et de souffrance qu'elle n'avait aucun besoin d'endurer en échange de la ferveur des autres pour prouver leur engagement envers Dieu.

La présence d'un vrai monstre derrière eux ne figure pas dans son combat intérieur. Il a été élevé dans un monde d'anges et de démons, de dieux, de prophètes et de miracles. Pourquoi n'y aurait-il pas aussi des monstres ?

La jambe d'Ava joue un crescendo d'agonie, os sur os et métal sur os offrant les instruments, ses propres jurons les percussions. La boîte dans sa tête s'est désintégrée, les soudures explosant sous la pression de tout ce qu'elle a essayé d'y fourrer aujourd'hui.

La ville, une voiture, la fuite. Elle se le répète dans son esprit, revenant sur les divers éléments comme les perles du rosaire maternel.

La ville.

Une voiture.

La fuite.

Quand la densité de la forêt se réduit, ils ne remarquent presque pas la transition. LeGrand s'arrête juste avant que la fin abrupte du couvert les crache sur un gazon taillé au cordeau menant à une maison blanche néo-grecque qui prend soin de bloquer la vue du quartier alentour. Ils arrivent par le flanc de l'édifice, mais ils distinguent les colonnes en façade qui semblent ne servir à rien.

Après tout ce temps dans le chaos du parc, les parterres de fleurs entourés de pierres, plantés de rosiers, ponctués par des versions miniatures de statues antiques, semblent aussi irréels que ce qu'ils ont laissé derrière eux. LeGrand ne comprend pas l'intérêt des jardins d'agrément. À Zion Mountain, tous les jardins sont de vrais jardins potagers, cultivés par les femmes. À quoi servent ceux-ci ?

Ava prend un caillou lisse sur une pile qui remplit un abreuvoir à oiseaux aux couleurs criardes dans lequel un chérubin potelé verse de l'eau. En théorie, du moins – la vasque est à sec.

« Vivre, aimer, rire », lit-elle. Les mots ont été gravés dans la pierre polie. Elle cède presque à l'impulsion de la jeter à travers l'une des fenêtres.

« Tout est éteint », dit Mack. Des maisons pareilles ont un aspect vaguement accusateur. Chaque ligne parfaite, chaque accessoire choisi avec soin proclame *Tu n'es pas à ta place*, comme au spa. Les fenêtres la guettent avec ostentation.

Mais aucune lumière n'est allumée ce soir. Les yeux des fenêtres sont aveugles.

« Allons-y. » Ava traverse le gazon en boitant ; sur le chemin, elle piétine exprès les massifs de fleurs. La porte arrière n'est pas verrouillée. Aucun système d'alarme, apparemment.

« Une belle ville. » En entrant dans la maison, Mack se rappelle le chauffeur de bus qui évitait son regard. « Et sûre.

— Cherche des clés de voiture. » Ava laisse des traces de terre sur le carrelage immaculé, avec la ferme intention de tout salir, contrairement à Mack. Mais c'est difficile à voir, car la cuisine est un camaïeu de marron et d'orange, relique d'une décennie antérieure, entretenue avec méticulosité mais terriblement datée. Le frigo expose des dessins d'enfants tenus par des aimants. Mack les palpe du bout des doigts ; leur âge les a rendus friables. Délogé, l'un d'eux tombe au sol telle une feuille morte. À la place de l'aimant sur la feuille, il y a un cercle virginal, abrité du soleil, protégé du temps. Elle laisse le dessin par terre.

Ava ouvre la porte qui donne de la cuisine dans le garage. À l'intérieur, il n'y a qu'un quad et la place vide d'une voiture. « Merde. » Retournant dans la maison, elle fonce dans une salle à manger chargée ; les napperons en dentelle jaunie n'atténuent pas la masse de la grande table vernie dominant l'espace. À la différence de LeGrand et Mack, elle sait reconnaître une belle baraque, et en voici une, mais qu'on n'a pas rajeunie depuis des décennies – une capsule temporelle d'un goût douteux.

Les deux autres la suivent, hésitants. Ava trouve la pièce à vivre – même s'il lui manque la chaleur et le chaos de la vraie vie – et s'affale sur un divan floral dont le tissu lustré censé paraître élégant le rend juste glissant et inconfortable. Sifflant entre ses dents, elle étend sa jambe. Sans vouloir l'admettre, elle n'en peut plus. Elle atteint la limite de sa tolérance à la douleur et craint de s'infliger de nouveaux dommages permanents.

« Deux choix, dit-elle. On continue, on va fouiller une autre maison pour trouver une voiture, au risque de se faire choper. Ou on attend. Je vois mal quelqu'un de jeune habiter ici et les gens âgés se couchent tôt, non ? De plus, le quad me suggère que la personne est dans le coup. Donc on attend, et quand elle revient, on lui pique sa bagnole. »

LeGrand aimerait continuer. Presque aussi mal à l'aise que Mack dans la maison, il voit bien qu'Ava souffre et ne veut pas lui demander de marcher encore. Il regarde Mack pour qu'elle s'exprime, mais, l'esprit ailleurs, elle examine un buffet rempli de statuettes de porcelaine.

Elle imagine avoir assez d'argent pour ses besoins de base et décider que ce qu'on veut ensuite, c'est toute une collection de petits garçons et de petites filles aux visages d'ange criards dans diverses poses et tenues. L'innocence exagérée des fillettes en robes roses à froufrous lui paraît presque obscène.

Elle jette un coup d'œil par-dessus son épaule. Ava et LeGrand l'observent, attendant sa décision. Personne ne devrait lui faire décider quoi que ce soit. Elle a toujours l'impression d'avoir oublié quelque chose, laissé derrière elle un indice crucial. Le parc l'attire, comme si elle était une boussole et lui le nord magnétique. L'idée de prendre une voiture et de… partir ? Ça lui semble plus surréaliste et impossible que le monstre qui les attend au cœur de ce labyrinthe.

Mais Ava souffre. Elle a donné plus de détails pour l'option de rester ici ; ça doit indiquer que c'est ce qu'elle préférerait. « On attend », dit-elle avant de passer dans la cuisine pour regarder dans le frigo. Elle a perdu son sac et toutes ses barres protéinées accumulées. Abandonné dans le parc. C'est peut-être ça qui l'attire. Elle rit sous cape à l'idée de retourner le récupérer et de finir dans le ventre de la bête, littéralement.

Ava ne sait pas s'ils prennent la bonne décision, mais elle pleurerait volontiers de soulagement à la perspective de ne pas devoir se relever. Il faut qu'elle traite la douleur qui détourne son attention. Ça fait d'elle un mauvais chef et quelqu'un risque d'être blessé ou tué.

« Tu sais te servir d'une arme ? » LeGrand hoche la tête et pose le sac de canards en plastique. Elle n'avait pas vu qu'il l'avait gardé. Inutiles maintenant, mais, bien sûr, il a les a portés faute d'instructions contraires, au cas où elle en aurait besoin. Au cas où il pourrait aider.

Ava lui passe le fusil et s'adosse. Elle aimerait dormir, et sait qu'elle ne dormira pas tant qu'ils ne seront pas loin de ce cauchemar. Elle en a vu, des trucs zarbi, mais un monstre invisible qui boulotte des nanas, ça devrait être le pompon… et le rester.

Bordel, elle l'espère. Qu'est-ce qu'il y a d'autre dont elle ne sait rien, qu'elle n'a jamais vu ? Techniquement, bien sûr, elle n'a pas *vu* ça. LeGrand et Mack, oui, mais pas elle. Pourquoi ?

Mack lèche la cuillère, finit un petit pot de pudding, en attrape un second et revient dans la salle à manger. Elle avise un autre buffet massif, rempli cette fois d'assiettes délicates au lieu de statuettes. Elles semblent n'avoir jamais été utilisées, seulement exposées. Curieux. Mais une serviette brodée à la main – ou un mouchoir ? – plié au fond retient son attention. *Nicely* est inscrit au point de croix sur le bord du tissu. C'était le deuxième prénom de son père, donné pour perpétuer le nom de jeune fille de sa mère à lui. Qu'est-ce que ça fiche là ?

Elle pose son pudding bien entamé sur la table, ouvre le buffet, prend le mouchoir et remarque alors, dessous, un petit compartiment. Fourrant l'étoffe dans sa poche, elle soulève le couvercle et sort un grand livre relié cuir.

Le nom NICELY est embossé sur la couverture. Pour une fois, elle a trouvé dans une maison quelque chose qui lui donne un sentiment d'appartenance.

Ça ne lui plaît guère.

Elle embarque le volume dans la pièce à vivre, s'assoit à côté d'Ava et l'ouvre.

1er juillet 1946

Je soussignée, Lilian Nicely, entame ce journal où je vais consigner mon temps à la tête de nos saisons.

J'ai étudié les précédents – celui de Tommy Callas et celui de ce vieil ivrogne d'Hobart Keck. (On ignore si ce dernier est mort ou s'est enfui. Cela m'est égal. Pourquoi l'avoir laissé superviser la saison ? Nous autres, nous ne partageons pas ses vues sinistres et négatives sur nos parents et leur sacrifice envers nous – leur don divin de prospérité et de responsabilité afférente. Nous tenons notre héritage non pour un fardeau ou une malédiction, mais pour un cadeau précieux et un devoir solennel. Bon débarras.)

Bien sûr, il ne m'a presque rien laissé de préparé, ce qui ne me surprend pas du tout. Voilà ce qui se passe quand on confie le travail important à quelqu'un qui ne le mérite pas, quelqu'un d'extérieur aux sept familles. Même si, en toute justice, Tommy Jr n'a servi à rien non plus. Quand j'ai convoqué une réunion pour parler de la disparition de Keck et dévoiler mes plans pour la saison prochaine, il a à peine ouvert la bouche. Il a même refusé de lire le journal de son père et tenu à ce qu'on le mette au coffre-fort de la maison commune. Et seule la famille Stratton en connaît la combinaison, par « équité ». Leur rôle sera de lire le livre une fois par génération. Une tâche beaucoup plus facile que les autres et qui justifie à peine leur présence en ville.

Mais peu importe. Je l'ai lu en entier. Et je tiendrai mon propre journal.

J'ai mis au point un plan qui exemptera les nôtres de franchir la barrière du portail pendant les sept jours de la saison. Les bévues flagrantes de Hobart nous ont appris que, même si vous n'êtes pas le sacrifié prévu, vous pouvez être consumé par erreur.

Si la première étape était la plus périlleuse, c'est fait. Dire que nous mourions de peur tient de la litote, mais on a accompli notre tâche, et sans faire de manières ! Comme toujours, le monstre dort si profondément qu'il pourrait aussi bien être mort – hors saison, du moins. On s'est introduits en catimini dans son temple et on a voilé ses grands yeux brûlants.

Je dis « on », mais, bien entendu, je parle des plus jeunes fils Callas et Pulsipher, qui doivent apprendre à endosser leur part de responsabilité. Ils sont en tout cas revenus indemnes et pleins d'entrain, enchantés de leur succès.

On va bien voir maintenant si, privé de sa vision, le monstre est aussi difficile pour choisir qui il consume.

Nous avons rassemblé quatorze parents éloignés et une femme sans lien familial avec nous tous – affligée de démence, et sortie d'un asile à trois États d'ici. Il est regrettable de devoir envoyer des gens qui ignorent dans quoi ils s'embarquent, mais on ne peut nier la puissance et les bienfaits que le sacrifice nous octroie – ainsi qu'au monde entier, par extension ! – et nous sommes sûrs qu'ils accepteraient de s'y soumettre s'ils savaient le sacrifice de nos parents et l'enchaînement incroyable d'actes désintéressés dont ils font partie.

Venons-en aux détails.

La nuit du 14, ils seront drogués à l'aide d'une décoction formulée par Joel Young Jr, après quoi nous les emmènerons dans la clairière. Des chaînes ont été fixées dans le béton versé l'an dernier, et chacun sera attaché avec à portée de main sept jours de nourriture et d'eau (même si, bien entendu, tous n'auront pas besoin d'autant). Mieux vaut gâcher que les faire souffrir sans nécessité, faute de pouvoir prédire dans quel ordre ils seront pris. La folle sera enchaînée au plus près du temple, pour tenter le monstre en premier.

Avec cette méthode, plus besoin d'entrer et de sortir du site. Le portail restera fermé, et une fois la semaine écoulée, nous pourrons revenir nettoyer, puis effectuer les ajustements nécessaires pour la saison suivante, ainsi que déterminer si, aveugle, le monstre peut nous identifier.

Il serait faux de dire que je suis enthousiaste – bien sûr que non, ce serait épouvantable –, mais j'ai hâte de faire ma part pour garantir la continuité de la prospérité que nous payons si cher.

J'ai même décidé qu'à titre de gratitude pour leur contribution involontaire et en hommage à nos parents, nous allons consacrer la veille du jour où on amènera les quatorze sacrifiés sur le site à les gâter et à les préparer. Je pense que nos parents apprécieraient.

22 juillet 1946

Désastre. Qui aurait pu deviner qu'ils se tueraient plutôt qu'attendre quand ils auraient deviné leur sort ? Leurs morts n'ont servi à rien. Égoïste. Absurde. Et on ne l'a su qu'en trouvant le monstre au portail, gémissant, bavant, nous cherchant à l'aveuglette. Je voyais mal ce qu'il pouvait y avoir de pire que ces deux flammèches jumelles, mais je crois que ceci, oui, c'est pire.

Par chance, j'avais prévu diverses éventualités. Deux sacrifiés de rechange se trouvaient déjà en ville ; ils travaillaient chez moi. On les a offerts, ce qui nous a laissé le temps d'élargir nos recherches et d'en trouver d'autres. On a envoyé les remplaçants deux par deux « travailler » sur le bâtiment dans les bois, et le temps qu'ils en soient assez proches pour se rendre compte du problème, il était trop tard pour eux.

Un gaspillage gênant, et le monstre n'a même pas consumé la folle ni les cadavres. Au bout des sept jours, elle restait là, assise au milieu des corps restants, sale, en pleurs. C'était horrible à voir et j'aurais voulu que quelqu'un d'autre s'occupe de tout ça, afin que je n'aie pas à le faire.

J'ai honte de mon arrogance : je n'avais pas conçu un système idéal. Mais qui aurait pu prévoir cela ? Il s'est murmuré que ce devrait être Tommy Callas le responsable, mais il ne s'est pas proposé. Et pourquoi l'aurait-il fait ? Il n'a pas plus le droit de diriger notre entreprise que moi. Les sept familles sont égales, d'où que soit venue l'idée du sacrifice.

Malgré cela, je me montrerai plus humble à l'avenir, et beaucoup plus astucieuse. Plus de gaspillage.

Mais je me demande aussi si Hobart s'est vraiment efforcé de trouver d'autres options pour nourrir le monstre. Nous savons désormais qu'il ne consume rien qui soit mort et qu'il ne compte pas sur la vue, ce qui est regrettable dans les deux cas.

J'y réfléchirai et je mettrai au point un système parfait. Il doit en exister un, je le sais. Qui tienne le monstre à l'écart du portail, assure sa subsistance et nous protège.

15 juillet 1947

Je ressens vivement le fardeau de juillet. Même s'il me reste six ans pour dresser des plans, chaque mois de juillet me fait l'effet d'une griffe qui vient peser sur mon épaule. Ma tâche est compliquée par mes enfants qui exigent mon attention et par un mari qui ignore le motif de mes rencontres avec les autres familles et la nature de nos « secrets ».

Parfois, pendant qu'il dort près de moi en ronflant tout bas, j'ai envie de l'étouffer dans son ignorance.

Sammy Frye pleurniche sans cesse qu'il s'épuise à traquer des parents éloignés et à identifier des cousins au énième degré, comme s'il avait la plus mauvaise part. Nos hommes sont virils. Nous ne les avons jamais découragés de planter leur semence dans des femmes de basse extraction. C'est un sacrifice qu'ils peuvent faire sans peine pour le bien de notre communauté. Entre eux et les descendants de notre parentèle, il y a pléthore de victimes sacrificielles parmi lesquelles choisir, qui ignorent ce que nous gardons dans la forêt voisine d'Asterion. Ils ne savent pas quelle intervention a protégé leurs fils durant la guerre, quel miracle a préservé leur argent quand les banques ont fait faillite, quel vent occulte les a toujours poussés vers de plus grandes hauteurs. Plus le sang se dilue, plus les gens se diluent aussi, toutefois, et il y en a beaucoup de disponibles.

S'appesantir là-dessus serait de mauvais goût. J'aurai un meilleur plan d'ici la saison prochaine.

23 mai 1948

Mon mari rentre de New York où il a amené les filles à Coney Island. Je ne quitte jamais Asterion – j'en suis la gardienne et je prends cette responsabilité au sérieux –, mais les entendre parler avec enthousiasme des stands, des manèges, et des montagnes russes, et de la facilité avec laquelle ils ont perdu une journée entière là-bas, m'a inspiré un plan astucieux. Les sacrifiés partiront heureux, consumés sans que personne s'en aperçoive ! Un minimum de souffrance. Une solution réjouissante.

Un parc d'attractions ! Du loisir de bas étage pour des gens de rien – parfait pour nos besoins.

Les plans sont complexes, oui. Tommy Jr s'est plaint à foison, ce qui n'a surpris personne. Mais les Pulsipher, les Young, les Harrell et les Frye sont tous de mon côté. Et je n'agis pas sur un coup de tête. La structure labyrinthique du parc a sa raison d'être, faire tourner en rond le monstre et le garder près du centre, loin du portail. Et nos agneaux sacrificiels, attirés par la promesse de délices, de plaisirs et de distractions, iront d'eux-mêmes à l'abattoir.

L'inconvénient, bien entendu, c'est qu'ils devront tous passer par le portail de Tommy, qu'on devra donc laisser ouvert pendant la saison. En temps normal, nous pouvons faire entrer et sortir les invités par une entrée de service insignifiante. Ce sera impossible quand cela importera vraiment. Si nous en sommes tous inquiets, l'ingénieuse conception du parc et l'afflux de victimes potentielles garantiront que le monstre ne s'éloigne guère du centre. Évidemment, on continuera de surveiller le portail, mais j'ai la certitude que nous ne risquons ni d'être découverts ni de voir le bourreau s'échapper. C'est un système idéal. Tout le monde est rassasié, et nous apportons du travail et de la prospérité à la région, ce qui atténuera sans doute le ressentiment que les localités avoisinantes éprouvent à notre égard.

Il y a beaucoup à prévoir. J'inclus ma cadette, Linda, dans ces projets, même si elle sait à peine lire. Il n'est jamais trop tôt pour préparer la prochaine génération à ses responsabilités. Je crains d'avoir d'ores et déjà attendu trop longtemps avec sa grande sœur.

22 juillet 1953

L'Amazement Park est une réussite ! Non seulement cette saison s'est déroulée sans la moindre anicroche – le parc lui-même est superbe et très populaire tout au long de l'été. C'est agréable de pouvoir utiliser cet espace plus souvent que tous les sept ans.

Bien sûr, aucun de nous n'y entre. *Simple précaution. Mais j'ai lu des articles élogieux dans tous les journaux locaux.*

Nous avons déjà établi une liste des gens à inviter au parc la saison prochaine. Ce que nous considérions au départ comme une malédiction – le fait que nous seuls puissions voir le monstre – se révèle une aubaine des plus inattendues. Il marche parmi eux, et nul ne le voit, sauf ceux qui doivent être consumés.

Et si quelqu'un voit une victime sacrificielle disparaître – comme par magie ! –, ma foi, c'est un parc d'attractions riche en miracles. Un lointain cousin Harrell, face à son frère dévoré, a filé en hurlant, mais, bien sûr, il a couru au domicile des Harrell. On l'a ramené à la faveur de la nuit pour le laisser, inconscient, devant le temple. Ces déchets de nos lignées s'éclipsent ou s'enfuient si souvent qu'il est aisé de balayer les preuves dans leur sillage.

Je suppute qu'on pourra recourir à ce système pendant très longtemps. Linda a épousé notre cause. J'en suis très fière et je sais que mes parents le seraient aussi.

22 juillet 1974

Je regrette que ma première entrée dans le livre de ma mère concerne un désastre. Il y a des années que j'aurais dû, face à sa sénilité, prendre le contrôle. On n'en serait peut-être pas arrivé là. Je suis humiliée, même si rien n'est ma faute. Et je dois quand même m'occuper de ce bazar !

Si on avait voulu que la famille de M. Jones vienne au parc, on l'aurait invitée ! De toute évidence, sa famille n'est pas le type de victime sacrificielle qu'on offre. Et, bien sûr, les Stratton sont dans tous leurs états, puisque la fillette était de leur lignée. Susan Stratton a même pleuré parce qu'une enfant serait morte à cause d'eux.

Non ! Elle a été consumée car nous avons tenu trop de gens dans l'ignorance de ce à quoi ils doivent leur prospérité. J'ai argué auprès de ma mère et des autres familles qu'on devrait désormais dire la vérité à tout le monde, mais selon eux, c'est trop. D'autres personnes pourraient ne pas l'accepter. Elles pourraient vouloir y mettre un terme.

Mais le feraient-elles ? Si elles savaient que, faute de ce qui réside au centre du parc, elles perdraient tout ? Je crois que non ! Je crois qu'elles verraient la logique, la nécessité, l'honneur de cette responsabilité. Je crois que c'est le secret qui éloigne les gens comme mon père et ma sœur aînée. Seuls ceux d'entre nous qui descendent en ligne directe des sept familles d'origine semblent rester à Asterion. Tous les autres, nous laissant là, s'en vont vers le vaste monde, portés par la force et le soutien que leur apporte ce que nous faisons.

Mon parc est fermé. Au moins, cet imbécile a perdu sa fille le dernier jour de la saison et nous n'avons pas eu besoin de chercher une autre victime sacrificielle. C'est le seul avantage qu'on puisse trouver à la mort de cette fillette.

Je dois remettre l'ouvrage sur le métier. Toutes ces années de saisons parfaites, et voilà : il faut recommencer à zéro. Ma mère est trop vieille pour la tâche et personne d'autre ne veut s'en charger. Elle m'incombe désormais.

1er juillet 1981

Auparavant, quand on pouvait envoyer des dizaines de nos indésirables à l'Amazement Park et laisser le monstre faire son choix, on n'hésitait pas à laisser le portail ouvert en sachant que, n'importe quel jour de la saison, plus de deux personnes de notre sang faisaient barrage entre lui et nous.

Nous revoilà limités, et confrontés au dilemme de les envoyer tous les quatorze d'un coup ou deux par deux.

Je n'aime pas laisser le portail ouvert plus longtemps que nécessaire. Nous avons quelque chose de spécial, de précieux, de part et d'autre du portail. Il faut le protéger de notre mieux.

J'ai embauché quatorze personnes – dont aucune n'a connaissance de son lien avec nos familles – chargées de « nettoyer le parc pour sa réouverture potentielle ». Elles ont comme instructions de travailler en binôme, sans jamais former de groupe plus important. Elles dormiront dans le parc. J'ai l'espoir que notre labyrinthe de murs, d'arbres et de sentiers les empêche de s'aviser trop tôt de ce qu'il se passe. Nous avons aussi renforcé la clôture aux limites du parc et érigé quatorze miradors.

Un pour chacun des sacrifiés originels. En esprit, ils continuent de veiller sur nous et de nous protéger. Parfois, je monte dans la tour qui porte le nom de ma grand-mère et je scrute le parc. Je me sens liée à elle tout en souhaitant ardemment que les arbres et les buissons gagnent vite en hauteur et en densité pour me dissimuler le temple. Ainsi, je pourrai me borner à apprécier la vue.

22 juillet 1981

Ça s'est passé aussi bien que prévu. Au moins, Ray sait tirer pour blesser, pas tuer, donc personne ne s'est enfui et il n'y a pas eu de gaspillage.

Je me marie cet automne. Que dire à Dick sur ma famille ou le fait qu'on doive toujours vivre à Asterion ? Peut-être rien. Combien faudrait-il qu'il sache, en vérité ? Après tout, je lui offre, ainsi qu'à nos futurs enfants, les aubaines de mes grands-parents. Nous emménageons dans la maison de ma mère. Il a demandé où je trouverais l'argent pour la redécorer, et j'ai ri. J'ai <u>*tout*</u> *ce qu'il me faut.*

Je l'ai bien mérité.

22 juillet 1988

Cette année, le défi a consisté à trouver les quatorze qui acceptent le travail. Nous savons que ce sont tous des incapables et des assistés. Des sangsues de la société que nous aidons à bâtir et à renforcer. Et ils sont trop bons pour une semaine de labeur ?

Le sentiment que tout vous est dû, la paresse, tout ça me met dans une rage folle. Nous allons peut-être devoir envisager une tactique différente à l'avenir si ces jeunes générations sont tellement indisponibles pour mouiller la chemise.

Je me demande souvent jusqu'où notre réseau s'étend. Les gens de notre génération connaissent une éclatante réussite, tout comme nos enfants, nos cousins, nos nièces et nos neveux, mais nous pouvons toujours trouver des pauvres malheureux sur la périphérie. Peut-être que les aubaines apportées par les sacrifices augmentent avec la proximité de la parentèle. Par chance, le monstre semble indifférent à la dilution du sang.

Aujourd'hui, je revenais sur tout ce que nous avons fait, bâti, tout ce que nous avons donné, à notre propre communauté, bien sûr, mais aussi au monde entier ! Si seulement les gens savaient, si seulement nos parents et nos grands-parents voyaient ! Nous avons travaillé si dur et tant obtenu avec ce qu'ils nous ont légué ! En vérité, nous sommes leurs rêves réalisés. Voir ma mère écrire que Joel Young Jr a concocté une boisson pour endormir les sacrifiés me fait rire – Young Pharmaceuticals domine la médecine d'aujourd'hui. Grâce aux aubaines de nos aïeux, des débuts apparemment modestes entraînent des résultats stupéfiants.

On ne le croirait pas, à entendre certains des autres. Susan Stratton a débarqué chez moi hier, bourrée. Pour elle, c'est un fardeau. Elle a lu le livre de Tommy Callas, l'a fait lire à sa propre fille. Mais non : c'est un privilège. Je donnerais n'importe quoi pour lire ce livre, pour mieux comprendre ce que nos aïeux ont fait pour nous.

Non, elle se demandait si le jeu en valait la chandelle, si nous avions le droit. Elle pleurnichait sur cette fillette qu'elle n'a jamais connue ni même croisée.

Si nous n'avions pas le droit, nous n'aurions pas la responsabilité. Je lui ai remis en mémoire les diplômes de ses enfants et leurs postes haut placés dans les conseils d'administration, auprès des tribunaux, au Congrès. Tous ces succès, nous les méritons, nous les obtenons, et ils nous servent à faire le bien.

Une vie tous les six mois constitue-t-elle un sacrifice insupportable dans l'ordre des choses ? Je ne trouve pas que ce soit beaucoup demander et je le lui ai dit. Par ailleurs, a-t-elle jamais fait davantage qu'assister à nos réunions, maussade et l'œil bovin ?

Mais ça me rappelle que j'avais tort de vouloir le dire à tous. Mieux vaut garder l'information. La circonscrire. Qui sait ce que feraient d'autres individus s'ils savaient, ce qu'ils décideraient ? Dick a tâché de mettre la main sur ce journal. Il m'a demandé ce que je fabriquais quand je rencontre les familles. Comme si ça le regardait, ce que je fais de mon temps, dans ma maison, dans ma ville. Il a de la chance que je lui permette de rester.

Je vais tenir Susan à l'œil.

22 juillet 1995

Une tragédie cette année : Susan s'est débrouillée pour franchir le portail pendant la saison. Personne ne l'a vue entrer. On l'a découvert quand sa fille Karen a signalé sa disparition et qu'on a réalisé que le monstre était en retard sur son programme d'alimentation – ce qui signifiait qu'il avait consumé quelqu'un d'autre. Susan est l'unique candidate.

C'est un mystère, et une tragédie. Je l'ai déjà dit, visez-moi ça, je suis si bouleversée que je me répète.

Bon, il n'y a rien d'autre à faire qu'avancer. Tout s'est bien déroulé par ailleurs.

1er février 2000

La garce. La salope. J'ai enfin trouvé la combinaison du coffre-fort – une tâche qui m'a pris des années ! – afin de pouvoir lire le reste de mon héritage, et il n'y a rien. Le livre a disparu. Cette nuit-là, Susan devait l'avoir avec elle. Sur elle. J'aurais dû m'en douter en la voyant sortir du spa en catimini. Pourquoi y serait-elle allée, sinon ? Mais je ne peux le dire à personne sans avouer que je l'ai jetée dans le parc. J'ai fait ça pour nous, pour Asterion, mais vont-ils le voir sous cet angle ? J'en doute fort.

Ils ne doivent jamais apprendre que le livre a disparu. Ou ils poseront des questions sur Susan. Ou ils iront à la recherche du livre dans le parc. Et qui sait ce qu'elle a pu laisser d'autre, les indices, les preuves qu'ils risqueraient de trouver ?

Par chance, Karen a déjà regardé le livre. Et sa propre fille est toute petite. Il me reste quelques années pour le remplacer avant qu'on rouvre le coffre.

1er janvier 2002

J'ai découvert la téléréalité. Quel cauchemar ! Quelle illustration éclatante de tout ce qui va mal chez les jeunes générations ! Mais… quelle opportunité pour nous ! Je crois avoir enfin trouvé le moyen de faire venir les gens au parc de bon gré, et de les faire rester tout du long en dépit de ce qu'ils pourraient soupçonner.

Le problème de l'héritage est plus pressant. J'ai dû gérer les deux dernières saisons sans autre soutien que Ray et Gary, même si leurs fils font des gardes plutôt convenables. Je ne vois toutefois aucune qualité de leadership ou d'innovation chez aucun d'entre eux. Tommy Callas aurait honte, je pense. Au moins, c'était un visionnaire. Aucun de ses descendants n'a reçu cette qualité en partage. Je ne peux pas non plus compter sur les enfants de Rulon Pulsipher. Il y a veillé.

Mes propres enfants, bien sûr, mènent des vies actives, heureuses, réussies. Ailleurs. Dick m'a blessée de la seule façon qu'il a pu, en les retournant contre moi. Je pense parfois que mes grands-parents ont eu de la chance de ne pas voir ça. Leur sacrifice a été instantané et total.

Chuck Callas sera sans doute éduqué pour prendre la suite. Je sais que les familles veulent m'évincer depuis des décennies. J'aimerais voir comment il s'en tirerait. La touche féminine va manquer.

22 juillet 2002

Je m'en voudrais de jubiler, mais j'avais raison. Le « concours » les a attirés et retenus bien plus aisément que la promesse d'un travail honnête. Tous ces jeunes veulent la lune pour rien.

22 juillet 2009

Nouvelle saison parfaite. Je crois que j'ai enfin réussi là où tout le monde a échoué : j'ai créé le scénario de sacrifice idéal. De rien, Asterion.

12 juillet 2016

Une nouvelle année planifiée avec succès, mais y a-t-il qui que ce soit pour saluer ma contribution ?

Autrefois, je me disais qu'on devrait cibler des gens plus âgés et épargner les jeunes, dans l'espoir que ceux-ci puissent encore faire quelque chose de leur vie, mais face à ce groupe, à ces visages lisses, sans rides, à leur manque absolu d'égard envers l'expérience et le labeur, toutes les années qu'il leur reste sont d'ores et déjà gaspillées. Ils n'apportent rien à la société et ils se plaignent qu'on leur demande de travailler comme nous, de se bâtir comme nous. Honnêtement, j'estime leur faire une faveur. Je leur fournis une raison d'être. Je m'assure que leur existence a un sens.

10 juillet 2023

Une nouvelle saison va bientôt commencer. Ça risque fort d'être ma dernière. Est-il bizarre d'en éprouver une certaine nostalgie ? J'ai les noms et les photos de mes quatorze derniers sous les yeux. Ils sont si jeunes. Et ils n'ont aucune idée de ce qu'ils s'apprêtent à faire de grand et de noble.

J'aimerais pouvoir transmettre le flambeau à ma propre fille. J'aimerais qu'on travaille ensemble, comme je l'ai fait avec ma mère. J'aimerais qu'elle soit reconnaissante pour ce qu'on lui a donné, au lieu de le tenir pour acquis. Le poison paternel. J'aurais dû épouser un fichu Harrell ou Young, rester dans le cercle des familles.

Des regrets. Mais je ne regrette pas mes actes visant à protéger cet héritage et celui que je prépare cette dernière fois. Il serait parfait sans cette imbécile de Susan et son larcin. Peut-être que je mourrai avant qu'ils trouvent le livre disparu. Ça leur ferait les pieds. Un bazar sans nom, et plus de Linda pour les sauver ! Qu'ils nettoient, pour une fois.

Inutile d'y penser pour l'instant. Une nouvelle saison. Une nouvelle semaine sacrée pour se remémorer tous ceux qui nous ont précédés, se réjouir de ce qu'on a et reconnaître les sacrifices nécessaires. L'œuvre de ma vie, prête à changer de gardien, la responsabilité, qui durera après moi, de protéger le temple et nos aubaines.

Je me fais des idées. Tous des idiots. Que Chuck Callas essaie de m'égaler. J'ai pitié de qui participera à sa saison initiale. Mes concurrents ignoreront la chance qu'ils ont eue que je m'occupe de leurs sacrifices. Ils n'ont pas idée. Nul n'apprécie tout ce que je fais pour les autres.

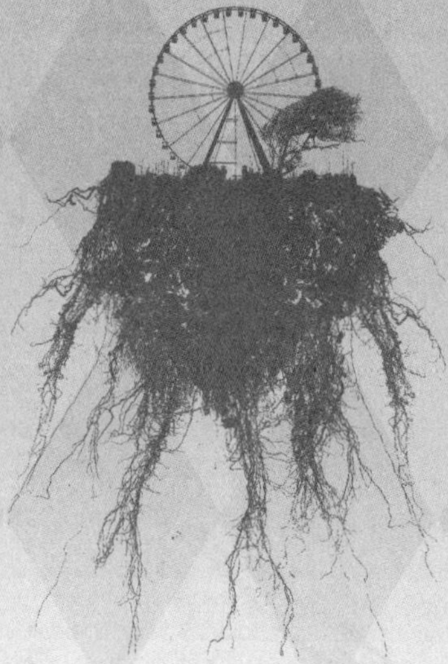

Le soir libère la localité de son emprise, laissant la nuit étaler sa couverture de ténèbres. Les familles soupirent de soulagement et la tension reflue. C'est bientôt fini. Plus que quarante-huit heures. On sort peu, les sept jours de la saison ; la peur s'attarde bien que le portail soit là et le monstre rassasié. Une fois la semaine terminée, sans en avoir convenu, ils organiseront un barbecue, riront fort, boiront trop, fêtant la fin d'une autre saison, la promesse que pour eux tout continuera comme toujours, le sacrifice accompli en leur nom sans qu'ils aient dû l'entendre, ni le voir, ni le perpétrer.

Et la salade à la gélatine de Linda est succulente.

Pendant ce temps, chez Linda, trois personnes assises sur le canapé scrutent, hébétées, les dernières entrées d'un journal intime.

« Rulon Pulsipher, c'est mon père, dit LeGrand.

— Mon père était un Nicely. » Mack ferme le livre et passe ses doigts sur le nom imprimé dessus. « Et celui de Brandon, un Callas.

— Combien de gens est-ce qu'ils ont sacrifiés ? » Ava, effarée, ferme les yeux, puis secoue la tête. « Et c'est qui, Hobart Keck, *putain* ? »

L'abattant du garage gémit, signalant une arrivée.

Mack prend le pot de pudding en regagnant la cuisine, lèche sa cuillère, pose les deux dans l'évier, ouvre le tiroir fourre-tout qu'elle a découvert en cherchant la cuillère et sort un gros rouleau d'adhésif.

Ava arrive en boitant, suivie de LeGrand le fusil prêt à tirer. La douleur dans sa jambe colonise son corps : elle envahit des points où elle n'a aucun droit d'être – sa tête, son cou, son épaule gauche. Son dernier kinésithérapeute, avant qu'une erreur administrative la prive de couverture santé et l'oblige à renoncer aux séances, lui a conseillé d'éviter le stress et d'évacuer la tension, ce qui explique qu'elle ait donné le fusil à LeGrand. La gâchette évoquait trop un moyen d'accomplir cet objectif, et il prendra une décision plus apaisée.

La porte du garage s'ouvre. Linda, tête baissée, fouille son énorme sac en écailles de crocodile. Linda, qui les a accueillis avec de grands sourires. Linda, qui a caressé les cheveux d'Isabella avec une tendresse toute maternelle la veille du jour où elle l'a livrée à un monstre. Linda, qui a planifié et dirigé toute cette entreprise avec *fierté*.

Ava regrette d'avoir laissé le fusil à quelqu'un d'autre. Une tirade si ordurière qu'elle semble empuantir l'air de la pièce fuse d'entre ses lèvres tandis qu'elle s'élance sur le lino pour assener un coup de poing sur la mâchoire de l'arrivante.

Heureusement pour Linda, la souffrance a déséquilibré Ava et son direct rebondit au lieu de pulvériser. La cible, toutefois, est si choquée par la brutale intrusion qu'elle titube et se cogne la hanche contre le comptoir, ajoutant encore à sa désorientation.

Mack la prend par le poignet, la guide vers l'un des sièges ornés de la salle à manger, l'assoit et lui attache les bras aux accoudoirs à volutes. C'est la première fois que la chaise sert en plus de dix ans – rien à voir avec les dîners que Linda, alors jeune mariée, imaginait voir quand elle a reçu en héritage et redécoré la maison de sa mère voilà quarante ans.

Craignant que la peau fine comme du papier à cigarette s'arrache quand on ôtera l'adhésif, Mack tire sur les manches de la veste – un nouveau blazer, d'un bleu vif aveuglant –, mais le tissu résiste. Au moins, Linda a l'âge de porter des collants, donc c'est ça qui morflera au lieu de ses jambes.

D'aussi près, alors qu'elle lui scotche les chevilles aux pieds de la chaise, elle voit la décoloration de la peau, le réseau arachnéen des veines violettes et bleues qui se sont détournées de leur but originel pour émerger sans plus alimenter quoi que ce soit.

À quoi ça ressemblerait, le vieillissement ? Mack ne l'a jamais imaginé pour elle, ne l'a jamais vu à l'œuvre chez sa mère, ne se rappelle pas assez bien ses grands-parents pour se le représenter. Ils étaient aussi fragiles quand son père les a tués au couteau ? Préoccupée, elle ne se rend pas compte que Linda lui parle, ni qu'Ava et LeGrand ont une dispute feutrée dans la cuisine.

« Vous avez entendu un mot de ce que je vous dis ? » chuchote Linda. Son rouge à lèvres paraît plus criard que jamais en regard de ses joues blêmes, et le bleu des cernes sous ses yeux, filtrant sous l'épais fond de teint, est d'une plus jolie couleur que ses iris boueux.

« Non. » Mack recule pour vérifier son ouvrage. Elle ne pourrait pas se détacher, et voit mal Linda le faire.

Ava déboule dans la salle à manger et renverse le sac à main sur la table. Des tubes dorés de rouge à lèvres en tombent, ainsi qu'un énorme portefeuille en cuir rose, un agenda, un talkie-walkie identique à celui qu'elle a fourré dans l'une de ses nombreuses poches, des pastilles pour la gorge, une petite arme de poing à la poignée rose perlé, des lingettes, des mouchoirs en papier et, enfin, des clés de voiture.

« Comment êtes-vous sortis ? » demande Linda tandis qu'Ava ouvre le portefeuille dont elle retire les billets pour les enfoncer dans une autre poche.

« On aura de quoi payer assez d'essence pour mettre plusieurs États entre ici, où que soit cette saleté, et nous, marmonne Ava. Il nous faudra de la bouffe, aussi.

— Combien d'entre vous sont sortis ? » Linda ne veut pas être libérée ; elle ne négocie pas. Il y a plus important pour elle. « S'il vous plaît, Mackenzie. »

Mack lève les yeux, surprise. Les seules personnes qui l'appellent comme ça lisent son nom sur une liste. C'est tout ce qu'elle représente pour Linda – un nom sur une liste.

« Je dois savoir, poursuit l'autre. Combien d'entre vous ont quitté le parc ? A-t-il été nourri aujourd'hui ? *A-t-il été nourri aujourd'hui ?* » Sous l'effet de la panique, sa voix monte d'une octave.

Ava ne peut pas atteindre la vieille femme de l'autre côté de la table et ça vaut sans doute mieux. Elle s'assoit donc, s'adosse et entrecroise ses doigts derrière sa nuque. « C'est ce qui vous importe, là ? Alors qu'on vous tient, qu'on est armés et qu'on sait que vous saviez *exactement* ce qui nous attendait ici ?

— Tuez-moi, si vous voulez, répond Linda d'un ton sec. Mais il a été nourri aujourd'hui. Vous ne laisseriez pas des amis en arrière s'ils pouvaient vous rejoindre. Et les gardes m'auraient prévenue par radio s'il était au portail. » Elle ferme les yeux et soupire de gratitude. « Bon. C'est bien. Ça nous laisse un peu de temps. Ne touchez pas à ça ! »

Mack se fige, la main sur le buffet. Elle allait remettre le mouchoir en place.

Ava sourit. « Ne vous en faites pas, on a déjà trouvé votre journal. »

Linda écarquille les yeux ; ses sourcils peints restent moins expressifs que le reste de son visage scandalisé. « Qui avez-vous laissé dans le parc ? Vous n'êtes que trois.

— Pourquoi ça vous intéresse, bordel ? » lance Ava.

L'autre tressaille et se renfrogne encore plus. « Pas de gros mots sous mon toit. Ça m'intéresse parce que j'ai besoin de savoir… » Elle marque une pause, puis soupire. « Non, j'imagine que je n'ai aucun besoin de savoir combien de remplaçants il nous faut. Ce n'est plus mon problème. Ray peut gérer, pour une fois. » Elle lâche un rire hoquetant. Voilà, c'est fini. Tout son travail, tous ses sacrifices, ruinés par ces petits cons.

« Ray, du restau ? Le cuistot ? » Ava fait tournoyer le pistolet sur la table, gravant de minuscules motifs sur la surface polie.

LeGrand, debout au seuil de la cuisine, tient son fusil prêt comme s'il croyait que Linda risquait de se libérer de ses liens d'un instant à l'autre, se transformer en monstre et les dévorer tous. Ce n'est pas une crainte injustifiée, après ce qu'il a vu et ce que Mack leur a lu. Il ne peut pas chasser l'idée que Linda peut lui faire du mal, *va* lui faire du mal, leur faire du mal à tous.

Elle hoche la tête. « Oui, ce Ray-là. »

Ava arrête la toupie de l'arme qui pointe droit sur leur captive, puis la refait tournoyer d'un air distrait. « Oh, il est mort. »

Linda lâche un soupir irrité. Son souffle fétide rivalise avec son parfum floral. « Du gaspillage, marmonne-t-elle.

— Du gaspillage ? » Ava rigole. « Je savais que vous étiez une salope sans cœur, mais là, c'est le pompon.

— Quitte à vous débarrasser de Ray, le moins que vous puissiez faire, c'était le forcer à aller dans le parc. » Linda se tortille pour se masser le front, mais, bien sûr, elle ne peut pas. Le plus impressionnant, c'est que ses boucles blondes sculptées n'ont pas bougé d'un millimètre. « Qui avez-vous laissé, alors ? Jaden ?

— Déjà hors jeu. » Mack observe son reflet superposé aux figurines de porcelaine. Des orifices en guise d'yeux, un visage blême, des cheveux noirs. Une ébauche qu'on a estimé inutile de terminer. On la détache du carnet et on recommence.

« Vous n'auriez pas laissé le gentil Brandon, tout de même ? » Linda a l'audace de paraître atterrée.

Mack se rappelle le bruit de son corps s'écrasant au sol et frissonne. « Jamais de la vie », murmure-t-elle.

Elle l'aurait fait dans une autre vie. Pas dans celle-ci.

« Il est mort, lui aussi. » Ava imprime au pistolet un mouvement de toupie si appuyé qu'il tombe de la table.

Linda se suçote les dents, une habitude destinée à les débarrasser du rouge à lèvres devenue un automatisme. « Consumé, ou mort ?

— Mort. » Une fois encore, Mack s'en réjouit pour lui. Le gentil Brandon. « Le monstre a chopé Jaden et l'autre Ava.

— Du gaspillage, encore. Il a péri pour rien.

— Contrairement aux autres ? » La voix d'Ava dérape et un sourire d'incrédulité déforme son visage.

« Oui, contrairement aux autres ! Vous avez lu mon journal. Vous croyez qu'on y prend du *plaisir* ?

— Je n'en sais rien. Avec les Blancs, on ne sait jamais trop.

— Ne soyez pas raciste », riposte Linda d'un ton sec.

Mack n'a jamais connu le mobile de son père, quoi que Jaden et son podcast de merde aient postulé. Il lui paraît soudain urgent de comprendre pour quelle raison on a mis à mort tout ce monde dans le parc. Pour quelle raison *elle* aurait dû y être mise à mort. « Pourquoi ? demande-t-elle. Pourquoi tant de gens doivent-ils mourir ? »

Le journal dont ils disposaient n'était pas très clair, mais Ava en sait suffisamment. « Parce que ceux-là sont des adorateurs de démons.

— Je suis chrétienne ! se hâte de corriger Linda. On ne l'adore pas. Allons, toutes les grandes choses exigent des sacrifices. » Sa voix change de texture, aussi lisse que la surface de la table. Elle a déjà récité ce laïus. « Et les sept familles qui ont fondé notre ville ont façonné le monde. Ce sont des avancées pharmaceutiques, des innovations chirurgicales, des progrès technologiques, sans parler des myriades de juges, de sénateurs, d'élus locaux, et encore des géants des affaires qui guident notre pays et offrent du travail à des masses innombrables.

— Et ça nécessite d'alimenter un monstre invisible en êtres humains, *ça* ? demande Ava.

— Vous ne l'avez pas vu ? » La voix de Linda revient au présent, détournée de son ornière profonde.

« Non.

— Et vous deux ? » Elle regarde LeGrand et Mack, et rit. « Bien sûr que oui. Je m'en rends compte. D'ailleurs on n'a jamais eu le moindre doute sur la lignée de votre père, LeGrand. Le Pulsipher le plus prolifique. »

Il fronce les sourcils sans rien dire.

Ava rue dans la table. « Vous alliez expliquer pourquoi vous devez alimenter un monstre en êtres humains.

— Vous savez combien de membres des familles qui ont fondé cette ville ont tout perdu pendant la crise de 1929 ? Combien de leurs fils ont été tués lors de la Seconde Guerre mondiale, en Corée, au Vietnam ?

— Comment je le saurais, bordel ? » marmonne Ava, de plus en plus furax. Ça ne mène à rien. Ils devraient partir. Mais Mack écoute avec attention, l'air avide. Ava va laisser Linda finir son explication, puis dire à LeGrand et Mack de monter dans la voiture, puis abattre la vieille dame. Pour Brandon. Parce qu'il est mort, et parce que cette femme a considéré que c'était du gaspillage faute de lui avoir rapporté quelque chose à elle.

« *Aucun.* » Un sourire triomphant. « Nul n'a rien perdu, aucun fils bien-aimé n'est mort en terre étrangère. Nous étions protégés. Nous le sommes depuis l'époque de nos grands-parents. Ils ont consenti au premier sacrifice, noué le pacte, donné leur vie et préservé leur sang. Auquel, de toute évidence, vous n'appartenez pas, Ava. J'aurais dû m'en douter. Votre traînée de mère aura trompé votre imbécile de père. »

Ava se baisse, ramasse le pistolet et le pose sur la table pour le caresser du bout des doigts. « Redites un truc sur ma mère. » Un grand sourire fend son visage. Son père a toujours su que sa mère était tombée enceinte juste avant leur rencontre, et a quand même mis son nom sur le certificat de naissance. Ça ne lui a posé aucun problème ; il n'a jamais considéré Ava autrement qu'avec amour et fierté.

Bien sûr qu'elle n'a rien à voir avec ces gens.

« Bah, descendez-moi, sale petit animal. Ils verront que vous vous êtes échappés et obtiendront des remplaçants. Sans doute auprès de Rulon. Il n'est jamais à court. Je le vois bien nous envoyer une ou deux filles. » Elle jette un coup d'œil à LeGrand avec un sourire narquois.

Il brandit aussitôt le fusil. « Je vais vous tuer.

— Une fois que je ne serai plus là, allez savoir qui ils choisiront pour vous remplacer ? Vous signerez des arrêts de mort.

— On ne fait que tchi ! crache Ava. N'inversez pas les rôles !

— Ah bon ? Vous choisissez de partir, en sachant que quelqu'un devra vous remplacer. Votre génération est si égoïste que vous m'écœurez. C'était l'acte le plus noble que vous puissiez faire de toute votre vie, mais non, vous allez tourner le dos, fuir, laisser d'autres mourir à votre place. »

Ava lâche le pistolet et lève les bras au ciel, incrédule. « Non, mais vous vous entendez ? Vous êtes folle. Folle à lier, putain !

— Surveillez vos paroles. Je ne tolère pas de tels écarts de langage sous mon toit.

— Oh mon Dieu ! Si vous tenez tant à votre héritage, sacrifiez-vous vous-même. »

Linda se rengorge. « Cela vous plairait, n'est-ce pas ? Nous tous, disparus. Plus personne aux commandes. *Mes* grands-parents se sont sacrifiés pour que nous n'ayons pas à le faire ! Nous avons mérité notre réussite. Nous avons mérité nos vies. Nous avons mérité ce monde, et je m'en voudrais de vous laisser nous le prendre.

— Venez. » Faisant signe à LeGrand et Mack, Ava se lève. Ça ne sert à rien. Elle a l'impression de se retrouver sur Facebook à s'engueuler avec son papi vicelard. Peut-être qu'elle perd la tête, après tout. L'effet de la douleur. « Allons-y. On n'a plus rien à faire ici.

— Mon père va envoyer quelqu'un ? souffle LeGrand.

— Oh, oui, répond Linda. Il a au moins une personne pour vous remplacer. Il m'a dit son nom la dernière fois qu'on a parlé de vous. Alma ? Almera ? »

Il balance le fusil. La crosse percute la tempe de l'autre dont la tête se décale sous l'impact. La peau se fend et le sang vient enfin gâcher la belle coiffure.

Linda pousse un petit cri de douleur. Elle cille. Encore en vie. Et consciente. C'est la première fois qu'il frappe quelqu'un. Il en voit la preuve, il sent son cœur qui bat la chamade, mais il ne l'a pas décidé. Pur automatisme.

« Comment vous savez que ça fonctionne ? lance Ava.

— Qu'est-ce que vous voulez dire ? » La vieille femme ferme les yeux et secoue la tête.

« Comment vous savez que c'est ce pacte avec votre diable qui assure votre réussite et tout le tintouin ? Vous êtes blancs. Riches. Je suis sûre que les gens dans votre genre se la coulent douce depuis des générations sans qu'il leur faille une protection mystique.

— N'allez pas raconter que j'ai eu la vie facile ! Vous n'avez pas idée de ce que j'ai dû faire, affronter, décider, pour prendre soin de ma famille, de mes voisins, de mon héritage. »

Ava éclate de rire. « On a lu votre journal. On sait ce que vous avez fait. Bon sang. Je n'en peux plus. Marre de l'entendre dégoiser. Venez. » Elle se lève et tend la main à Mack.

« Qu'est-ce qui se passe si le monstre n'est pas nourri ? demande celle-ci. Il sort ?

— Il sera nourri de toute manière. Je vous l'ai dit. Et le portail le tient lié.

— Vous promettez que la sœur de LeGrand sera laissée en paix ?

— *Mack* », prévient Ava.

Linda lève la tête, étrécissant les yeux. « En échange de quoi ?

— On y retourne, dit Mack. Ça vous offre une journée et vous n'aurez besoin que d'une personne de plus. » Elle a enfin compris ce qui la gênait. Au lieu de *fuir*, partir revenait à *se cacher*, mais ailleurs. Elle allait se planquer et laisser quelqu'un mourir à sa place, comme auparavant. Avec Maddie. Et cette fois, elle le sait par avance.

Pas question.

« *Mack !* » Ava l'empoigne par l'épaule. Elle refuse de bouger, de se lever, de se détourner de Linda.

« Deux personnes de plus », rectifie cette dernière qui désigne Ava d'un coup de menton, puis ajoute d'un ton méprisant : « Il ne la mangera pas. » Trop insignifiante.

« D'accord, dit Mack. Deux de plus. Mais pas Almera. Elle est à l'abri pour toujours.

— Arrête. » Ava la tire par le bras, tâchant toujours de la bouger, de la lever. « Arrête. »

Linda scrute Mack tel un requin qui a humé du sang. Elle peut retourner la situation. Elle peut encore gagner. Bien sûr. C'est son droit divin, de gagner. « Je vous le garantis. À condition d'être en vie.

— Vous le jurez ? demande LeGrand. J'y retourne, et Almera reste en sécurité. Pour de bon. Vous la retirez à mon père et vous la placez dans une bonne maison. Un endroit où on prendra soin d'elle.

— Je le jure sur la tête de mes grands-parents. Sur leur sacrifice. Je veillerai à ce que votre sœur soit mise à l'abri du danger et du besoin tout au long de sa vie.

— C'est du délire ! » Ava lâche Mack pour faire les cent pas, mais s'immobilise, vaincue par la douleur et par le reste. Elle n'arrive plus à reprendre son souffle. Tandis que son champ visuel se rétrécit, elle s'affaisse contre le mur. « Non. *Non.*

— Je n'ai jamais eu le choix. » Mack fixe le grain du bois de la table, les minuscules rayures faites par Ava, et se demande si on pourrait les polir, les effacer. « Non. Ce n'est pas ça. J'avais le choix, je l'ai fait, et j'ai laissé ma sœur mourir à ma place. J'ai pris sa cachette, et pour quoi faire ? À quoi m'a servi ma vie volée ? »

Enfin, elle lève les yeux, mais au lieu de regarder Ava, elle contemple son reflet dans la vitre du buffet. Le verre qui protège les figurines des Nicely, cette porcelaine que Mack ne pourra jamais toucher, ni utiliser, ni posséder. « Cette fois-ci, je connais les enjeux et je peux choisir le sacrifice. Et je ne vais pas commettre la même erreur. » Elle jette un regard vers LeGrand. Elle passe ce marché en son nom, aussi.

Il hoche la tête. Tout ce qu'il faut pour sauver Almera.

« D'accord, dit-elle. On y retourne.

— Bordel ! hurle Ava qui tape du poing dans le mur. Non ! Je ne vous laisse pas faire ! »

LeGrand la braque posément. « Ava. Monte dans la voiture et pars. Va-t'en. Ce n'est plus ton problème.

— Tu ne... ce n'est... merde, *non*. Non. » La voix d'Ava se brise ; des larmes s'accumulent dans ses yeux noirs.

« Retournez avec eux, suggère Linda. Restez avec eux. Servez-leur de témoin. » Elle sourit, et le rouge du sang qui perle sur sa joue fait un contraste criard avec le rose de ses lèvres. « Vous ne courrez aucun danger et vous verrez que je tiens parole. Cela rassérénera LeGrand et Mack, pas vrai ? Ava répondra de mes actes. »

LeGrand hoche la tête, un geste vif. « S'il te plaît, dit-il sans détourner son arme.

— Tu crois vraiment qu'ils vont me laisser repartir ensuite ? » Sa voix s'étrangle sous la tension des larmes retenues et le poids terrible du désespoir.

Linda a retrouvé le ton enjoué de la femme qui les a accueillis dans le bus voilà une vie entière. Jamais elle ne laissera Ava en vie, mais il n'y a aucune raison de ne pas jouer le jeu. « On l'a déjà fait. Avec Doreen, une bonne. La deuxième saison des sacrifices, du temps où on croyait encore pouvoir offrir des proies de moindre qualité au monstre. Il l'a rejetée, bien entendu, et on l'a laissée partir. Qui aurait cru une... » Sa pause montre qu'elle s'apprêtait à utiliser un mot différent, plus habituel entre ses lèvres. « ... pauvre servante noire plutôt que nous ?

— Et qui me croirait plutôt que vous ? » Ava rit, puis secoue la tête. « Merde alors, vous avez raison. Dans les grandes largeurs. Je ne peux en parler à personne. »

Linda adopte ce qu'elle croit être un sourire maternel, chaleureux. Ava essaierait de parler. Cela ne la mènerait nulle part, mais attirerait davantage d'attention que le strict nécessaire. Il sera relativement facile de la tuer une fois LeGrand et Mack disparus. « Vous pouvez partir. Je ne vous en empêcherai pas. Ou veiller sur vos amis, et partir ensuite. À vous de choisir.

— Donnez-lui l'argent, aussi, dit Mack.

— Quoi ? demandent Ava et Linda à l'unisson.

— La récompense. »

Linda écarquille les yeux, puis regarde Ava comme pour se faire confirmer que nul n'a jamais vraiment cru à la récompense. Personne n'allait sortir d'ici vivant. « Oui, bien sûr, dit-elle d'une voix apaisante. On lui donnera les cinquante mille dollars.

— Bien. » Mack se sent bien. En paix. Elle ne se cache plus. Pour la première fois, elle maîtrise sa vie. « Mais tout de suite. Donnez-lui l'argent tout de suite.

— Je n'ai pas cinquante mille dollars sur moi !

— Ce que vous avez ici. » Mack peut attendre. La nuit est longue, l'aube, et la mort, encore loin.

« Oh, flûte. » Linda ferme les yeux ; elle parle d'un ton moins soucieux et plus irrité. « Dans ma chambre, dans le placard, il y a un coffre-fort. Le code, c'est sept-quatorze-sept. Vous y trouverez des espèces. Ne touchez pas aux bijoux. Ils appartenaient à ma mère.

— Mack, l'implore Ava.

— Va chercher ça. Je la détache et on retourne dans le parc en voiture. Personne n'a besoin de savoir ce qu'il s'est passé, hein, Linda ? Vous leur direz que le monstre a rejeté Ava et que Brandon est mort dans un accident, ce qui fait que vous avez besoin de deux personnes de plus.

— Acceptable. Comment avez-vous tué Ray ? Je vais devoir limiter les dégâts.

— Je lui ai défoncé le crâne. » Ava part à la recherche de la chambre de Linda. Elle ne sait pas pourquoi. Elle ne comprend pas, elle a perdu le contrôle, elle ne dirige plus. C'est n'importe quoi. Elle ne peut pas entraîner Mack, ni forcer LeGrand à monter dans la voiture. Qu'est-ce qu'il *se passe* ? Qu'est-ce qu'ils ont vu qui lui a échappé ? Elle croyait être arrivée trop tard pour sauver Brandon, et il se trouve qu'elle est arrivée trop tard pour les sauver tous.

Linda hoche la tête, puis réfléchit. « Défoncé le crâne. Facile. Il est tombé du mirador. Trop vieux pour la tâche, de toute manière. » Elle affiche son meilleur sourire Zou-mettons-nous-au-travail pendant que Mack retire le ruban adhésif avec soin, un membre après l'autre. Elle se frotte les poignets, se lève. « Je fais un brin de toilette. Ensuite, on vous ramènera là où il faut, les enfants. »

Mack acquiesce, balaie d'un revers de bras les affaires de Linda dans son sac à main et se penche pour choper en douce plusieurs de ses tubes de rouge à lèvres, gardant les clés de voiture. Voilà, elle est prête. Elle sait qu'Ava est vexée – et aimerait y pouvoir quelque chose –, mais se réjouit que l'autre ait décidé de les accompagner au lieu de partir sur-le-champ.

Elle pourrait se débrouiller seule, au besoin, mais est soulagée de ne pas *devoir* le faire. Ava l'a ouverte, elle a enclenché le truc. Il faut qu'elle soit là pour le finir. Mack suit Linda dans la cuisine, en lui collant aux basques.

LeGrand garde le fusil. Le regard dans le vague, il le berce ; la résolution qui durcissait ses traits a molli. Il a sauvé Almera d'une façon qui n'est ni celle qu'il voulait, ni celle qu'il espérait, mais qui, au moins, tient la route. Dieu lui permet de la sauver, contre son propre sacrifice. Quand il a essayé la dernière fois, il a cru que ça lui avait coûté tout. Non, c'est ce qui va se produire.

Ava réapparaît, lugubre, les poches gonflées, et montre un flacon à Linda. « Ça contient les bons médocs ? »

Linda se renfrogne, froissée, tout en se tamponnant la tempe avec un torchon. « J'imagine que oui. »

Elle gobe deux pilules à sec. « Je ne peux pas me payer cette merde alors que, moi, j'en ai besoin.

— Ce n'est pas ma faute si vous êtes pauvre », riposte la vieille femme d'un ton sec.

Ava ramasse les clés sur la table. « Restons-en là. » Elle évite le regard de Mack lorsqu'ils montent tous dans l'énorme berline. Elle a pris le volant. Mack lit la douleur autour de ses yeux, l'étrange bravade assumée maintenant qu'Ava a accepté son sort.

Mack préférerait peut-être qu'Ava ait décidé de partir, opté de filer en bagnole loin de cette folie qui ne la retient pas. Elle n'a jamais vu le monstre. Elle ne comprend pas vraiment pourquoi Mack doit y retourner.

En reculant sans ménagement, Ava renverse la boîte aux lettres peinte de motifs floraux et écrase plusieurs des massifs. Linda siffle de déplaisir entre ses dents, mais se garde de la réprimander.

Une fois sur la route, cependant, Ava conduit d'une main ferme malgré la souffrance et les antalgiques. Elle sait que Linda et ses potes vont s'efforcer de la tuer. Elle attend même ça avec impatience. Au moins, il y aura un ennemi qu'elle pourra affronter, et faire saigner.

Comment combattre la décision d'autodestruction de Mack, par contre ? Elle comprend l'idée. Quand elle était toute seule à l'hosto où on la rapiéçait, elle a regretté plus d'une fois que sa vie ne se soit pas achevée sur cette route près de Maria. À ce souvenir, elle manque de quitter la chaussée. Elle va regarder Mack mourir à son tour.

Elle corrige sa trajectoire. Non. Elle va trouver un plan. Un truc quelconque. Mais, pour aider, elle doit rester avec eux. Elle serre les dents afin de repousser la douleur qui se dissipe, se prépare à l'action imminente du médoc de très bonne qualité.

Bref, Mack est seule depuis trop longtemps. Ava aussi. Elles vont passer leurs dernières heures de non-solitude, puis Ava trouvera un truc quelconque. Parce qu'il le faut.

LeGrand scrute la nuit et soupire, crevé. Au moins, de cette façon, il sera consumé, au lieu de consumer les autres. Dans une autre vie, il aurait pris de l'âge. Il serait devenu un ancien. Pareil à son père, petit dieu pathétique d'un petit monde pathétique. C'est dans le sang de cette ville, après tout. Rulon Pulsipher n'a fait qu'emprunter un autre itinéraire que Linda.

Peu importe. Almera sera en sûreté. C'est tout ce qu'il a toujours voulu. Pourtant, alors qu'il file dans la nuit en direction du parc, il doit reconnaître qu'il voudrait bien vivre, aussi.

La route devient un chemin de terre cahoteux. « Où est-ce que vous avez franchi la clôture ? demande Linda.

— Au niveau du mirador de Ray.

— Et je suppose que c'est là que vous avez laissé son cadavre ? » Elle paraît furieuse.

« Bien sûr ! dit gaiement Ava.

— Garez-vous ici, alors, avant que le garde du portail nous voie. On peut retourner à la clôture par là. »

Ava freine sèchement, sort de la voiture, puis les guide à travers bois avec un sens de l'orientation infaillible. À la base du mirador désert, elle pointe vers l'emplacement du corps.

« Sortez-le de là.

— Sortez-le vous-même. Je ne vous obéis pas.

— Laissez le fusil, dit Linda d'un ton sec. Autrement, ils sauront qu'il s'est passé quelque chose. »

LeGrand tend l'arme. Ava s'en empare avant Linda et envisage brièvement de prendre les deux autres en otages. De les faire remonter en voiture. Mais elle sait bien qu'ils refuseront et elle ne va pas leur tirer dessus. Elle devrait bazarder Linda dans le parc afin que le monstre la bouffe. Mais LeGrand compte sur la vieille femme pour protéger Almera. Il ne laisserait pas Ava faire.

Bon, d'accord, s'arranger pour qu'il n'y ait pas besoin de nouvelles victimes. Amener Linda dans le parc. Puis trouver trois gardes et, en évitant de prendre une balle, les attirer ou les jeter dans le parc, sans se faire découvrir par les autres gardes ni les habitants de la ville. Alors qu'elle n'a plus le plein usage de sa jambe, que sa douleur atteint un sommet et qu'elle risque de devoir affronter LeGrand et Mack qui ont l'air tentés de se sacrifier…

Foutu d'avance, donc. Ava préfère retirer le percuteur du fusil. « Au cas où vous décideriez de me tirer dans le dos dès qu'on aura franchi la clôture.

— Mauvais esprit, marmonne Linda en prenant l'arme. Qu'est-ce qu'ils vont penser s'ils l'examinent, ce fusil ?

— Que Ray n'y pipait rien ? Aucune idée, et je m'en cogne. Bonne chance avec le cadavre, c'est un costaud. » Ava serre les dents. Elle est en mode concentré, une tâche à la fois, on ne pense pas à demain, ce qu'il va se passer, ce qu'elle va faire. Si elle s'écoutait, elle les étranglerait tous, tellement elle est en pétard. Il faut qu'elle reste avec Mack et LeGrand, ça, elle le sait. Elle est leur seul espoir. Donc elle grimpe au mirador, redescend, et met le pied dans le putain de parc à monstre et à meurtre.

« Vos grands-parents comprenaient le pacte. » La voix grave de LeGrand est empreinte de fermeté. « Vous allez respecter le vôtre. » Ce n'est pas une question, mais une affirmation. Il n'a jamais été aussi énergique de sa vie. Sauf quand il a frappé Linda à la tête. Il lui semble encore que c'est quelqu'un d'autre qui a agi à sa place, comme si ses mains ne lui appartenaient plus.

« Bien sûr. » Linda a mal à la tête. Elle le regarde se hisser le long de la tour ; elle n'a rien pardonné ni oublié. Puisqu'ils ont déjà franchi le portail de Tommy une fois, il ne devrait y avoir aucun problème. Un passage du seuil suffit.

Mack est en dernier. Linda se raidit quand l'autre la prend dans ses bras. « Merci », dit la jeune femme.

Linda lui tapote le dos, hésitante, puis quelque chose se relâche et elle lui rend son étreinte pour de bon. Elle est si soulagée que Mack comprenne ! Enfin, enfin, *quelqu'un* mesure le fardeau de la responsabilité, du devoir. Linda, surprise, se sent fière de cette fille étrange et déroutante. Qui comprend que, parfois, il faut un sacrifice. C'est une Nicely, bien sûr. Ils ont toujours été la meilleure famille.

Ça va bien se passer. Contre toute attente, elle a repris le contrôle. Elle tiendra même parole envers LeGrand et fera admettre sa sœur en maison de repos : ça permettra d'avoir un rechange sous la main. Elle ne tiendra certes pas parole envers Ava, par contre. Ava doit mourir.

« Au revoir. » Mack se dégage et grimpe au mirador.

Le temps qu'elle franchisse la clôture, Ava et LeGrand l'attendent. Les épaules d'Ava, si robustes, sont voûtées. Se retrouver ici l'a brisée. Elle ne sait pas quoi faire. Qui combattre, comment le combattre, ni même s'il lui reste la force de combattre quoi que ce soit.

LeGrand s'assoit par terre. Autant attendre ici. Faire autre chose ne rime à rien.

« Pourquoi ? » murmure Ava, sans tendre la main vers Mack, refusant de toucher sa peau alors qu'elle est encore chaude, encore *là*. L'effleurer l'avait fait se sentir à l'abri, et nantie d'un avenir. « Pourquoi tu as fait ça ? »

Mack a pris la cachette de Maddie. Mais elle ignorait ce qui en résulterait. Elle n'avait pas tué sa sœur. Elle le voit maintenant, grâce à Linda. Mack s'accroupit et sort le pistolet qu'elle a fourré dans sa chaussette au lieu de le remettre dans le sac de Linda avec les tubes de rouge à lèvres.

« J'ai dit qu'on allait choisir qui serait sacrifié. Je n'ai jamais dit que ce serait nous. »

JOUR SIX

Le soleil qui surgit à l'horizon fissure l'obscurité et inonde de lumière un parc d'attractions abandonné… un labyrinthe… un cimetière… un endroit pour les vivants et les morts.

Il y a trois personnes à l'intérieur du parc.

Les rayons caressent le sommet de la grande roue qui se retrouve si brillamment éclairée qu'elle paraît presque intacte, comme si elle pouvait repartir à tout moment et propulser ses passagers dans une orbite merveilleuse alors qu'ils regardent le sol s'éloigner puis se rapprocher à toute allure, le vertige entraînant un baiser volé. Un rire joyeux. Quelques minutes à vivre libéré de la pesanteur.

Mais non, cette orbite est figée par la rouille. La vue ne changera jamais.

Le soleil illumine ensuite les vieilles montagnes russes pourrissantes tapissées d'une telle quantité de lierre qu'on jurerait le corps d'un monstre oublié, en sommeil depuis une éternité. Mais il n'y a là que du bois et du métal. Le seul monstre présent dans le parc n'est ni oublié, ni, cette saison, en sommeil.

Le jour crible les arbres, le lierre, la topiaire revenue à l'état sauvage. Il n'atteint pas le centre du manège où Rosiee et Rebecca ont péri, entourées par les grimaces des animaux écaillés. Il se faufile dans le camp de base où le sang d'Ian et de Christian est devenu une tache noire collante, accusation à laquelle nul ne souhaite répondre. Il ricoche le long des chaînes des chaises volantes où Jaden a cru être à l'abri et Brandon choisi de ne pas l'être. Et il s'attarde sur les yeux voilés de Brandon tandis que son cadavre attend en vain le broyage. Qui va être le pompiste le plus sympa de Pocatello, Idaho, maintenant ?

Le soleil courant sur les parois sinueuses du labyrinthe dévore l'ombre, dissipe la brume et souligne tout. Les fourrés où Sydney s'est tapie les yeux fermés pour ne pas voir son poursuivant. La bouche souriante du clown où Logan – éliminé si vite que même nos trois concurrents ne se rappelleront jamais son nom – s'est endormi pour ne jamais en ressortir. La flaque coagulée, une preuve que la belle Ava a existé et a essayé. Oh, ce qu'elle a essayé !

Et de flèche en flèche, l'itinéraire qu'a laissé Atrius. Sa marque sur la partie. Mack s'arrête devant les chaussures pratiques et tâche de se souvenir de leur propriétaire sans parvenir à évoquer davantage qu'un tailleur-pantalon et une aura de tension.

Isabella, perdue la première, perdue à jamais.

Mack ne manque pas de remarquer le petit soulier au cuir craquelé et écaillé qui pend à une branche que la croissance de son arbre a amenée au niveau de sa figure. Elle hoche la tête, comme pour nouer un pacte secret avec cette chaussure d'enfant qu'elle met dans sa poche.

Elle continue. Oui, elle est allée assez loin, mais elle a besoin de voir de ses yeux le centre de tout. Ce qu'une génération, bien avant la sienne, a invoqué et payé, et ce que les générations ultérieures ont décidé de faire payer à d'autres. La théorie du ruissellement : ils ont obtenu la prospérité, et le sang a ruisselé.

Négociant un virage du sentier, elle manque de trébucher sur un anneau en fer cimenté là des décennies plus tôt. Elle s'immobilise, sidérée au sens premier du terme, dans un mélange de peur et d'émerveillement.

Voilà le temple.

Et voilà le monstre.

Ailleurs, encerclant le parc, maussades mais tout sauf endeuillés, des hommes assis dans leurs miradors, le fusil calé contre la cloison, boivent du café, ravis que ce soit à Linda de nettoyer. Les moins charitables en veulent à Ray d'être mort, les privant d'un garde, ce qui va les obliger à travailler davantage. Les plus charitables se sont éloignés de la ville et de ces familles, de sorte qu'on n'en trouve aucun en haut des tours.

Même Chuck, le fils de Ray, n'éprouve guère qu'un vague déplaisir face au décès de son père et au « oups » dans le parc, comme Linda a résumé la situation de façon si agaçante. C'est à lui qu'ils vont refiler la patate chaude la prochaine fois. À 45 ans, il bosse encore pour son père, bordel. Enfin, il bossait pour lui jusqu'il y a quelques heures. Mais quelles aubaines retire-t-il du grand sacrifice ? Pourquoi devrait-il, *lui*, le gérer afin que d'autres en profitent ? C'est une ville agréable, mais il lui semble parfois vivre dans un camp de prisonniers.

Sa radio crache des parasites au moment où des tirs éclatent dans le lointain. Se levant lourdement, il inspecte la section du parc qu'il aperçoit. Il tient la tour la plus proche du portail, baptisée « Tommy » en l'honneur de son arrière-grand-père, mais il ne voit rien.

Les parasites bouffent une partie des mots, mais un des types – Ted ? À sa voix, on dirait Ted – indique qu'on le canarde.

Linda s'est enfin mise au lit, une compresse sur la tête, quand le téléphone sur sa table de chevet sonne.

« Quoi ? » dit-elle d'un ton sec. L'un des hommes doit s'inquiéter des dispositions pour le remplacement de Ray, comme si elle ne pouvait se charger de tout à elle seule, comme si elle ne se chargeait pas déjà de tout à elle seule depuis des décennies ! Si on l'avait bien aidée, le fiasco de la nuit dernière n'aurait peut-être pas eu lieu.

« Vous n'êtes pas sur votre talkie, se justifie Gary. Il y a moyen qu'ils aient une arme à feu dans le parc ?

— On a fouillé leurs sacs dans le bus, comment... » Linda lâche le combiné sur le lit et, se cognant le coude contre la paroi au passage, s'élance dans le couloir. Son sac à main est resté sur la table où Mack l'a laissé après en avoir gentiment ramassé le contenu. Au désespoir, elle le retourne à nouveau. Mais bien sûr, elle ne trouve pas ce qu'elle cherchait.

Elle décroche le téléphone mural ; la ligne est restée connectée. « Navré, j'avais lâché le combiné. Chuck n'a pas dû bien vérifier. Je parie sur l'ancienne combattante. Considérez-la comme très dangereuse. »

Les petites salopes ! Linda enfile sa robe de chambre, empoigne ses clés et monte dans la voiture.

« Quelle tour ? demande Chuck.

— La grande roue ! répond l'homme. Ils sont tous là ! Vite ! » La communication est coupée.

Chuck reste perplexe – chaque mirador porte un nom –, mais il sait duquel l'autre parle. Rose. Ce qui est bizarre. Ted garde Ethel d'habitude, mais il a dû échanger avec quelqu'un. Dommage pour lui. Et pour eux tous. Ted est le plus mauvais tireur, donc ils vont devoir le rejoindre vite. Et la grande route se trouve à l'extrémité opposée du parc, à trois bons kilomètres de là, puisqu'il doit faire tout le tour.

« Tous à Rose ! » émet Chuck avant de descendre, puis de se jucher sur son quad, s'éloignant à toute vitesse du mirador et de sa vue sur le portail.

LeGrand bascule le talkie-walkie en transmission et l'y laisse, brouillant la ligne. Puis il tire une dernière balle dans le vide pour faire bonne mesure et part en courant.

« Merde, où il est ? » Ava retourne le sac d'Ian laissé sur le sol du pavillon abandonné. Seule à ne courir aucun danger immédiat, elle sent avec acuité le péril qui menace Mack et LeGrand, une pression dans son torse, des griffes fantômes lui perçant l'estomac. Aujourd'hui, ils mettent un terme à cette mascarade. Elle sort un vieux carnet relié cuir et le fourre dans une des poches de son pantalon de treillis. Il pourra servir de mèche. À condition de trouver le briquet.

« Ah ! » s'écrie-t-elle, triomphante, lorsqu'elle ressort des tréfonds du sac l'objet fuselé et argenté. Renonçant à utiliser le livre, elle prend l'un des tee-shirts *Athens Solar*, empoigne un bord du monstrueux générateur et le traîne.

Un mauvais pressentiment l'assaille. Il aurait peut-être fallu choisir quelqu'un d'autre qu'une quasi-unijambiste pour cette tâche.

« Bordel de putain de merde. » Elle serre les dents pour combattre la douleur. Ça ne devrait pas être sa bataille. À moins que toute bataille soit sa bataille, qu'on en tire un bénéfice ou pas ? Elle en a assez de devoir se battre.

« Mack », souffle-t-elle, avant de fermer les yeux et de s'emplir les poumons. Puis elle s'accroupit de son mieux avec la cheville et le genou droits qui ne se plient plus, passe les bras dans la cage de roulement du générateur – ces radins ne pouvaient pas payer des roulettes ? – et se relève en poussant un rugissement.

Bon pied bon œil, se dit-elle, avant de rire, puisqu'elle n'a qu'un bon pied. Mais ça suffira. Il faudra bien.

Je suis la nana la plus forte du monde.

Dans l'esprit de Mack, qui porte les cicatrices de cette nuit-là, son père a perdu son visage. Il s'est transformé en une créature imposante, courbée à des angles impossibles, avec des trous noirs en guise d'yeux. Au lieu de tenir un couteau, il en était un lui-même.

Mais alors qu'elle va affronter la mort, elle s'autorise enfin à essayer de se le remémorer. Et quand elle y arrive, elle lâche un rire.

Il avait un ventre à bière. Des bras et jambes en bâtons, aux poils si clairsemés qu'ils partaient par endroits. Il ne réussissait pas à se faire pousser la barbe. Comme elle, il avait de trop grands yeux très écartés, au point de sembler toujours distrait, voire perplexe. Le meilleur moyen pour qu'il pète les plombs – une tâche aisée – consistait à lui demander s'il faisait attention à ce qu'on lui disait. Ça lui avait coûté la plupart de ses boulots.

Il essayait de réparer la plomberie, jurait, tempêtait, et déclarait qu'il prenait une pause, sur quoi il allait au bar. La mère de Mack finissait à sa place ; quand il rentrait, il expliquait d'un air suffisant qu'il avait fait le nécessaire – ça avait juste mis quelques minutes à s'arranger.

Il hurlait après ses émissions de télé préférées comme si ses sentiments avaient la moindre influence sur ce qui se passait à l'écran.

Il préparait des pancakes au sourire en pépites de chocolat et sifflait les notes les plus pures.

Il frappait leur mère, et il les frappait, elles, non parce qu'il était fort, mais parce qu'il ne l'était pas. Jamais quelqu'un qui serait fort ne frapperait un enfant. Jamais quelqu'un qui serait fort ne ferait le *moindre* des trucs qu'il faisait.

Et Mack ne se posait aucune question là-dessus : il choisissait bien de faire ce qu'il faisait. Il estimait que le monde, à l'examen, lui devait davantage, et comme ça ne s'est jamais matérialisé, il s'est retiré de l'équation, avec tous ceux qui avaient essayé de l'aimer et qui auraient pu être plus heureux sans lui.

En fin de compte, Mack le voit comme petit, rageur, impuissant et toxique. Non pas monstrueux, mais humain, trop humain, jusqu'au pathétique.

Le monstre devant elle n'a rien d'humain, hormis ses mains, un peu. Il a moins des griffes que des ongles épais, rainurés, jamais coupés ; cassés, ils ont poussé avant de se casser encore et de se denteler. Il s'avance vers elle sur des jambes pliées à rebours au genou, comme une vache. Recouverts d'une épaisse fourrure emmêlée, verdie par la mousse, ses lourds sabots produisent, au lieu d'un clip-clop joyeux, des pas étouffés.

Ses épaules trop larges ondulent, puissantes, de part et d'autre de son torse massif. Sa taille s'étrécit, presque menue, avant ses hanches qui ne paraissent pas conçues pour la station debout. Au lieu d'un appareil génital, il a une grosse touffe de cette fourrure emmêlée, verdie par la mousse. La tête parallèle au sol, il marche voûté. Au-dessus de son cou large et court, son visage est une surface fendue de deux narines qui s'évasent tandis qu'il hume l'air avec force, sur la piste de ses proies. Les terribles cicatrices de ses yeux crevés relient deux oreilles d'une délicatesse incongrue, douces comme du velours, recourbées sous les longues cornes aux lignes sensuelles.

Elles ont l'air pesantes, ces cornes. Mack se demande s'il a mal au cou après une journée de chasse.

Contrairement au père de Mack, ce monstre-ci n'a rien d'humain, mais il lui paraît tout de même pathétique aussi alors qu'il s'avance d'un pas traînant, porteur d'une odeur de mort et de pourriture qui agresse ses sens et l'avertit : c'est la fin.

Même si cette chose, cette abomination, a détruit tant de victimes et l'ajouterait au total si possible, elle ne parvient pas à la haïr. Quoi que ces familles aient fait pour l'invoquer et nouer leur pacte, Mack l'imagine mal ayant *accepté*. Le monstre ne semble pas doté d'une telle capacité de consentement.

Il existe pour consumer. Qui peut lui reprocher de suivre son terrible instinct, de se trouver où il n'a pas sa place et d'exister par force, nourri dans le seul but de perpétuer cette misérable existence ?

Mack saisit le cœur d'argent de Rosiee récupéré sur le manège et utilise le bord acéré pour taillader son poignet. Du sang perle le long de la coupure – assez appuyée pour fendre la peau mais pas pour le faire couler à flots.

Le monstre se fige en pleine enjambée et tourne d'un coup la tête vers elle, les narines dilatées.

Mack doit amener le monstre là où ils le veulent au moment où ils le veulent. Au lieu de pivoter sur ses talons et de détaler, elle l'observe. Incapable de se détourner. Elle a manqué son rendez-vous avec la mort la première fois que celle-ci est venue la prendre, et elle était prête à l'accueillir ici, voire impatiente de le faire. Prête à gagner sa dernière cachette, l'obscurité où rien ni personne ne la retrouverait. Ni son père, ni sa honte, ni sa culpabilité, ni sa faim, ni sa peur, ni son désir.

Le monstre descelle la couture presque invisible de ses lèvres et un filet de bave en goutte. Il n'a pas de dents. Dans sa bouche, il n'y a que l'anéantissement. Un noir velouté si profond, si total qu'elle n'en a jamais vu ni n'en verra jamais de pareil. Et au fond de ces ténèbres, la lueur d'un brasier.

Non pas un feu orangé, chaud, avide, mais la blanche pulsation glaciale d'une étoile.

Mack s'avance d'un pas vers le puits gravifique de cette promesse.

Plusieurs détonations retentissent au loin et elle revient à elle. Elle retrouve son identité, compressée, enfouie si profond qu'il n'en restait que l'attraction de son malheur, le terrible poids de sa honte solitaire.

Mais sa carapace s'est craquelée et Mack n'en est pas morte. Elle n'a pas brûlé ni éclaté. Elle n'est plus seule et elle n'abandonnera pas ses amis, tout comme elle sait – a vu, a senti, et croirait même sans preuve – que ses amis, et son Ava, ne l'abandonneront pas.

Elle fait volte-face et détale, et la mort la suit aussitôt, attirée par l'odeur de son sang et le besoin de le laper.

Ava sait qu'elle va trop lentement, mais même son énorme effort de volonté n'y change rien. Le générateur, que son fabricant a baptisé PREDATOR sans la moindre ironie, approche les cent kilos. Elle est contente qu'il pèse autant : il contient donc du carburant. Mais ça signifie aussi qu'elle se traîne, alors qu'elle espérait marcher vite.

Elle doit être au bon endroit au bon moment, ou ils n'auront aucune chance. Mack mourra, LeGrand mourra, et à quoi Ava aura-t-elle servi ? Elle a enfin trouvé les limites d'elle-même, enfin estimé qu'elle peut combler le vide immense qui s'est emparé d'elle. Enfin trouvé un but et une famille, deux choses dont le sort l'a privée en plus d'une de ses jambes.

Elle donnerait tout pour cette jambe en bon état. Son genou frémit et manque de céder ; la cheville en métal dans sa botte dérape. Elle se rattrape d'extrême justesse.

Baisse la tête. Fais ce boulot. Elle a effectué des tâches plus ardues, hein ?

Hein ?

Non, sans doute. Bon, c'est le truc le plus dur qu'elle ait jamais fait. Pas question qu'elle se foire, bordel.

« Tu es la nana la plus forte du monde », chuchote Maria dans son souvenir. Toutes deux se serrent l'une contre l'autre sur son lit de camp, si fort qu'Ava sait parfaitement où elle finit et où Maria commence parce qu'elle en sent le moindre centimètre carré.

« Et sinon ? a-t-elle murmuré, craignant soudain de ne pouvoir avoir Maria si elle n'était pas forte.

— Impossible. » Maria a pressé le biceps d'Ava, riant de la voir le contracter par fierté. Puis elle l'a pincé. « Et même sans ça, tu resterais la plus forte du monde. »

Ava en a *marre* d'être forte. Ça n'a pas sauvé Maria, ça n'a pas sauvé sa propre âme, et pourquoi devrait-elle être si forte ? Le monde exige toujours davantage des femmes comme elle, une grâce et une patience infinies, la preuve qu'elles méritent leur…

Elle trébuche de nouveau et, cette fois, n'arrive pas à se rattraper. Tout juste si elle parvient à pivoter à la dernière seconde pour éviter que le générateur lui tombe dessus et la cloue au sol.

« Putain ! » hurle-t-elle, le visage enfoui dans plusieurs saisons de feuilles mortes. Une odeur composite de terre, de boue, de pourriture et de vie lui envahit les narines et la bouche comme pour s'emparer d'elle.

Elle reste étalée une seconde. Dix secondes. Trente. Une minute.

Le fait qu'elle ne *doive* pas être si forte ne signifie en rien qu'elle ne *l'est* pas. Ava se relève, empoigne un des barreaux de la cage de protection et traîne le générateur.

Elle avance sans réfléchir, sans vérifier sa progression, focalisée sur son objectif. Non pas l'endroit où elle va ou ce qu'elle devra faire quand elle l'aura atteint, mais le but final. Mack, LeGrand et la liberté.

Sa poche contenant le carnet d'Ian rebondit contre sa jambe, tandis que d'autres poches cliquettent, gonflées de billets et des bijoux de Linda – pris pour venger toutes les fois où sa *sainte* de mère a été accusée de voler les bijoux des maisons qu'elle nettoyait pour des femmes de l'acabit de Linda –, et ses muscles tremblent, et sa colonne lui fait mal, et son genou reste raide, et sa cheville ne fonctionne plus, pourtant elle continue.

Elle est toute proche du portail, mais elle l'ignore. Elle ne voit pas non plus derrière elle la propriétaire de toutes ces babioles voyantes qui pointe un fusil dans son dos.

Mack suit les flèches d'Atrius, guidée par son fantôme. Son bras tailladé par l'argent de Rosiee saigne. Peut-être de par la proximité du monstre dont les pas s'alourdissent alors qu'il calque son allure sur la sienne pour mener sa traque, elle les sent qui l'accompagnent. Tous ces gens perdus qui ont travaillé dur pour être prospères, célèbres, stables, aimés, protégés.

Ils sont venus ici, désespérés, attirés par la promesse de gagner enfin quelque chose dans un piège mortel fabriqué par des gens qui, possédant déjà tout, voulaient continuer à posséder ce qu'ils avaient déjà, ce qu'ils auraient eu de toute façon, ce qu'ils estimaient être leur dû. Au prix que paieraient à leur place quatorze âmes optimistes.

Elle ne se rappelle pas tous leurs noms. Peu importe. Ce ne sont plus ses rivaux. Ils forment son équipe. Elle gagnera non pas malgré eux, mais grâce à eux. *Pour* eux. Pour Isabella, Logan, Rosiee, Sydney, Atrius, Rebecca, Ian, Christian, la belle Ava et même Jaden.

Et Brandon.

Et LeGrand.

Et Ava. Mais elle ne court pas *pour* Ava. Elle court *vers* Ava, absolument certaine qu'elle sera prête.

Une autre détonation retentit, beaucoup plus proche, et si Mack était moins occupée à courir, à négocier le labyrinthe, à conserver son avance, elle se demanderait la raison de cette détonation – alors que LeGrand a joué son rôle et devrait se hâter de les rejoindre.

Qui que ce soit d'autre serait tombé sous la balle de Linda.

Mais celle-ci n'a pas tenu compte du temps qu'Ava a passé en service actif. Même le dos tourné, même le corps entier à la torture, même l'esprit focalisé sur sa tâche impossible, Ava garde l'instinct de la combattante. Entendant un fusil qu'on arme, elle se jette au sol au moment où on presse la détente.

La balle passe là où elle se trouvait. En plus d'être une mauvaise mère, une ex-femme oubliée, et les espoirs et les rêves de ses grands-parents parfaitement réalisés puis affreusement ratés, Linda est bonne tireuse.

Roulant sur elle-même, Ava se tapit derrière le générateur.

« Oh, lève-toi, sale nuisible ! crie Linda. Tu croyais que tous allaient tomber dans le panneau et abandonner leurs postes ? Jamais je n'abandonnerai le mien, *moi* ! C'est mon droit, mon héritage, et personne ne va me le prendre. » Ses lèvres nues se retroussent dans un rictus hideux, découvrant deux rangées d'implants trop blancs sur ses gencives grisâtres. « Tu te lèves et tu encaisses comme le bonhomme que tu voudrais être ! »

Ava étudie ses options qui brillent par leur absence. La route du portail est dégagée avec soin et le couvert le plus proche trop éloigné pour qu'elle l'atteigne indemne face à une tireuse aussi douée. Le plan n'est pas condamné, se dit-elle, juste le rôle qu'elle y joue. Elle ôte avec soin son tee-shirt, sort le briquet, et les dépose par terre où LeGrand et Mack les trouveront. Un dernier gage d'amour.

Puis elle se lève et se retourne, les mains en l'air, les majeurs pointés.

Linda pointe le fusil vers le générateur. « À quoi est-ce qu'il devait servir, à réduire le monstre en miettes ? » Elle lâche un rire dur et laid, aussi ténu, amer et négligé que le souffle qui le porte. Même si Linda a fait tout ce qu'on attendait d'elle et bénéficié de tous les horribles sacrifices de ceux qui l'ont précédée, elle a mené une vie dénuée de bonheur, de chaleur, de joie. Elle a tout et elle n'a rien, et elle le sait, quelque part au fond. Elle le sait, quelque part au fond, et elle doit détruire Ava, mais aussi, avant de la tuer, détruire le peu d'espoir que l'autre nourrit encore.

Il faut qu'Ava comprenne que c'est *elle*, Linda, qui va gagner. Qu'elle vaut mieux que cette tordue.

« Tu ne peux pas le tuer, dit-elle d'un ton enjoué. Tu pourrais te faire exploser à ses pieds et il repartirait sans une égratignure. Ce n'est pas un animal ; ce n'est pas une personne. C'est un concept. Un pacte. Un accord entre mes grands-parents et l'univers. Tant qu'on le nourrit, on prospérera. Et on ne cessera *jamais* de le nourrir. Il ne veut peut-être pas de toi, mais il prendra Mack, LeGrand, et toutes les branches médiocres qu'on taille pour les lui offrir. Il sera toujours là et il n'y a rien, absolument rien que tu puisses faire pour t'y opposer. »

Ava serre les mâchoires, refusant que son rôle s'achève déjà. Elle aimerait que ça se termine autrement, mais l'univers ne s'est jamais soucié de ses vœux.

« Ferme-la et remue-toi, vieille peau », dit-elle.

Une détonation retentit.

Une autre détonation, si proche cette fois que Mack la remarque et s'en inquiète. Elle accélère, ce qu'elle croyait impossible. Pour quelqu'un qui s'est souvent demandé si elle n'aurait pas mieux fait de mourir avec le reste de sa famille, elle a soudain tristement conscience de la facilité avec laquelle on peut le faire et de l'énergie avec laquelle elle s'y refuse.

Ava sent le coup de tonnerre de l'arme et la puissance du tir se réverbérer dans tout son corps. Et elle voit Linda lâcher le fusil et tituber tandis que sa robe à fleurs montre une nouvelle rose écarlate, puis s'affaler.

LeGrand sort de derrière un muret, jetant la petite arme de poing de Linda. « Vide, explique-t-il. Viens. Mack va bientôt arriver. »

Il empoigne un côté de la cage du générateur. Ava, qui se demande encore comment elle n'a pas pris de balle, se saisit de l'autre. Ils traînent le gros engin jusqu'à sa place.

« C'est un bon endroit ? » demande LeGrand.

Ava l'ignore, mais ils manquent de temps. Mack sera là d'un moment à l'autre. Il le faut. Elle va réussir.

Elle dévisse le bouchon et tord le polo de Christian pour pouvoir l'insérer jusqu'à ce qu'elle touche l'essence. *S'il vous plaît,* prie-t-elle, prenant bien soin d'adresser sa supplique au dieu de sa mère et non à ceux qui pourraient écouter dans ce lieu maudit, *faites qu'il en reste assez.*

Les flèches d'Atrius s'interrompent.

Mack est à un carrefour. Deux sentiers divergent dans ce labyrinthe mortel et elle ne peut guère se permettre de prendre « le moins souvent emprunté », comme l'écrivait Robert Frost.

Peut-être qu'Atrius venait d'un autre point de départ. Peut-être qu'il n'a pas marqué celui-ci. Le parc entier a été conçu pour garder et égarer un monstre par des tours et des détours qui l'empêchaient de s'éloigner du centre tout en entraînant ses victimes vers ce même centre. Il fait son travail à la perfection.

Elle entend un lourd galop derrière elle. Son avance fond en quelques battements de cœur – un dernier compte à rebours.

« Ava », souffle-t-elle, avant de fermer les yeux.

Quelque chose la pousse vers la droite. Une attraction exercée par Ava, un espoir, une folie ? Elle l'ignore, mais elle sera bientôt fixée.

Linda gémit. Ava sue. LeGrand se juche sur le muret qui borde le sentier s'enfonçant dans le parc. Il guette. Il attend.

Mack s'arrête net, la peur au ventre.

Au lieu de choisir un itinéraire menant au portail, elle a couru droit vers sa première cachette, le stand de tir au toit enfoncé qui l'a abritée, où elle s'est rapprochée d'Ava et où celle-ci a trouvé les canards en plastique qui l'ont aidée à escalader la clôture.

Mais il n'y a plus de sécurité ici, plus d'espoir. Elle est pile à l'opposé de sa destination, partie dans le mauvais sens vers le centre. Elle sait comment regagner le pavillon d'ici, mais il faut rebrousser chemin. Retourner *vers* les bruits de sabots patients et implacables.

Mack s'élance, tente de corriger sa course, de retrouver le bon itinéraire. Elle ne sait plus où elle est, à force de détours. Son cœur bat la chamade, son souffle rauque se précipite, elle va mourir, LeGrand aussi, puis Ava, et une fois encore ce sera sa faute. C'est elle qui, par égoïsme, a choisi de revenir dans le parc.

Elle trébuche et heurte un wagon de montagnes russes qui attend au milieu du sentier.

Il lui faut un peu de temps. Pour s'orienter.

Le wagon l'observe d'un air las ; le visage de la vache patiente peint dessus la supplie de regarder dans la même direction.

Elle tourne la tête. La voie se trouve là, sa piste en bois se détournant du sentier qui l'égare pour s'élever dans les arbres. On ne voit pas où mène le tunnel de branches et de lierre – à l'évidence, pas vers le portail. Mais peut-être que ce chemin-ci pourrait lui sauver la vie.

Mack saute sur la voie et entame son ascension au pas de course.

À sa construction, le Transhumant apparaissait comme un miracle d'ingénierie. Les montagnes russes étaient conçues pour être autonomes, transportables, faciles à démanteler et à remonter selon le lieu où l'argent coulait le plus à flot.

Pour démontrer la prospérité et la permanence de l'Amazement Park, Lilian Nicely Smith a commandé une merveille de bois et de métal, les plus longues montagnes russes jamais édifiées. On ne les désassemblerait jamais pour les déplacer. Cet édifice tout en courbes et en pentes témoignerait du fait que les structures d'Asterion devaient durer éternellement.

C'était l'attraction la plus populaire du parc, si rapide, si tortueuse qu'il y avait des poubelles à vomi au bout du trajet pour les pauvres passagers qui quittaient leur wagon en titubant pour aller rendre leur déjeuner trop cher. Le révolutionnaire russe favori d'Ian l'aurait décrite comme le parfait exemple de l'ingéniosité et de l'excès américains.

D'ailleurs, jusqu'au malheureux incident avec la petite fille perdue, le Transhumant constituait l'aspect du parc le plus célèbre, tristement ou non.

Toutes les choses ont une fin. Le parc a fermé. Même si les montagnes russes avaient été déplaçables, personne ne les aurait emportées car personne n'avait besoin d'un élément quelconque du parc – hormis la chose qui ne le quittait jamais, dormait en son centre et se réveillait tous les sept ans pour consumer, bénir et se rendormir.

Il s'avère que ces montagnes russes n'ont pas été bâties pour durer éternellement. À mi-chemin de sa première ascension, le pied de Mack crève une traverse pourrie.

« Merde », souffle-t-elle, en tombant sur un genou, son autre mollet entaillé par les échardes. Sans se soucier de s'infliger d'autres plaies sous son pantalon, elle dégage sa jambe du trou. Puis elle escalade la pente abrupte avec la vitesse et la dextérité qu'elle possède, concentrée sur sa capacité, affûtée par les ans, de ne rien faire et de ne rien être. Elle est aussi immatérielle que le souvenir du rire de sa mère, aussi douce que les cheveux tondus d'Ava, aussi légère qu'une pelote de fil jaune en forme de canard.

Elle atteint le sommet de la voie et ressent un creux à l'estomac lorsqu'elle voit le parc s'étendre en contrebas, le couvert des arbres enfin vaincu.

Ici, le portail ! Et là, le chemin au travers du labyrinthe, un retour tortueux à l'espoir.

Sentant sur sa nuque le souffle chaud et moite de la mort, elle se garde bien de se retourner, mais se rue sur la pente descendante, manquant de tomber à chaque enjambée précipitée, et saute par-dessus une brèche dans la voie. Elle se reçoit tant bien que mal, roule sur elle-même et se relève hérissée d'échardes. Un énorme fracas retentit dans son dos, qu'elle ignore, même si elle attend un autre bruit – un gémissement animal de douleur ou de panique, une indication que son poursuivant est tombé, a ralenti – qui ne vient pas.

Elle a toutefois gagné de précieuses secondes. Fixant la voie, elle continue sa course, cherchant le point où elle va devoir sortir pour entamer son plan d'évasion.

Partout les sentiers s'enroulent pour canaliser les proies et faciliter la tâche au monstre. Les proies aussi peuvent se laisser guider, plutôt que de combattre et d'espérer.

L'espoir s'amenuise et Mack n'en pourra bientôt plus.

Une déclivité, un virage, elle trébuche, redoute d'avoir perdu sa route. De devoir continuer jusqu'à ce qu'on la rattrape. Une boucle futile, infinie. Comme toujours.

Le sourire d'Ava. Elle accélère, franchit une nouvelle brèche d'un bond, s'étale sans prendre garde aux clous rouillés qui lui percent les paumes des mains. Se libère, se relève, repart de plus belle.

La sœur de LeGrand. Elle gravit une dernière montée, la plus essentielle. Lorsqu'elle baisse les yeux sur la mare en dessous, la couche de limon l'empêche d'en évaluer la profondeur. Le sentier qu'il lui faut borde la pièce d'eau.

Elle n'a pas le temps de descendre par les entretoises.

Si elle saute dans quelques centimètres d'eau, elle se casse quelque chose et se fait dévorer.

Si elle descend, ça prend trop de temps et elle se fait dévorer.

Elle songe à l'oiseau caché dans la pénombre entre les poutres, toujours seul, toujours à l'abri. Jamais libre.

Moi, et Maddie. Mack saute, flotte incroyablement longtemps, suspendue par l'espoir, la peur, la détresse et quelque chose qui, enfin, évoque un sentiment de paix.

« Allez, allez, allez », murmure Ava, accroupie près du générateur. Ils ne peuvent pas agir trop tôt, ou ce sera la cata. Il faut chronométrer le truc avec précision. LeGrand a grimpé dans un arbre. Il regarde. Il attend.

Linda, de l'autre côté de la clôture, laisse échapper de petits gémissements de souffrance. Son souffle paniqué semble mouillé et ténu. D'expérience, Ava sait que ça n'augure rien de bon. Sauf aujourd'hui.

Enfin, LeGrand pousse un cri. Ava enflamme le bout du polo, désormais un tortillon trempé d'avoir été passé par la trappe d'essence du réservoir.

« Bouge ! » hurle-t-elle avec un grand geste. Il saute à terre et s'accroupit derrière le muret. Le polo flambe. Si tout se passe bien, il y aura des shrapnels.

Beaucoup, beaucoup de shrapnels.

LeGrand resurgit pour aider Ava à franchir le muret. Ils se tassent près de l'endroit où une fillette s'est assise un jour, tapant des talons, ses souliers en cuir tout neufs et brillants.

« Allez, allez, allez », prie de nouveau Ava.

L'explosion est assourdissante, énorme *boum* ponctué par une plainte de métal torturé. Ava et LeGrand sont projetés à la renverse, hébétés, tandis que des morceaux de fer, des mottes de terre et des bouts de béton pleuvent autour d'eux.

Hésitants, ils se lèvent et vérifient qu'ils sont indemnes en s'époussetant. Une toux hilare les salue. Linda, encore allongée sur le dos, émet un gargouillis, puis repart à rire. « Trop tôt. Le monstre n'était même pas là. »

Ava s'approche du générateur soufflé et regarde Linda par le portail. « Pauvre vieille, on n'essayait pas de faire sauter *le monstre*. »

Le rire de Linda vire à la toux étranglée tandis qu'elle se redresse sur son séant pour voir ce qu'ils ont trafiqué.

Mack jaillit des arbres, couverte de vase, trempée. Ava n'a jamais rien vu de plus beau.

Elle s'immobilise, le souffle court, pour contempler la dévastation. Le portail, couvert de symboles anciens, tenu fermé pour emprisonner un monstre pendant près de cent ans, ne pend plus que par un gond. Irréparable. Seul le mot LABYRINTHE soudé avec soin à son sommet quand on a construit le parc à thème subsiste.

Mais ce labyrinthe a été vaincu, aussi, le monstre mené hors du dédale conçu pour le garder à l'écart du portail, à l'écart des habitants tout proches.

LeGrand, Mack et Ava sont si ravis d'être réunis qu'ils oublieraient presque qu'une horreur indicible les poursuit, mais un martèlement de sabots, ressenti plus qu'entendu, les éperonne.

En s'entraidant, ils négocient les vestiges tordus du portail. La voiture de Linda les attend, les clés sur le contact.

« Arrêtez », halète Linda qui agite en vain des mains rougies comme si elle pouvait les empoigner et les forcer à rester. « Vous ne pouvez pas le laisser sortir ! Il faut y retourner ! Si vous le nourrissez avant qu'il atteigne le portail, il regagnera le centre. S'il vous plaît. Vous ne savez pas ce qu'il va se passer. »

Ava, Mack et LeGrand se regardent.

« Peut-être qu'il mangera le nombre normal en ville puis qu'il se rendormira pendant sept ans, dit-il. Ou qu'il disparaîtra.

— Ou peut-être qu'il les bouffera tous une fois qu'il sera libre, dit Ava. Ce qui signifie qu'il pourrait revenir vous choper. »

Mack jette un regard en arrière vers le labyrinthe dont l'occupant dévorait la jeunesse, l'espoir, les rêves avortés, et annihilait des gens vulnérables pour que des puissants gardent leur pouvoir, leur sécurité, leurs privilèges.

Affamé, irrésistible, enfin libre, le monstre émerge des arbres. Il relève la tête, se dresse de toute sa considérable hauteur, le soleil reposant sur ses cornes tel un disque d'or brûlant. Il avance d'un pas vers le portail, sans plus humer, sans plus chercher. Son prochain repas n'est pas bien difficile à sentir.

Mack jette le fusil délaissé à Ava, indique à LeGrand et elle de monter dans la voiture, s'accroupit près de Linda dont l'abdomen est repeint d'un sang frais qui attire le monstre tel un chant de sirène vers les ruines du portail.

Vers le vaste monde.

Vers une inimaginable destruction.

« Par pitié, souffle Linda dont le sang rougit les lèvres. Vous êtes une Nicely. Vous comprenez. Aidez-moi, ou il va nous détruire. »

Mack tire de sa poche le petit soulier et le mouchoir brodé. Elle pose la chaussure sur le torse de Linda, puis étale l'étoffe sur la blessure à l'estomac. Le coton absorbe le sang, fond écarlate sur lequel le mot Nicely se détache en blanc immaculé avant de succomber aussi à la marée.

Elle hausse les épaules, se redresse et se tourne vers la voiture. « Rien à battre. »

REMERCIEMENTS

Quand l'aînée de mes enfants était en quatrième, son album de promotion incluait un article sur un faux vitrail pour la fenêtre de sa classe qu'elle a réalisé. L'objectif ? Empêcher un tireur de voir à l'intérieur. À partir de l'âge de cinq ans, les écoliers américains doivent s'entraîner à se cacher des balles, et pour se protéger, on les laisse user d'une *activité artistique*. Au jeu de fusil-papier-ciseaux, lequel est le gagnant ?

Donc : tout ce dont je dispose, moi aussi, c'est d'une activité artistique, et j'ai écrit *Cache-cache mortel* comme un cri de colère, mais on m'a aidée.

Ce livre a bénéficié de deux bandes-son : l'album de Joywave, *Content*, pendant que j'ai laissé l'idée mijoter deux ou trois ans, et *Eye*, des Smashing Pumpkins, pendant que j'écrivais et que je devais indiquer à mon cerveau où se situer. Même s'il ne s'agit pas d'un morceau de musique, *Coney Island*, de Maxime Gorki, rivalise avec n'importe quelle chanson pour son lyrisme et comprend aussi la seule description détaillée du train fantôme Hell Gate dont l'incendie a détruit Dreamland, l'un des parcs d'attractions de l'île. Le mythe du Minotaure et la manière dont on revit sans cesse des cycles identiques m'ont également inspirée.

Il existe bel et bien un concours international de cache-cache, le Nascondino World Championship, et il a bel et bien eu lieu dans une station touristique abandonnée une année, ce qui m'a retourné le cerveau quand je l'ai appris, mais il inclut trop de règlements et trop peu de monstres, donc j'ai inventé les miens.

L'éditrice que j'espérais voir guider la naissance de *Cache-cache mortel*, c'était Tricia Marwani et j'ai eu une chance inouïe qu'elle soit du même avis. J'éprouve une immense gratitude envers Sam Bradbury chez Del Rey UK, Alex Larned, Bree Gary, David Stevenson, Michelle Daniel, Angela McNally, Simon Sullivan, Ella Laytham, Pam Alders, Craig Adams, et Del Rey dans son ensemble. Dans mon enfance, obsédée par la fantasy, je cherchais le logo Del Rey sur les dos en librairie, et c'est un honneur incroyable de rejoindre la troupe. Mes livres vivent pour la plupart désormais sous le toit de Penguin Random House – une très, très, très jolie maison.

Mon agente, Michelle Wolfson, m'a guidée au long de beaucoup d'histoires qu'elle n'escomptait pas quand on a entamé notre relation il y a treize ans. Je suis ravie de l'avoir pour amie, avocate et partenaire en affaires. Ainsi que d'écrire des trucs qu'elle doit lire toutes lumières allumées.

Je remercie particulièrement mes premières lectrices pour leurs encouragements et leurs retours inestimables : JS Kelley, Lindsay Eagar et Stephanie Perkins. Stephanie et Natalie Whipple m'offrent une amitié constante et des oreilles critiques, ce dont je me félicite tous les jours. Merci également à Eliza Jane Brazier pour l'exploration intrépide. Et Ian Carlos Crawford, un jour je mettrai ton nom dans un livre sans tuer ce personnage. Peut-être. Probablement pas.

Mon époux et nos trois enfants forment la base de mon monde et tout ce que j'écris découle de leur amour et de leur soutien au quotidien. C'est un honneur immense et un plaisir incessant de naviguer dans l'existence en votre compagnie.

Enfin, à tous ceux qui affirment encore qu'ils se sont faits tout seuls : bordel, vous croyez vraiment ?